Robert Kurz – Die Welt als Wille und Design

Robert Kurz, geboren 1943, war Redakteur und Mitherausgeber der Theoriezeitschrift *EXIT!* (www.exit-online.org) und lebte als freier Autor in Nürnberg. Seine Arbeitsgebiete umfassten die Modernisierungs- und Krisentheorie, die kritische Analyse des kapitalistischen Weltsystems, die Kritik der Aufklärung und das Verhältnis von Kultur und Ökonomie.
Robert Kurz starb am 18. Juli 2012 an den Folgen eines Operationsfehlers.

Edition
TIAMAT
Deutsche Erstveröffentlichung
Herausgeber:
Klaus Bittermann
1. Auflage: Berlin 1999
2. Auflage: Berlin 2013

www.edition-tiamat.de
Buchumschlag unter Verwendung eines Gemäldes von Lissitzky, »Der Zankstifter«, 1920/21
ISBN: 978-3-89320-024-5

Robert Kurz

Die Welt als Wille und Design

Postmoderne, Lifestyle-Linke und die Ästhetisierung der Krise

Critica Diabolis 85

Edition TIAMAT

INHALT

Vorwort
– 7 –

I.
Ästhetik der Krise
Die postmoderne Verwandlung von Gesellschaftskritik in Persönlichkeitsdesign
– 11 –

Jedem Tierchen sein Pläsierchen – 15 / Sein als Design – 20 / Jede ihre eigene Domina, jeder sein eigenes Gesamtkunstwerk – 25 / Keine Krise, nirgends – 35 / Love Parade – 46 / Sex per E-mail – 51

II.
Politische Ökonomie der Simulation
Das postmoderne Interesse am Selbstbetrug
– 59 –

Dem Volke dienen – 62 / Die Hierarchie des Interessen-Positivismus – 69 / Neue Klasse, neues Glück – 72 / Echte Falschheit – 78 / Alle Macht den Analphabeten! – 81 / Das Kapital wird digital – 84 / Je flexi desto fixer – 93 / Millionäre im Wartestand – 101 / Anything goes – 105 / Das Unwort Kasinokapitalismus – 109 / Rien ne va plus – 114

III.
Die Utopie des Warenkonsums
Postmoderner Kulturopportunismus und Ontologie der »Freizeit«
– 119 –

Vorwärts mit der Kulturindustrie! – 121 / Auf dem doitschen Waldweg – 130 / Es kömmt darauf an, die Welt verschieden zu interpretieren... – 135 / Der Konsument als Dissident – 138 / Katechismus für Konsumidioten – 147 / An den Fronten des Konsumkampfes – 166 / Vorwärts in die Vergangenheit! – 173 / Willkommen zuhause – 180

Literatur
– 187 –

Vorwort

Die Postmoderne ist zu Ende. Das merkt man daran, daß die Theoreme ihrer französischen Vordenker, in den 80er Jahren noch Geheimtips von Bewußtseins-Designern und akademischen Trendsettern, inzwischen ein Muß für das Proseminar und das Kneipengespräch geworden sind, während sich in den Feuilletons schon die Nachrufe häufen. Aber was kommt nach der Postmoderne? Die Hypermoderne? Die »reflexive Moderne« (Ulrich Beck)? Oder vielleicht doch wieder der Barock? In Wahrheit liegt die gänzlich unüberwundene Moderne im Sterben und gebiert ihre Fieberträume, aus denen sie von Zeit zu Zeit erwacht und ihr reales Elend wahrnimmt. Man sollte diese Träume aber nicht einfach vergessen, sondern sie deuten. Denn immerhin spiegelt sich darin einiges vom Zustand dieser dahinsiechenden freiheitlich-demokratischen Grundordnung der Dinge, die ihr tausendfach verdientes Ende nicht wahrhaben will.

Insofern geht es mir im folgenden weniger um die Kritik der postmodernen Philosophien, obwohl auch das eine Aufgabe bleibt. Aber zunächst ist es wichtiger, den gesellschaftlichen Resonanzboden zu untersuchen, auf dem sie überhaupt Karriere machen konnten, die ökonomischen Triebkräfte, das systemimmanente Interesse und den Sozialcharakter, aus denen sie ihre Nahrung zogen und die sie ideell repräsentieren. Als ökonomisch-kulturindustrieller Gesamtkomplex ist die Postmoderne das Ensemble eines Krisenkapitalismus, der sich selber als postindustriell mißversteht. Die Ideologie der Virtualität korrespondiert mit der Substanzlosigkeit des »fiktiven Kapitals« (Marx), das den kapitalistischen Akkumulationsprozeß simuliert, bis der Finanzkrach die verdrängte »erste Realität« gewaltsam wiederherstellt.

Wenn ich dafür den Begriff des »Kasinokapitalismus« in Anspruch nehme, wie er in der Wirtschaftspresse, in Gewerkschaftsgazetten, trotzkistischen Traktaten und im Feuilleton immer wieder zur Kennzeichnung der von jeder Realökonomie abgehobenen Finanzmärkte bemüht wird, so durchaus im Bewußtsein seiner Zweideutigkeit. Ich führe diesen Begriff im Kontext seiner wütenden Abwehr durch ein bestimmtes Segment der postmodern beeinflußten Linken ein, das zwar klein ist, aber auch signifikant. Deshalb hoffe ich, daß diese knappe Auseinandersetzung einer Erhellung der zeitgeistigen Situation dient und den unvoreingenommenen Lesern nicht als abseitiges Geplänkel im restlinken Miniaturdschungel erscheint.

Wenn etwas gründlich schiefgegangen ist, will es niemand gewesen sein. Das Ende der Postmoderne wird auch daran sichtbar, daß ihre Vertreter auseinanderlaufen und umso mehr jede übergreifende Bezeichnung ablehnen. Das große Differenzieren war sowieso schon theoretisches Credo – jetzt dient es als Tarnung für die Rückzugsgefechte. Natürlich ist mir klar, daß zum Beispiel postmoderne Erkenntniskritik und Theorien der Popkultur oder ein technologischer Medienoptimismus nicht unmittelbar identisch sind. Jean Baudrillard ist nicht Jacques Derrida, Norbert Bolz ist nicht Diedrich Diederichsen, Richard Herzinger ist nicht Ulrich Beck und *Die Beute* ist nicht einmal *Spex*. Trotzdem gibt es den postmodernen Gesamtkomplex als distinktes Phänomen. Das ist nur für diejenigen nicht mehr wahrnehmbar, denen das postmoderne gesellschaftliche Ensemble die Welt überhaupt bedeutet, in der sie gerade im Kampf um die Selbstrettung nur noch Differenzen wahrnehmen können. Mein Problem ist ein anderes, nämlich umgekehrt in der Differenz die übergreifende Identität darzustellen – und zwar eines obsolet gewordenen sozialökonomischen Zusammenhangs.

In diesem Sinne ist auch das Verhältnis einer politischen Ökonomie der Simulation sowie des postmodernen Sozialcharakters einerseits und ihrer ideellen »Repräsentation« andererseits zu verstehen. In der Darstellung mögen diese beiden Momente des öfteren ineinander übergehen; deshalb will ich vorab festhalten, daß es sich um die durchaus verschiedenen Pole eines bestimmten historischen Verhältnisses handelt. Eine Epoche kapitalistischer Binnengeschichte, ein daraus resultierender Entwicklungszustand und eine damit verbundene Sozialstruktur gehen nie in der dazugehörigen repräsentativen Ideologie auf; dasselbe gilt auch umgekehrt.

In der Postmoderne hat sich dabei eine eigenartige Wechselbeziehung zwischen dem kasinokapitalistischen Zustand mitsamt seinen »lebensästhetischen« Sozialcharakteren und der spezifischen ideologischen Repräsentationsform einer sogenannten Kulturlinken herausgebildet, die ökonomiekritisch abgerüstet ist. Mein Text soll nicht zuletzt auch zeigen, daß diese postmoderne Kulturlinke den untergegangenen Arbeits- und Klassenkampf-Marxismus nicht überwunden hat, sondern ihn als Farce in einer virtualisierten und popkulturell verkleideten Gestalt simuliert, die heute allerdings von der sozialen Krise eingeholt wird. Die Kulturlinke und ihr favorisiertes Massensubjekt warenkonsumierender Alltagsästheten sind natürlich ebensowenig identisch wie weiland die »Arbeiterklasse« und die stärkste der Parteien; sie stehen aber ebenso in einem wechselseitigen Zusammenhang innerkapitalistischer Repräsentation, der allerdings keine Zukunft mehr hat. Trotz dieser Perspektivlosigkeit schwappten die Denkfiguren der postmodernen Kulturideologie bis in den Feminismus, die Bewegung der Autonomen und die traditionelle Linke hinein; offenbar weil das kulturelle Feld als letztes Reservat einer Gesellschaftskritik in den Grenzen des warenproduzierenden Systems erscheinen konnte.

Die Probleme emanzipatorischer Gesellschaftskritik werden durch die Untersuchung einer Sackgasse des kritischen Denkens nicht gelöst. Aber eine solche Analyse kann vielleicht dazu beitragen, aus der Sackgasse wieder herauszukommen. Man wird natürlich meinen theoretischen Referenzrahmen, die Kritik von Warenform und abstrakter »Arbeit«, der nicht »anschlußfähigen« Abstraktheit und Abgehobenheit bezichtigen. Das ist meine geringste Sorge. Die Postmoderne, Friede ihrer Asche, wollte keinen Wald mehr kennen, sondern nur noch Bäume. Jetzt ist der Wald wieder dran. Und dessen Begriff liegt nun mal auf einer höheren Abstraktionsebene. Daß diese Ebene trotzdem nicht »abgehoben« ist, wird der Fortgang der kapitalistischen Krise schmerzhaft bewußt machen.

Wer mehr über die Kritik des warenproduzierenden Systems, seiner Kultur, seines Geschlechterverhältnisses und seiner Krise erfahren will, sei auf die Theoriezeitschrift *Krisis* verwiesen, deren Werkstatt und Diskussionszusammenhang dieser Text seine Entstehung verdankt.

I.

Ästhetik der Krise

Die postmoderne Verwandlung von Gesellschaftskritik in Persönlichkeitsdesign

»Ach, die Patschhändchenschläge in die heftig begehrte Fratze des Kapitals.«
Eva Demski

An den sozialen Verfall in der smartie-bunten Risikogesellschaft kann man sich gewöhnen wie der Pinguin an die Eiswüste, der Landser an den Schützengraben und der Atlantikschwimmer an den Atlantik. Inflationierte Krisenprozesse werden nicht mehr als solche wahrgenommen, vor allem wenn es immer noch schlimmer kommt, wie ein Blick über den mitteleuropäischen Tellerrand beweist. Wenn trotz galoppierender Massenarmut und trotz eines aufgeladenen gesellschaftlichen Angstpotentials radikale Kapitalismuskritik keine Konjunktur hat, dann ist die massenhafte Abstumpfung allerdings keineswegs der einzige Grund dafür. Das kritische Bewußtsein selber kann der Krise nicht standhalten, weil seine Paradigmen Bestandteil gerade jener Geschichte sind, die zu Ende geht. Übriggebliebene historische Irrläufer des Arbeiterbewegungs-Marxismus und marktwirtschaftsfromme Realos erweisen sich gleichermaßen als Dinosaurier eines untergehenden Zeitalters.

Die Krise der Arbeitsgesellschaft ist nämlich nur insofern eine Krise des Klassenkampf-Paradigmas, als sie eine Krise des gemeinsamen Bezugssystems aller modernen Ware-Geld-Subjekte und damit der fetischhaften Subjektivität überhaupt zur Kenntlichkeit bringt. Was historisch veraltet, ist der Arbeitsmarkt und damit die gesellschaftliche Marktbeziehung als solche. Das »Geldmachen« und das »Geldverdienen« werden gleichermaßen obsolet, wenn die Entwicklung der Produktivkräfte erstmals im großen Maßstab die abstrakte »Arbeit« als Substanz des ökonomischen Werts überholt, aushöhlt und ad absurdum führt. Diese Essentials einer radikalen Krisentheorie reichen wesentlich weiter, als gewöhnlich angenommen wird. Keineswegs handelt es sich dabei um ein Problem, das auf Ökonomie und Sozialpolitik im engeren Sinne einzugrenzen wäre. Denn zusammen mit dem Fetischcharakter der Warenproduktion verfallen gleichzeitig alle von dieser Form der Vergesellschaftung konstituierten Sozialcharaktere, ihre Lebenswelten und ihre Lebensweisen, auf die kein positiver emanzipatorischer Bezug mehr möglich ist.

Die Frage der sozialen Emanzipation kann jetzt nur noch entweder gänzlich preisgegeben oder über den Klassenkampf hinaus, der auf das bürgerliche Universum eines warenproduzierenden Systems beschränkt blieb, zu einer radikalen Kritik von »Arbeit«, Wert- und Geldform selber zugespitzt werden. Diese Kritik verlangt selbstverständlich ein entsprechendes höheres Bewußtsein: jenes von Marx ahnungsvoll imaginierte »enorme Bewußtsein«, das nicht mehr an den primitiven warengesellschaftlichen Kategorien der Moderne klebt, sondern gegenüber der eigenen fetischhaften Form-Konstitution eine neue kritische Reflexion entfaltet, die nicht nahtlos an die alten Arbeiterbewegungs-Marxismen und ihren warenproduzierenden Staatssozialismus anknüpfen kann. Dieser neue Impetus muß gleichzeitig auf der Ebene des Alltags als negatorische Haltung erscheinen und bewußt die weitergehende Zielsetzung als radikales Programm entwerfen, um »geschichtsmächtig« werden zu können.

Es sind allerdings keineswegs bloß die altersstarrsinnigen Überreste des »Arbeits«- bzw. Klassenkampf-Marxismus und die eschatologischen Irrealos eines tausendjährigen Marktwirtschaftsreiches, die sich als Zerfallsprodukte der Linken einem neuen wertkritischen Paradigma und dessen Problemstellungen verweigern. In Zeiten des Übergangs und der Unsicherheit schlägt auch die Stunde der Blender, Glücksritter, Harlekine, Obskuranten, Selbstdarsteller und Feuilletonisten verschiedenster Couleur, mit einem Wort: der postmodernen Gelegenheitsdenker.

Zwar ist der Begriff der Postmoderne ein schillernder, oberflächlicher und bloß modischer; aber gleichzeitig handelt es sich auch um einen wirklichen Epochenbegriff, der allerdings auf eine Epoche der Oberflächlichkeit und des bloß Modischen verweist. Die Postmoderne kreiert (inzwischen massenhaft und auf allen Ebenen des gesellschaftlichen Lebens) einen neuen Positivismus dessen, was ist, aber in einem Zustand, wo es schon nicht mehr wahr ist. Diese Postmoderne ist nichts als die unaufgehobene alte Moderne, die bloß nicht in Frieden sterben kann. Von der Philosophie und Erkenntniskritik über die Medientheorie bis zur Architektur, Pop- und Alltagskultur reicht das Spektrum der postmodernen Ausdrucksformen, die allesamt vor dem ökonomischen Hintergrund des globalen Kasinokapitalismus erscheinen, wie er aus der strukturellen Überakkumulation des Kapitals herausgewachsen ist. So schwach und substanzlos wie das Geld ist auch die Philosophie dieses Johannistriebs kapitalistischer Zivilisation, den ein »Zeitalter« zu nennen fast schon eine typisch postmoderne Übertreibung wäre.

Und selbstverständlich hat auch diese Schattenzeit nach der Zeit der Moderne ihre eigene systemimmanente, zeitgeistkonforme Linke hervorgebracht, die (nach einem Bonmot von Helmut Qualtinger) zwar nicht mehr weiß, wohin sie fährt, dafür aber umso schneller ankommt. Diese Linke ist, stromlinienförmig ihrer Epoche entsprechend, nicht mehr die alte, aber auch keine neue – und damit gewissermaßen ein Prototyp für den postmodernen Sozialcharakter, der freilich auch alles andere als links sein kann. Die in beschleunigter Auflösung begriffene Modernisierungslinke, soweit sie sich im unentschiedenen Zustand des scheinhaften postmodernen Zwischenreichs breitzumachen sucht, trägt insofern nicht unerheblich zur gesellschaftlichen Kreation eines Typus bei, der durch die Krisen und Zusammenbruchserscheinungen des Systems glorreich zu surfen hofft. Diese sich geckenhaft spreizende und in die Krise hineinplappernde Postmoderne, die vorgibt, die alten Konfliktkonstellationen hinter sich gelassen zu haben, erweist sich aber gerade in ihrer linken Variante als eine Mischung aus Selbstbetrug und grober Täuschung, die haarscharf an der ersehnten Eleganz vorbeizielt.

Namen sind hier freilich Schall und Rauch, denn das erste Gebot nicht nur des linken Postmodernismus lautet, daß es ihn gar nicht gibt. Bloß auf nichts sich festlegen, nicht einmal auf sich selber! Zeitgeistkonform »drauf« zu sein, muß gerade für eine theoretisch abgerüstete Linke nicht unbedingt bedeuten, auch einen Begriff davon zu haben. Wo die theoretische Bestimmungslosigkeit, Unverbindlichkeit und Beliebigkeit zum Prinzip erhoben wird, kann die Kritik unmöglich auf das historische Niveau der Krise gehoben und gegen die totale Ware-Geld-Beziehung radikalisiert werden. Das ist auch gar nicht beabsichtigt. Trotzdem erhebt der Postmodernismus, den es angeblich nicht gibt, die höchsten Ansprüche hinsichtlich seiner Geltung. Ihn »mit den Code-Wörtern ›Spiel‹ und ›Beliebigkeit‹ (abzukanzeln)«, sei »feuilletonistisch« (Kunisch 1997), sagt das postmoderne Feuilleton.

Mag also der Anspruch auch nichtig sein, so ist doch die Nichtigkeit anspruchsvoll. Sowohl gegenüber dem arbeitsontologischen Altmarxismus als auch gegenüber dem offen marktwirtschaftlichen Vulgärrealismus gibt die postmoderne Linke sich kritisch und tut so, als würde sie »drüberstehen«, ohne wirklich etwas zu riskieren. Was ins Feld geführt wird, ist keine die Aporien der bisherigen Linken überwindende neue Theorie und

Praxis, sondern eine sich dennoch »radikal« gebende Mimesis der marktwirtschaftlichen Erfolgsgeierei. Der alte Linksradikalismus wird dabei nicht aufgehoben, sondern zum bloßen Gestus verdünnisiert, bis von ihm wie von der Katze in Carrolls »Alice im Wunderland« nur noch ein Grinsen übrig ist: die postmoderne Gute-Laune-Simulation und das Verkäufergrinsen des universellen Marktes.

Jedem Tierchen sein Pläsierchen

Wie die postmoderne Postfeministin »alles will«, Model sein und Mutter und marktwirtschaftliche Erfolgsfrau, und wie der postmoderne Konsumist »alles will«, Ketchup und Mayonnaise, Luxus und aparte Askese (»Luxese«), so will erst recht die postmoderne Linke »alles« zugleich: radikal sein und trotzdem marktrealistisch, superkritisch und stromlinienförmig, antikommerziell und kommerziell begehrenswert, antizyklisch-trendsettend und auf jedem Modesattel reitend, altlinks und neulinks und postlinks – »anything goes«. Gegenüber dem verbiesterten Altmarxismus und dem verantwortungsträgerischen Politrealismus stellt die postmoderne Linke keine dritte, transformierende Kraft dar, sondern bloß ein flottes Chamäleon, das mit seiner dekonstruktiven Farbenlehre überall hinkommt und *Beute* macht, wonach ihm gerade der Sinn steht. Die kritische Theorie verkommt dabei im Kontext einer nicht bloß theorielosen, sondern atheoretischen Zeit des sich zeitlos gebenden Marktes zur Attrappe.

Was sich da breit macht, ist ein theoretisierender Snobismus, der mit Begriffen der Kritik nur noch äußerlich kokettiert. Der postmarxistisch räsonierende Snob leidet an der Einbildung, er könne sich »souverän« zu den unaufgehobenen Realkategorien der bürgerlichen Verkehrsform verhalten und mit ihnen spielen wie mit den Accessoires der gängigen Outfit-Stilisierung. Die Orwellsche Sprache des Liberalismus hält Einzug, und so wird die zeitgeistig grassierende Kritiklosigkeit zur besonders »radikalen« Form der Kritik geadelt – eine typische Wendung des Postmodernismus. Geradezu programmatisch erscheint diese kritische Nichtkritik heute in der subkulturellen »grauen« Literatur der blühenden Möchtegerntalente, wo sie als das Evangelium der 89er Loveparadegeneration verkündet werden darf:

> »Besteht nicht gerade in der Verweigerung von intellektueller Kritik, bewußtem Widerständlertum etc. ihre besondere Form von Subjektivität, die sich einer gewalttätigen Welt des Handelns und der Rationalität entgegenstellt?« (Erdmann 1997).

Dieser durchsichtige Sophismus, der Kritik in der Form ihrer Verweigerung anpreist und gleichzeitig gelegentlich jammert, die Kennzeichnung dieser Denkweise als affirmativ operiere mit »altlinken« Totschlägerworten, verrät das allgemein bekannte Geheimnis der theoretisch zu sich gekommenen Postmoderne: Die poststrukturalistische Subjektkritik von Lyotard, Baudrillard, Derrida etc. verabschiedet sich vom alten sozialen Subjekt der Kritik nicht etwa, um zur aufhebenden Kritik der kapitalistischen Subjektform überhaupt und ihrer Modernisierungsgeschichte zu gelangen, sondern um eine aufs Ganze gehende Kritik zu entsorgen und unschädlich zu machen. Was übrigbleibt als unaufgehobene »besondere Form von Subjektivität«, ist eine widerstandslose Beliebigkeitsform des alten bürgerlichen Willens in Gestalt monadisierter und daher gesellschaftlich handlungsunfähiger Individuen, die hinfort das Erbe des klassischen bürgerlich-aufklärerischen und arbeiterbewegten Subjekts antreten sollen. Die lächerliche Verfallsgestalt wird zur großen Zukunft erklärt.

Wenn der Anspruch radikaler Kritik und die totale Kritiklosigkeit in eins fallen, muß diese Absurdität auf einen Nenner gebracht werden, der durchaus verschiedene Formen annehmen kann. Die meisten linken Publikationen, die heute auf den Gewässern des postmodernen »Diskurses« surfen (in Deutschland z.B. die Zeitschrift *Die Beute*), verbinden eine von »harter« Ökonomiekritik unbeleckte Popkultur mit durchaus uraltlinken Hintergrundannahmen, die in postmodernem Geschenkpapier verpackt sind. Im hippen Popgewand einer ästhetisierten Politik darf der unaufgehobene Klassenkampf- und Dritte-Welt-Soziologismus durch die postmodernen Hitparaden spuken. Soweit andererseits Elemente einer scheinbar radikalen Kritik auftauchen, vor allem die hedonistische Negation der »Arbeit«, können diese jedoch im postmodernen Kontext nicht mehr als Moment einer Aufhebung des modernen warenproduzierenden Systems erscheinen, sondern figurieren bloß als schickes Ornament eines warenästhetischen Oberflächenhedonismus, der den totalen Markt gerade zu seiner stillen Voraussetzung hat (und dessen Arbeitskritik daher völlig illusionär bleiben muß).

Überhaupt besteht der Hauptmechanismus für die postmoderne Umpolung aller Gesellschaftskritik in deren Ästhetisierung. Die postmoderne Linke ist vor allem eine Lifestyle-Linke, die diesen Charakter auch auf ihren »Diskurs« ausdehnt. Die Leitmotive sind entweder »political correctness« oder umgekehrt »sozialästhetischer Tabubruch«. Hatte PC in den USA ursprünglich eine systemimmanente soziale Reformfunktion (Quotenrechte für Minderheiten), so handelt es sich heute um ein Ersetzen des Streits über Inhalte durch ein permanentes Aushandeln semantischer Koexistenzen, von dem jede Theorie-, Analyse- und Strategiedebatte verschlungen wird. So kann z.B. das Wort »Weinerlichkeit« in einem polemischen Text die Auseinandersetzung nach sich ziehen, ob dies nicht eine »typische Macho-Vokabel« sei, während der eigentliche Inhalt der Polemik mehr oder weniger gleichgültig bleibt.

Solche Auseinandersetzungen können ohne weiteres inflationiert werden. Dabei geht es weniger um ein (durchaus notwendiges) Ernstnehmen der Sprache und ihrer mit Herrschaft belasteten Geschichte oder um die Überwindung der unproduktiven altlinken »Streitkultur« mit ihren berüchtigten Fraktionskämpfen (also um eine Entzerrung von feindseliger Polemik und produktiver Auseinandersetzung), sondern vielmehr um eine radikale Verschiebung des »Diskurses« von der Inhalts- auf die Formebene – in Richtung einer sprachlichen »Korrektheitsästhetik«, die eigentlich gar nichts mehr will (»Verweigerung von intellektueller Kritik und bewußtem Widerständlertum« eben).

Der Gegenpol innerhalb des Postmodernismus, der »sozialästhetische Tabubruch«, geht genau umgekehrt vor: PC wird verspottet, die feministische Schreibweise karikiert, der Habitus bewußt »unkorrekt« gewählt. Die postfeministische Frau will nicht nur »alles«, sie stellt auch wieder bewußt sämtliche Weiblichkeitsklischees zur Schau bis zur Claudia-Schiffer-Inkarnation des Blondinenwitzes; aber selbstverständlich als frei gewähltes »Zitat«, weil frau sich einbildet, sowohl die sozialhistorische geschlechtsfetischistische Weiblichkeit als auch den Feminismus »hinter sich« gelassen zu haben. Aus demselben Grund kann man sogar wieder Neger- und Judenwitze erzählen oder Hakenkreuzknöpfe auf der Bluse tragen – ein uneingeweihter tumber und altmodischer Tor, wer dabei Rassismus und Antisemitismus wittert. Denn man zeigt ja durch all das nur »souverän« an, wie weit die postmoderne Subjektivität längst »über« den veralteten Auseinandersetzungen der klassischen Moderne steht.

Es ist leicht erkennbar, daß die »tabubrecherischen« Anti-PCler den »Diskurs« ganz genauso wie ihr Gegenpart auf die formale und ästhetische Ebene verschieben. Auch ihnen geht es eigentlich um nichts mehr, auch für sie ist die »Verweigerung von intellektueller Kritik und bewußtem Widerständlertum« bereits stumme Voraussetzung. So wird jeder Konflikt um Ziele oder Vorgehensweisen gegenstandslos und die Auseinandersetzung läuft ins Leere einer Endlosschleife der Ästhetisierung.

Selbstverständlich ist die Postmoderne kein im eigentlichen Sinne linkes oder überhaupt gesellschaftskritisches und transformatorisches Projekt, wofür ja immer bewußte und aktivistische Negation konstitutiv wäre. Sie ist einerseits ein Projekt des »Abschieds von der Kritik«, andererseits ein Produkt des kapitalistischen Zeitgeistes, der jede Äußerung, egal auf welchem Gebiet, in eine Art Werbespot verwandelt. Genau hier liegt aber auch das Geheimnis, wie sich dem Anspruch und Selbstverständnis nach scheinbar gesellschaftskritische Positionen in die Postmoderne einklinken können: indem nämlich der Inhalt durch Formalisierung und Ästhetisierung entschärft und auf diese Weise mit dem warenförmigen Beliebigkeitsuniversum kompatibel gemacht wird. Denn Formalisierung und Ästhetisierung sind identisch mit Kommodifizierung (»Verwarenförmigung«) sämtlicher Inhalte und Gegenstände.

Dieser Sachverhalt darf nicht verwechselt werden mit dem Problem, daß im Kapitalismus auch radikale Kritiker notgedrungen ihre Arbeitskraft verkaufen müssen oder daß es notwendig ist, mit kritischen Theorien in die herrschende bürgerliche Zirkulation hineinzukommen, um sich überhaupt verständlich zu machen. Diese Problematik setzt immer schon eine (intuitive wie reflektierte) feindliche Distanz zur eigenen kapitalistischen Formbestimmung voraus: ein Spannungsverhältnis, das durchgehalten werden muß, wenn die Kritik durchgehalten werden soll.

Genau diese Spannung ist im postmodernen »Diskurs« zusammengebrochen. Mit anderen Worten: Die eigenen Inhalte und Gegenstände werden bewußtlos und apriori immer schon als Waren unter Marketing-Gesichtspunkten konzipiert, was nichts anderes heißt, als daß der Inhalt als bloße Form gedacht und somit zum Gebrauchswert eines Tauschwerts degradiert wird. Die Qualität erscheint als beliebig, weil die Form im positiven (statt im negatorischen) Sinne entscheidend geworden ist. Dieser Vorgang, von jeher eine gesellschaftliche Reibungsfläche, hat offenbar in den 80er Jahren eine neue Qualität der Verinnerlichung und Selbstverständlichkeit erfahren und ist gewissermaßen reibungslos geworden. Im Grunde genommen macht dies die eigentliche Qualität des gesamten Postmodernismus aus. Nachdem die Linke unter dem Vorwand einer Abwendung vom öden marxistischen »Ökonomismus« gleich die radikale Ökonomiekritik mitentsorgt hatte, konnte sie sich von den Aporien des Arbeits- und Klassenkampf-Marxismus freisprechen, ohne ihn wirklich überwinden zu müssen, um von nun an umso hemmungsloser der Warenästhetik und Kultur zu frönen.

Nur vor diesem Hintergrund ist es erklärbar, daß und wie sich in postmodernen Kontexten eine Identität von radikaler Kritik und radikaler Kritiklosigkeit verstekken kann, indem sowohl die linken Binnendifferenzen als auch die Differenzen zwischen der linken Kritik und ihren kapitalistischen Gegenständen eingeebnet werden. Ob altlinks und popkulturell oder pseudo-arbeitskritisch, ob PC oder Anti-PC, der gemeinsame Nenner ist immer schon die Formalisierung des Inhalts als Ware und Wertgegenständlichkeit, in der sämtliche qualitativen Differenzen nivelliert und gegenstandslos gemacht worden sind und somit in der Beziehung friedlicher Koexistenz erscheinen können.

Sein als Design

Durch die Tendenz zur totalen Formalisierung aller Inhalte wird irgendwann ein Punkt erreicht, an dem womöglich sogar die radikale Kapitalismuskritik als unschädlicher, selber bloß kultureller Gegenstand zurückkehren darf – sie bedeutet dann nichts mehr. Eine Kritik des warenproduzierenden Systems ausgerechnet in der Form der verinnerlichten ökonomischen Wertgegenständlichkeit stellt sich nur vom Standpunkt des Inhalts als unmöglicher und absurder Widerspruch dar. Aber gerade dieser Standpunkt gilt ja der Postmoderne als überholt und der altmodischen klassischen Moderne zugehörig. Vom Standpunkt der allumfassenden Formalisierung aus gibt es hier überhaupt keinen Widerspruch, eben weil der eigentliche Gegenstand die Form selber ist. Im totalen Universum der Ware ist der Inhalt »nur« Inhalt, bloßes (austauschbares) »Sujet« für die Form als Eigentliches; ein Vorgang, der durch das postmoderne und dekonstruktivistische Postulat, es gebe gar kein Eigentliches, nur ideologisch eingenebelt wird. Leute, die Inhalte über Gebühr ernst nehmen, sind selber schuld. Zwischen ihnen und den postmodernen Formalisierungsästheten ist eine Debatte ungefähr so sinnlos wie zwischen Wesen, die sich mittels Schallwellen verständigen, und solchen, die diese Leistung durch den Austausch von chemischen Substanzen bewerkstelligen – z.B. Ameisen.

Die Absurdität einer Affirmation der Ware durch die Kritik der Ware macht also im postmodernen Verständnis durchaus Sinn. Natürlich darf die kulturalistisch heruntertransformierte, in der Form ihres Selbstdementis auftretende Kritik der Warenform nicht allzu explizit oder gar praktisch fordernd werden, wenn sie als besonders aparter Bestandteil eines warenästhetischen Sujets fungieren soll. Nur in diesem Sinne, als Gesamtkunstwerk oder Teil eines solchen, das auf dem Markt der kunsthandwerklichen werblichen Meinungen und »Events« aus- und dargestellt wird (»diese Kapitalismuskritik wird Ihnen präsentiert von Krombacher, dem Bier aus dem frischen Quellwasser«), kann sogar die Kritik der Warenform sich als harmloser Inhalt in der Warenform rundum wohlfühlen.

Und nur als dekonstruktiv jeden Anspruchs auf Wahrheit und Gültigkeit entkleideter, am allgemeinen Tauschverhältnis (alias »Diskurs« im poststrukturalistischen »Diskurs«) teilnehmender Privatsinn wird »radikale« Kritik im postmodernen Kontext überhaupt noch wahrgenommen, und zwar von ihren Produzenten wie ihren Rezipienten gleichermaßen. Ansonsten redet man normalerweise aus Schicklichkeitsgründen nicht mehr explizit »über« den Kapitalismus, seine Mechanismen und Prozesse. Der allgegenwärtige Markt ist zum allgemeinen Hintergrundrauschen einer absoluten Selbstverständlichkeit geworden, die auf der praktischen Erscheinungsebene negativ zu thematisieren leicht den Ruf der Vulgarität eintragen kann. Eine ästhetisierte postmoderne Kritik der Warengesellschaft hält sich also von der konkreten Analyse fern und entweicht auf eine »philosophische« Ebene, wo man vermeintlich ungestraft gleichzeitig radikaler Kritiker und fröhlicher Mitmacher sein kann.

Und deshalb muß auch überhaupt die Formalisierung des »Diskurses«, die allzu durchsichtig auf die banale Kommodifizierung aller Inhalte und Gegenstände hinausläuft, durch Ästhetisierung verkleidet werden. Die immergleiche abstrakte Form der Ware, die in ihrer Nacktheit kaum zu ertragen wäre, wird durch ästhetische Verschalung attraktiv gemacht: Die ehemaligen Inhalte verwandeln sich in Markenzeichen und/oder in pures Design.

Daß ein popkulturell aufgemotzter altlinker Klassen-Soziologismus neben einer postmodern verwässerten Kritik der Warengesellschaft und beide gleichberechtigt neben einer Elvis-Fangemeinde oder einem Netzwerk für die Erforschung der geheimnisvollen Kornkreise stehen können, rechtfertigt sich durch den gemeinsamen Design-Charakter dieser doch ziemlich verschiedenen Gegenstände für das Styling warenförmig durchstrukturierter Lebenswelten. Jeder transzendierende Sinn, was immer dabei ausgesagt wird, ist auf diese Weise gelöscht. Oder, wie es der Medienguru und Werbespotdarsteller der Telekom Norbert Bolz ausdrückt:

> »Design stellt Sinn dar [...] Design verschafft und ist selbst Orientierung. Deshalb hat das Design niemals ein Sinnproblem, sondern ist seine Lösung - es zeigt, daß der Sinn kein Was, sondern eine Gegebenheitsweise ist [...] Wer heute Kants Frage ›Was ist der Mensch?‹ beantworten will, muß Design studieren« (Bolz 1997, 232).

Statt Sinn Design? Nein, Design ist Sinn, oder genauer: Jeder Sinn wird zum Design. Ist dieses Kunststück erst einmal gelungen, kann nichts mehr anbrennen für die postmodernen Sinndesigner.

Nun ist »Sinn« (unabhängig von der Postmoderne) natürlich immer nur relativ zu verstehen, als allerdings bestimmter, wenn auch historisch begrenzter Inhaltsbezug hinsichtlich gesellschaftlicher Reproduktion und »Stoffwechselprozeß mit der Natur«, Erkenntnis, Erotik, Gesellschaftskritik und gesellschaftlicher Umwälzung, Geschichte und sicherlich auch Kultur und Ästhetik usw. Das Spezifikum der Postmoderne besteht aber darin, daß sie ausnahmslos alle Inhaltsbezüge in Ästhetik verwandelt, und zwar in Warenästhetik, also eben in Design. Das ist die Mimesis und gleichzeitig die Nemesis der kapitalistischen Form, die ihren eigenen Inhalt verschlingen möchte. Design muß hier freilich in einem sehr weiten Sinne verstanden werden.

Das postmoderne Designerbewußtsein ist sich dabei schon längst selber auf die Schliche gekommen, natürlich durch und durch affirmativ und immer bloß sich selbst bestätigend. Noch genauer als bei Bolz findet sich diese selbstaffirmative Darstellung in dem deutschen Bestseller »Die Tugend der Orientierungslosigkeit« von Johannes Goebel und Christoph Clermont. Offenbar selber linker Herkunft und (wie Bolz) wohlvertraut mit der populären Lesart der Kritischen Theorie, stimmt bei diesem Duo (Jahrgang 1968 und 1970) das postmoderne Klischee bis aufs I-Tüpfelchen. Diese Autoren reden nicht nur Klartext über das Postsubjekt einer nur noch scheinemanzipatorischen Kulturlinken, sie sind es geradezu mit Leib und Seele, selbstverständlich ohne sich zu genieren. Der pseudosouveräne Gestus und die dazugehörige Talkshow-Schnoddersprache korrespondieren mit einer sansoschäfchenweichen Kritiklosigkeit, die in sanftem Einverständnis die Selbstverständlichkeit des ökonomischen Imperativs feststellt: »Marktwirtschaft ist mehr Praxis als welterklärende Ideologie« (Goebel/Clermont 1997, 20). Damit einher geht logischerweise die Überzeugung von der »offensichtlichen Unbrauchbarkeit marxistisch inspirierten Denkens« (a.a.O., 21).

Hier wird frischfrommfröhlichfrei alles ausgeplaudert, was die postmoderne Linke noch in entfernt an den Marxismus erinnernden Phrasen verklausuliert: Es bedarf keiner »Welterklärung« mehr, weil die apriorische Praxis sowieso immer schon da ist. Dieses Grundeinverständnis und Urvertrauen in die Marktwirtschaft ist für Goebel/Clermont die Voraussetzung, um sich folgerichtig statt gesellschaftskritisch fortan »trendforscherisch« (und in Konkurrenz zum Hamburger »Trendbüro« des ebenfalls exlinken Zeitgeist-Publizisten Matthias Horx) als »New Sign – Werbe- und Trendagentur GmbH« zu institutionalisieren, die übrigens ironischerweise in der Karl-Marx-Straße zu Berlin firmiert.

Die kulturalistischen Illusionen und die warenästhetische Praxis der postmodernen Linken müssen nicht einmal besonders verbogen oder umdefiniert werden, um dieses Treiben direkt in eine Marketingsprache zu übersetzen:

> »Die New Sign Werteagentur beschäftigt sich intensiv mit den Lebens- und Wertewelten der 18- bis 35jährigen. Dabei steht die qualitative Erforschung von Präferenzen und Imaginationen der für die Zukunft entscheidenden Zielgruppen im Vordergrund. Um die inhärenten Mechanismen schwer durchschaubarer Handlungs- und Motivationscluster zu beschreiben und handhabbar zu machen, analysiert die Werteagentur Wertelinks auf Mikro-Ebene. Sie zeichnet die Käufer-Produkt-Beziehungen nach und operationalisiert neue Werteverbindungen zur Erstellung konzeptioneller Rahmenwerke. Wertelinks beschreiben die konkreten Bezüge zwischen Individuum, Motivation und Produkt. Die Arbeit der Werteagentur ersetzt strategische Planung und liefert die Grundlagen für plausible Kampagnen. Sie bietet unverzichtbare Entscheidungshilfen in Märkten, die mit dem traditionellen Instrumentarium der Marktforschung nicht mehr erforschbar sind« (a.a.O., 205).

Ist das nicht eine geeignete Tätigkeitsbeschreibung für aufstrebende junge Gesellschaftskritiker, die als ambulante Händler mit Kritikware im Kasinokapitalismus an ihrem Bauchladen basteln und Radikalität gerade als »Verweigerung intellektueller Kritik« verkaufen möchten? Kein Wunder, daß dieses Buch Furore macht in den deutschsprachigen Niederungen der Postmoderne. Immerhin ist auf diese Weise herauszufinden, was die Welt des Designerbewußtseins im Innersten zusammenhält und auf welcher Sozial- und Persönlichkeitsstruktur sie gründet.

Jede ihre eigene Domina, jeder sein eigenes Gesamtkunstwerk

Die Entdeckung und begriffliche Kreation von Goebel/Clermont in ihrer kapitalismuskonformen Aufzeichnung des Zeitgeistes ist die Figur des »Lebensästheten«, eine durchaus treffende Bezeichnung. »Lebensästheten« sind Menschen, die sich selber als wandelnde Gesamtkunstwerke begreifen. Ohne ihn zu erwähnen (womöglich sogar ohne ihn zu kennen) erinnert diese Kreation an den späten Foucault und seine »Ästhetik der Existenz«. Dieser Ausdruck verweist auf die affirmative Zurückbiegung der Foucaultschen Gesellschaftskritik mit ihrem expliziten Verzicht, die »großen Strukturen« angreifen und aufheben zu wollen: Wenn das moderne warenproduzierende System als falsche, negative Totalität außerhalb der Reichweite von Kritik bleibt, dann kann das Ende vom Lied immer nur darin bestehen, auf den Partikularismus der falschen Unmittelbarkeit und zuletzt auf die »Techniken des Selbst« zurückzufallen, um den einsamen Überlebenskampf in der sozialen Wüste des Marktes ästhetisch zu maskieren.

Nicht umsonst greift schon Foucault wie seine postmodernen geistigen Brüder im Grundsätzlichen nicht auf Marx, sondern auf Nietzsche zurück; wie ja überhaupt die Ästhetisierung des kapitalistischen Elends und der dazugehörige Begriff des »Gesamtkunstwerks« schon eine lange Tradition haben. Man muß nicht an Richard Wagner oder Gabriele d'Annunzio (oder gleich an die Diktatoren des 20. Jahrhunderts) erinnern, um zu begreifen, daß es sich hier um eine Ausgeburt des konstruktivistischen Wahns aus der Modernisierungsgeschichte handelt. Es gibt verschiedene Versionen des Gesamtkunstwerks; die radikalste ist natürlich die diktatorische, auf die gesamte Gesellschaft bezogene.

Der Diktator ist der gesellschaftliche Gesamtkunsthandwerker. Voraussetzung dieses Wahns ist die warenförmige Monadisierung des Individuums, denn nur in dieser Form kann der gesamte Weltbezug als permanent ästhetisierender Selbstbezug erscheinen (Die Welt ist mein Design, also bin ich). Der »Führer« als Obermonade hat diesen Bezug am weitestgehenden verwirklicht; nicht umsonst haben sämtliche Galionsfiguren der Modernisierungsdiktatur immer künstlerisch-gestalterische Interessen am Gesellschaftskörper zu erkennen gegeben. Die Nazi-Inszenierungen, noch heute zu besichtigen in Leni-Riefenstahl-Filmen, stellen Gesamtkunstwerke in diesem Sinne dar. Vielleicht kann sogar der 2. Weltkrieg, wenigstens in einem seiner Aspekte, als eine Art blutige Neronische Inszenierung eines Gesamtkunstwerks betrachtet werden (Anklänge einer solchen Haltung und Betrachtungsweise finden sich bekanntlich bei Ernst Jünger).

Goebel/Clermont zeigen unfreiwillig, was aus der finsteren Selbstheroisierung kapitalistischer Geschichte durch die Modernisierungsdiktaturen und aus dem philosophischen Abgesang radikaler Kritik bei Foucault in den kleinen postmodernen Demokratenköpfchen wird. In der Postmoderne steigt der Gesamtkunsthandwerker vom Sockel des Maximo Leader herab und wird in Gestalt der vielen kleinen »Lebensästheten« zur Massenerscheinung. Voraussetzungen sind die volle kapitalistische Monadisierung des Subjekts (für die der »Führer« in seinen verschiedenen Gestalten ein traumartiger und traumatischer Archetypus oder einfach ein Prototyp der

Moderne war) sowie die volle Kommerzialisierung der Reproduktion und die Totalisierung der Warenästhetik als demokratische Nachkriegsresultate, die nach der fordistischen Inkubationsepoche erst in den 80er Jahren zur Blüte gelangten und erst in den 90er Jahren ihre Früchtchen tragen:

> »In den Demokratien wurde so aus dem großen Diktator eine unüberschaubare Zahl kleiner Tyrannen, und je mehr Egozentriker ein Gemeinwesen aufweist, desto freiheitlicher ist es in der Regel auch« (Goebel/Clermont, a.a.O., 56).

Mit liberaler Weihe dürfen also die vermassten »Lebensästheten« als »Alltagsexzentriker« marktwirtschaftliche Kundschaft darstellen; in der Praxis freilich weniger exotisch, als man erwarten sollte.

Wir können sicher sein, daß für etliche dieser »Lebensästheten« z.B. Richard Wagner, der Faschismus, Leni Riefenstahl usw. »Faszinosa« darstellen, allerdings weniger in ideologischer als eben in ästhetischer und selbstästhetisierender Hinsicht (bzw. auch die Ideologie erscheint ästhetisch, als bloße Form). In demokratisch vermasster und kommerzialisierter Gestalt umfaßt aber der Herrschaftsbereich des diktatorischen Gesamtkunsthandwerkers »nicht mehr als eine Person« (a.a.O., 52), deren Ziel eine absurde »Perfektionierung des Seins [...] und die Inszenierung einer glorreichen Geschichte« (ebda), also die permanente Erfindung einer Biographie ist, die das reale Dasein als Trottel der Marktwirtschaft in eine Art ritterliche Lebensaventüre uminterpretiert.

Der kapitalistisch monadisierte Mensch wird in seiner letzten Gestalt zum Selbstdarsteller, das Leben zu einer einzigen Selbstinszenierung, die Welt zur Bühne für die Qual des abstrakten »Selbst«. Dementsprechend werden Outfit und Ambiente mit einer überdimensionalen Bedeutung aufgeladen. Nicht sich wohlzufühlen oder in einer angenehmen Umgebung zu leben (um dabei zur jeweiligen Sache, d.h. zum Inhalt zu kommen) ist »eigentlich« die Frage, sondern ob und wie die Requisiten zur permanenten Selbstinszenierung passen.

Keineswegs nur Kleidung und Mode gewinnen auf diese Weise gewissermaßen »inszenierungspolitische« Bedeutung, sondern (einer Zwangsneurose vergleichbar) überhaupt jedes Alltagsdetail:

> »Einen Staubsauger oder gar Kaffeefilter zum bedeutungsschweren Bestandteil einer in sich stimmigen Biographie machen zu müssen, ist ein Unternehmen, das vor zwanzig Jahren Kopfschütteln ausgelöst, vor fünfzig Jahren den direkten Weg in die Psychiatrie bedeutet hätte [...] Wo jedes noch so winzige Detail zum Baustein des Gesamtkunstwerks ›Ich‹ werden kann, gibt es einfach nichts Unwichtiges [...] Das frei schwebende Angstpotential hat sich letztlich von der Apokalypse abgewandt und beschäftigt sich eher mit Fragen wie ›ist der grüne Badezimmerschrank nun ein adäquater Ausdruck meines Lebensgefühls oder nicht?‹ [...]« (a.a.O., 42, 46).

Das ist nicht etwa ironisch, sondern ganz ernsthaft markt- und trendforscherisch gemeint. Und in diesen Kontext gehört, wie ein anderer Zeitgeistbeobachter bemerkt, auch das Postulat, daß jeder Mensch ein Künstler sei:

> »Die kommunikativen Möglichkeiten der Oberbekleidung sind in diese immer fieberhafter werdende Ausdruckstätigkeit längst ebenso fugenlos eingearbeitet wie die Weltreligionen, die künstlerischen Stile seit dem Barock, sämtliche symbolisch verwertbaren Reiseziele und Weltgegenden oder die Lebensentwürfe der Boheme von Franziska Gräfin zu Reventlow bis Rudi Dutschke und Johnny Rotten« (Wackwitz 1996).

Es ist leicht absehbar, wie sich für die »lebensästhetische« Selbstdarstellungsmonade ihre Gesellschaftlichkeit gestalten muß. Die Gesellschaft als diktatorisch inszenierter Ausdruck des eigenen Selbst kommt nicht mehr in Frage, jedes Individuum ist nur noch sein eigener Diktator. Die »Lebensästheten« kommen der Vorstellung von Thatcher ziemlich nahe, daß es »keine Gesellschaft gibt, sondern nur Individuen«. Goebel/Clermont veredeln diesen Sachverhalt zur marktwirtschaftsdemokratischen Tugend: »Die Heimat des Lebensästheten ist die Zivilgesellschaft [...] Der Lebensästhet benötigt die liberale, demokratische Gesellschaft zum Erhalt seines kleinen ›Imperiums‹ [...]« (a.a.O., 84 f.). Womit schon gesagt ist, wohin auch die linke und postmoderne Lebens- und Politästhetik eigentlich gehört, die den »intellektuelle Kritik und bewußtes Widerständlertum verweigernden« Sozialcharakter der »Lebensästheten« geradezu als eine Art revolutionäres Subjekt stilisiert.

Die Feier des »demokratischen Bargaining« zwischen »souveränen« Individuen ideologisiert nur die höchstentwickelte Form eines warenfetischistischen Systems, in dem bekanntlich jeder Mensch den anderen zum Mittel seines ökonomischen Selbstinteresses machen muß und so eine wechselseitige Verdinglichung entsteht. Die Postmoderne und ihre Popkultur erweitern diesen sozialökonomischen Grundsachverhalt nur um die warenästhetische Dimension, d.h. alle machen sich wechselseitig zu Requisiten des eigenen Ich als Gesamtkunstwerk – nicht nur einzelne andere Personen, sondern Gesellschaft und Welt überhaupt.

Und da dies in der marktwirtschaftsdemokratischen Weltversion eben nur nach deren Spielregeln gehen kann, also über die verinnerlichte bürgerliche Rechtssubjektivität, werden Markt und Geld (oder symbolisch-interaktionistische Markt- und Geldsurrogate) zu zentralen Medien dieser wechselseitigen Instrumentalisierung als Designrequisiten. Natürlich ist der Begriff des »Lebensästheten« eine (induktive) Abstraktion, in der niemand völlig aufgeht. Aber es handelt sich um eine gesellschaftliche Tendenz des kapitalistischen Endstadiums in den westlichen Metropolen, die samt der dazu passenden Ideologie diesen Typus hervorbringt und zum unbewußten Leitbild macht, dem sich die Mainstream-Individuen so weit wie möglich anzunähern suchen.

Dieses Realkonstrukt weist verdächtige Ähnlichkeit mit Wahnvorstellungen von Schizophrenen auf, die alle Erscheinungen, Ereignisse, sogar Landschaften usw. zwanghaft auf sich beziehen. In der gesellschaftlichen Lebenspraxis auf allen Ebenen bedeutet dies eine solide Basis von Beliebigkeit und letzter Unverbindlichkeit: »Der lebensästhetische Utilitarismus ist einzig und allein der jeweiligen individuellen Biographie verpflichtet« (a.a.O., 89). Dies gilt allerdings nicht unmittelbar, sondern durchaus vermittelt über Beziehungen, Inhalte und Gegenstände, die den abstrakten Stoff des Selbstdarstellungsdesign bilden müssen, ganz wie die abstrakte Materie des Gebrauchswerts der Wertform einen Körper verleiht.

Die »Lebensästheten« können sich also im Einzelfall vordergründig durchaus engagiert, altruistisch, gesellschaftskritisch usw. (möglicherweise sogar wertkritisch) verhalten – aber eben nicht aus einem verbindlichen persönlichen und inhaltlichen Bezug heraus, sondern einzig und allein deswegen, weil sie den jeweiligen Gegenstand oder die jeweilige Beziehung mehr oder weniger zufällig in ihre Selbstinszenierung eingebaut haben (und genau das setzen sie auch bei allen anderen voraus). Wie die bizarren kriegerischen Taten des »politexzentrischen« Poeten Gabriele d'Annunzio nicht das geringste mit der realen Geschichte zu tun hatten (oder nur indirekt, insofern diese Geschichte eben solche Figuren hervorgebracht hat), sondern einfach im Drehbuch seiner Selbstinszenierung standen, so folgen auch die postmodern vermassten »Lebensästheten« nur den Regieanweisungen ihrer jeweiligen gesamtkunsthandwerklichen Inszenierung, wenn auch in einer vergleichsweise alltagsbanalen Art und Weise.

Als soziale Wesen, die sie trotz alledem sein müssen, schreiten sie somit über morastigen Grund. Da die Selbstinszenierung immer zweifelhaft ist und die Selbstdarsteller deswegen ewig »an der eigenen Biographie, der eigenen Moral (basteln)« (a.a.O., 92) müssen, bleibt alles im Zustand der permanenten Unsicherheit und Wechselhaftigkeit. Soll ich nun Maler oder Filmregisseur werden oder doch lieber Lokomotivführer? Paßt der grüne Badezimmerschrank eigentlich zur gegenwärtigen Entwicklung meines Stils? Entspricht meine Freundin oder überhaupt meine sexuelle Orientierung noch dem gegenwärtigen Stand meines Gesamtkunstwerks? Hat die Stadt Nürnberg, Hamburg, Berlin noch den richtigen Rahmen, damit sich meine Persönlichkeit entfalten kann? Ist dieser Kontinent es noch wert, daß ich auf ihm verweile?

Und was für Dinge oder Personen gilt, das gilt selbstverständlich erst recht für Ideen oder gesellschaftskritische Positionen, die ihren Wert in letzter Instanz nicht aus sich selbst beziehen, sondern daraus, daß sie (temporäre oder längerfristige) Requisiten MEINER Selbstinszenierung sind. So erklärt sich auch letzten Endes die »korrektheits-ästhetische« Formalisierung von inhaltslosen Debatten, wie Goebel/Clermont in aller affirmativen Unschuld ausplaudern:

> »Diskussionen drehen sich in der Regel dann auch weniger um Inhalte als um persönliche Verletzungen [...] die Trennung von ›Sache‹ und Person ist heute im Streitfall nicht mehr möglich« (a.a.O., 84).

Mit bloßem Auge ist zu erkennen, daß es hier um Reinformen abstrakter Individualität, um das warenförmige Styling kapitalistischer Persönlichkeitsattrappen mit einem ungeheuren Illusionspotential geht, wie es der Individualanarchismus schon im 19. Jahrhundert mit Max Stirners »MIR GEHT NICHTS ÜBER MICH« vorgedacht hat. Aus einer damals bizarren Ideologie, die nur im Randgruppenmilieu einer intellektuellen Boheme gedeihen konnte, hat sich dieser Typus über viele Stationen hinweg (und immer wieder begleitet von der konstruktivistischen Idee des Gesamtkunstwerks) in der kapitalistischen Durchsetzungsgeschichte weiterentwickelt, bis zu seiner Banalisierung und (relativen) Vermassung in der Postmoderne.

Daß dabei die »neue Linke« und ihre Nachfahren eine bedeutende Rolle gespielt haben, ist keineswegs zufällig. Die 68er Bewegung hat ja weder theoretisch noch praktisch den Arbeiterbewegungs-Marxismus historisch aufheben können, und das gilt für ihre Ausläufer und Nachfolger erst recht. Sämtliche Emanzipationstheorien und -bewegungen der Vergangenheit wurden vielmehr gewissermaßen auf einer kulturell beschränkten Ebene »nachinszeniert«, bis der Mainstream der Realos wieder dort ankam, von wo die »neue Linke« einst ausgezogen war: bei Marktwirtschaft und Demokratie, also im bürgerlichen Heimathafen. Aufs Ganze gesehen war die gesellschaftskritische Radikalität insofern in den letzten dreißig Jahren immer nur Schein, wie Goebel/Clermont clever feststellen:

> »Die Revolutionäre von 68 waren die Entdecker der Lebensästhetik. Ihr Widerstand war nicht zuletzt ästhetisch motiviert, die kommunistischen Ideale wohlgestaltete Selbstinszenierungen« (a.a.O., 81).

Mit fortschreitender Entwicklung löste sich allerdings die Ästhetisierung und Selbstinszenierung von den ererbten gesellschaftskritischen Bezügen und Theoriegebäuden ab, insbesondere von der Ökonomiekritik. Jede neue Bewegungsgeneration wurde um einiges »kulturalistischer« als die vorhergehende und damit zum Bühnenboden von immer offeneren Selbstdarstellungen. Schon Ende der 70er Jahre sprach der US-Historiker Christopher Lasch vom »Zeitalter des Narzißmus« und ordnete die »neuen sozialen Bewegungen« trotz ihres Moralismus (oder gerade deswegen) als Schrittmacher dieses Zeitalters ein:

> »Die Popularisierung psychiatrischer Denkweisen, die Verbreitung der ›Neuen Bewußtwerdungsbewegung‹, der Traum vom Ruhm und das gequälte Gefühl des

Versagens, welche die Suche nach geistigen Allheilmitteln allesamt noch dringlicher machen, haben eins gemeinsam: eine ungewöhnlich starke Beschäftigung mit dem Ich. Diese Selbstbezogenheit prägt das moralische Klima der zeitgenössischen Gesellschaft. Es geht nicht mehr darum, die Natur zu erobern oder neue, gesellschaftliche Herausforderungen zu suchen, sondern um Selbstverwirklichung [...] Der Narzißmus scheint praktisch die beste Art und Weise zu sein, sich den Spannungen und Ängsten des modernen Lebens gewachsen zu zeigen, und die herrschenden gesellschaftlichen Umstände bringen deshalb die narzißtischen Charaktereigenschaften deutlich zum Vorschein, die in unterschiedlichem Grade bei jedem einzelnen anzutreffen sind« (Lasch 1986/1979, 42, 69).

Die Postmoderne scheint diesen gesellschaftlich produzierten Impetus vollenden zu wollen, und die dazugehörige Linke schwimmt voll in diesem Mainstream des kapitalistischen Bewußtseins mit. Die »Lebensästheten« stellen nur eine Radikalisierung der schon seit 1968 und in den neuen sozialen Bewegungen spukenden Idee der »Selbstverwirklichung« dar, nunmehr getragen vom Individualisierungsschub der 80er Jahre. Dieser Begriff bezieht sich nicht mehr (wie gelegentlich im Marxismus) auf ein bewußt mit allen anderen vermitteltes Selbst, auf die »Verwirklichung« des konkreten gesellschaftlichen Menschen, sondern nur noch auf die »verwirklichte« Selbstdarstellung der atomisierten »vereinzelten Einzelnen«, deren gesellschaftlicher Status vor aller Kritik zum bewußtlosen Apriori geworden ist. Es ist keineswegs erforderlich, konservative Tugenden à la Gräfin Dönhoff oder Bürgersinn nach kommunitaristischer Art zu beschwören, um diesen narzißtischen Begriff der »Selbstverwirklichung« radikal kritisieren zu können. Denn offensichtlich wird hier die abstrakte bürgerliche Individualität zur überhistorischen menschlichen Existenzbedingung gemacht statt emanzipatorisch aufgehoben. Was sich da »verwirklichen« soll, ist das immer schon unkritisch vorausgesetzte verdinglichte Ich des vom Warenfetisch konstituierten Menschen.

Lasch, der selber gelegentlich in kulturkonservative Argumente abgleitet, macht andererseits deutlich, daß der Narzißmus eigentlich Selbsthaß ist, geboren aus dem irrational, affirmativ und destruktiv verarbeiteten Versagen an den kapitalistischen Kriterien, die gar nicht real durchgehalten werden können. Hatte sich aber der scheinpolitische Narzißmus der 70er und frühen 80er Jahre noch an die Kategorie der »Echtheit« oder Authentizität geklammert (die eine letzte ideologisch verzerrte Erinnerung an den verlorenen Inhaltsbezug darstellte), so erscheint der postmodern-dekonstruktiv geläuterte Narzißmus umgekehrt schon als »echte Falschheit«, die virtuos und nahezu vollautomatisch jeden Inhalt in Form und jede Beziehung in Design verwandelt.

»Selbstverwirklichung« ist insofern nichts anderes als die Verdrängung von Gesellschaftskritik durch ihre Umwandlung in Sinn- und Persönlichkeitsdesign, das den affirmativen Selbsthaß der kapitalistischen Versager narzißtisch maskiert (auch die vorläufigen Gewinner sind unter dem Damoklesschwert der Konkurrenz immer schon potentielle Verlierer). Das Verschwinden der gesellschaftlichen Konstitutionsproblematik und die Reflexionslosigkeit auf die eigene fetischistische Bewußtseinsform mündet in die Parolen »Let it be«, »Steh dazu« und den jugendkulturellen Spruch »Sei es einfach« (in dieser Reihenfolge); und gerade deswegen erübrigt sich ja auch jede inhaltlich verbindliche Auseinandersetzung über intersubjektive Strukturen, Bedrängnisse und Projekte, die allesamt nur noch Requisiten des biographischen Selbstinszenierungs-»Films« abgeben.

Diese paradoxe Art der Amalgamierung von Realität und Illusion, Sieg und Niederlage, Gewinn und Verlust, Echtheit und Falschheit, Kritik und Kritiklosigkeit usw. im System der totalen Konkurrenz macht auf perfide Weise wehrlos. Auch die Politik wird, ebenso wie die Kunst, nicht aufgehoben, sondern in Design umgeformt.

So stellt die dekonstruktiv fortentwickelte Postmoderne die vielleicht raffinierteste kapitalistische Integrationsleistung dar, vorgedacht und vollbracht von den Borderliner-»Lebensästheten«. Die radikale Kritik der Warenform (bzw. Wertvergesellschaftung) ist der einzig mögliche Ausweg aus dem Labyrinth der warenproduzierenden Moderne. Aber gerade deswegen ist die wertkritische Polemik gegen die Postmoderne Notwehr. Denn in den Händen der narzißtischen »Lebensästheten« wird sogar aus dem Sprengstoff der Wertkritik Limonade.

Keine Krise, nirgends

Die linke Lifestyle-Postmoderne, wie sie heute an den Unis und in bestimmten »Selbstverwirklichungsmilieus« als »expressiver Individualismus« komplementär zum klassischen, sozialökonomisch zentrierten »utilitaristischen Individualismus« der Volkswirtschaftslehre (vgl. Früchtl 1994) grassiert, stellt ein Nachhutgefecht dar. Der Zeitgeist ist eigentlich schon weitergezogen und hat den Marxismus als intellektuelle Modeerscheinung der 70er Jahre längst hinter sich gelassen, denn die Postmoderne stellt den Kapitalismus ja nicht mehr in Frage; freilich nicht in Form einer traditionellen ideologischen Konversion, sondern sie erklärt die Problemstellung und den feindlichen Gegensatz von Gesellschaftskritik und antikritischer Affirmation für gegenstandslos. Aber gerade deswegen kann eine Art dekonstruktiv kupierter Marxismus vielleicht unter postmodernen Umständen auf eine gespenstische Weise wiederkehren.

Denn erstens gibt es jetzt bereits Generationen, die nicht mehr in den Kategorien des 70er-Jahre-Marxismus intellektuell sozialisiert worden sind, sondern in den kulturellen Kategorien der Postmoderne. Sie können nun den Marxismus unbefangen wiederentdecken, allerdings eben in den Kategorien des Designerbewußtseins, d.h. als »frei verfügbares Zeichensystem«, das dem eigenen »lebensästhetischen« Sinndesign möglicherweise einverleibt wird (die eigentliche gesellschaftskritische Entdeckung dieser Generationen wäre es, diesen Zusammenhang zu durchschauen, wovon weit und breit nichts zu merken ist).

Zweitens aber gibt es natürlich auch jede Menge ergraute Postmoderne, die schon etliche Bewußtseinskonjunkturen hinter sich haben und von denen einige nicht ganz damit zurechtkommen, ihre linke oder gar linksradikale Vergangenheit ordnungsgemäß zu entsorgen. Gewöhnlich färben sie die neueste Masche mit den schon etwas blassen Tönen ihres alten Begriffsapparats ein (oder umgekehrt, was auf dasselbe hinausläuft). Das gilt nicht bloß für die heutigen Rezipienten, sondern auch für die theoretischen Protagonisten der Postmoderne selbst, die früher ja fast alle den damaligen neomarxistischen intellektuellen Milieus angehört haben (zu denken wäre etwa an die direkten und indirekten Beziehungen von Althusser, Foucault, Derrida usw.), sodaß in ihren Texten noch Elemente eines marxistischen Kauderwelsch herumspuken und ihnen den Anschein eines (soziologisch verkürzten) Sinnbezugs verleihen. Die »Bourgeoisie« z.B. führt ein höchst eigentümliches Dasein im postmodernen Schattenreich der abgerüsteten Theorie.

Der alte Modernisierungs-Marxismus wurde im Kontext der postmodernen Linken ebensowenig kritisch aufgehoben wie im Kontext der 68er Linken. Aber ist er auch als Potential einer realen gesellschaftlichen Transformation endgültig kraftlos und obsolet geworden, so kann er als Bewußtseinsdesign dennoch in Gestalt einer billigen Retromode wiedererscheinen. Daß der Inhalt sich verflüchtigt hat, ist ja Voraussetzung dafür. Was auf diese Weise herauskommt, ist eine posthistorische Karikatur auf den Arbeiterbewegungs-Marxismus, dessen unaufgehobene Requisiten allesamt in teils bizarren postmodernen Verkleidungen wieder auftauchen (nicht nur die »Bourgeoisie«).

Und es gibt sogar ein Moment von Stimmigkeit dabei, denn wie die Postmoderne insgesamt nichts weiter als eine schräge Fortsetzung der unaufgehobenen Moderne ist, die sich selber überleben will, so steht auch das postmoderne Linkssein noch auf demselben Boden wie das alte »klassische« Linkssein. Wertkritisch gesehen ist die alles durchdringende gemeinsame Essenz von Moderne, Postmoderne und bisheriger Gesellschaftskritik natürlich der gemeinsame Fetischcharakter des warenproduzierenden Systems, der sich nur von verschiedenen systemimmanenten Standpunkten aus und in verschiedenen Entwicklungsstadien des Systems jeweils anders darstellt.

Ein Gegenstand, an dem sich das besonders deutlich zeigt, ist das Problem der Krise. Die Postmoderne im allgemeinen und ihre linken Versionen im besonderen haben bei ihrem Rückzug in die Kultur nicht nur die Ökonomiekritik eskamotiert, sondern damit auch die Krise überhaupt und als solche. In den postmodernen Theoremen kommt die Krisentheorie nicht einmal mehr als Schatten vor (oder nur insofern, als sie abgewehrt und madig gemacht werden soll). Soweit die kapitalistische Ökonomie einmal als Gelegenheitsthema abgehandelt wird, lassen die hippen Kulturlinken bezeichnenderweise eher altlinke »Experten« zu Wort kommen, die in den Grenzen der Volkswirtschaftslehre denken und von einer absoluten inneren Schranke der Kapitalverwertung nichts wissen wollen. Das ist kein Zufall. Schon im alten Arbeiterbewegungs-Marxismus war die Krisentheorie immer ein Fremdkörper, auch wenn die marxistische Orthodoxie natürlich die einschlägigen Bestandteile der Marxschen Theorie notgedrungen aufnehmen mußte. Aber die gesamte klassische krisentheoretische Debatte samt ihren Nachzüglern in den 70er Jahren läßt sich als einzige Abwehrschlacht gegen die darin enthaltene Zumutung lesen.

Denn die Krisentheorie war schon von Anfang an derjenige Bestandteil des Marxismus, in dem die innere Schranke der Wertform und damit der fetischhaften Subjektivität aller kapitalistisch konstituierten Klassen und Sozialcharaktere aufscheinen mußte. Krisentheorie und Fetischkritik bilden eine logische Einheit, die implizit bereits auf eine historische Problemstellung jenseits des systemimmanenten Klassenkampfdenkens verweist. Deswegen machte sich in diesem Kontext stets etwas Unerträgliches für jeglichen Arbeiterbewegungs-Marxismus geltend, der ja als historisches Subjekt der Modernisierung an die Wertform gefesselt blieb. So mußte der alte Marxismus stets der Krisentheorie den Zahn ziehen und sie in ein harmloses zyklisches Modell verwandeln, um den eigenen Status als Binnensubjekt des warenproduzierenden Systems erhalten zu können.

Kein Wunder also, daß heute eine radikale Krisentheorie mit der Hypothese einer historisch aktuell werdenden, absoluten inneren Schranke der Wertvergesellschaftung trotz aller empirischen Evidenz den Abscheu und die Entrüstung von Resten des alten Marxismus wie von postmodernen Linken gleichermaßen hervorruft. Besonders das Reizwort »Zusammenbruchstheorie« läßt die Jalousien im linken Spektrum heruntergehen. »Zusammenbruch« der Wertform (was immer darunter jeweils verstanden und herausgehört wird) darf nicht sein, weil die eigene Subjektivität daran gebunden ist.

Die Krise darf also nur vorkommen im Zusammenhang eines Räsonnements über »das neue Gesicht des Kapitalismus« (Hirsch/Roth 1986), denn stets soll es »auf ein neues« gehen im warenförmigen »Gehäuse der Hörigkeit« (Max Weber); niemals kann die Möglichkeit ernsthaft in Betracht gezogen werden, daß wir es mit einer Epoche der strukturellen Grenze, der objektivierten Selbstzerstörung und des Zusammenbruchs von Wertsubstanz und Warenform zu tun haben. Dementsprechend erübrigt sich dann auch die Entwicklung einer neuen, anderen Kampfperspektive, die auf eine reale Aufhebung warenförmiger Beziehungen abzielt. Stattdessen begnügt man sich damit, die vermeintlichen »neuen Bedingungen« innerhalb der unaufgehobenen, nicht ernsthaft gefährdeten und auch nicht ernsthaft anzugreifenden oder gar aufzuhebenden Verkehrsformen der Wertvergesellschaftung zu eruieren.

Ökonomiekritik, Krisentheorie und Fetischkritik müssen somit als logischer und analytischer Zusammenhang bei den Resten des Altmarxismus ebenso wie bei der postmodernen Linken gänzlich zum Verschwinden gebracht werden, gerade weil das Ende der aufsteigenden Modernisierungsbewegung es nicht mehr erlaubt, diese Gegenstände der Theorie »nebenseitig«, verwaschen und entschärft in ein positives Modernisierungsparadigma mehr oder weniger elegant hineinzuschmuggeln. Je brüchiger die fetischhafte Konstitution wird und je massiver die reale Krise den Subjekten auf den Pelz rückt, desto mehr wird eine in den Handlungs- und Denkformen der Wertvergesellschaftung befangene Linke »wie von selbst« von diesen Gegenständen abrücken und sie tabuisieren.

Soweit also radikale Kritik in postmodernes Sinndesign verwandelt werden soll, muß zwangsläufig als erstes die krisentheoretische Seele der Radikalität wegoperiert werden, und zwar in jeder Beziehung: von der wert- und akkumulationstheoretischen Abstraktion bis zu den empirischen Befunden. Natürlich kann die krisentheoretische Analyse der unter unseren Augen aufscheinenden absoluten Schranke der Wertvergesellschaftung keinen quasi mathematischen Beweis für einen bestimmten Zeithorizont und eine bestimmte Verlaufsform geben; aber sie kann zeigen, daß und wie jede neue finanztechnische Auffangstellung oder umgekehrt jede neue Flucht nach vorn (gegenwärtig in die Globalisierung des Kapitals) nur neue Widersprüche aufreißen und den historischen Krisenprozeß weitertreiben wird. Aber nicht um eine Analyse der realen Verlaufsform geht es den postmodernen Linken, sondern um die ideologische Entsorgung des Krisenproblems überhaupt.

Denn seinem affirmativen und auf die kulturelle Oberfläche beschränkten Wesen nach ist das postmoderne Lebensgefühl bereits »vortheoretisch« völlig auf systemkonforme warenästhetische Erwartungen und Hoffnungen fixiert, in denen die Krise ausgeblendet ist. Deshalb ist vom linken Postmodernismus auch keine akkumulations- und krisentheoretische Argumentation als Teil einer inhaltlichen Auseinandersetzung zu erwarten, die sich auf das Krisenproblem ernsthaft einließe, sondern eher eine von Schutzbehauptungen geprägte »Antikrisentheorie« (die nur wie gehabt die ewige »Anpassungsfähigkeit« des Kapitalismus ideologisch verteidigt) – oder überhaupt das schiere Desinteresse am Gegenstand.

Mehr noch, die Krisentheorie wird bereits in einen denunziatorischen Zusammenhang gebracht, indem die theoretische Argumentation zur inneren Schranke der Verwertung, zur strukturellen Überakkumulation des Kapitals, zur historischen Expansion der unproduktiven Arbeit, des fiktiven Kapitals usw. im neopositivistischen postmodernen Bewußtsein nur noch unter dem Rubrum »orakelhafte Prophezeiungen« oder »apokalyptische Zukunftsprognosen« (*Die Beute* 11/1996) erscheint, um sich der Problemstellung gleich vollständig entledigen zu können. Ganz ähnlich figurierte die wertkritische Krisentheorie schon früher in altmarxistischen Gazetten als »der Untergang des Abendlands – linksherum« (»Gegenstandpunkt« 2/1992).

Die Gemeinsamkeit der Anwürfe über alle sonstigen Grenzen hinweg verrät nicht nur, daß arbeitsontologische Steinzeitmarxisten und postmoderne Linke hinsichtlich der Krisentheorie die gleiche beschränkte Vorstellung haben und sich gedanklich nur innerhalb des warenproduzierenden Systems und seiner Kategorien (wenn auch auf unterschiedliche Weise) bewegen können. Vor allem wird auch deutlich, daß sie ebenso gemeinsam mit den Wölfen des bürgerlichen Aufklärungsdenkens heulen, das schon immer jedes auch nur angedeutete Aufscheinen einer immanenten Fundamentalkrise der kapitalistischen Moderne als Propaganda der »finsteren Reaktion« abqualifizieren wollte. Daran zeigt sich, wie wenig die Aufklärungskritik der Postmoderne wirklich wert ist: Der teleologische bürgerliche Fortschrittsbegriff des 18. und 19. Jahrhunderts erscheint nur deswegen als obsolet, weil der Kapitalismus bei sich selbst als Weltsystem angekommen ist und keiner historischen Rechtfertigung mehr bedarf. Sobald aber auf das Ende des bürgerlichen Subjekts in seinem ökonomischen Kern hingewiesen wird, kommen die aufklärerischen Eselsohren wieder zum Vorschein.

Es gehört zu den ältesten Essentials des Liberalismus, daß er jede Benennung der evidenten Katastrophenpotenz, wie sie die Vergesellschaftung des warenproduzierenden Systems auszeichnet, als »apokalyptische Prophezeiung« in die Ecke eines abergläubischen und irrationalen, rückwärtsgewandten und »antizivilisatorischen« Denkens drängen will. Verhöhnt werden damit nicht nur die Hekatomben von Opfern der Modernisierung und die im 18. und frühen 19. Jahrhundert vom Liberalismus blutig erstickten sozialemanzipatorischen Bewegungen (wie es etwa Edward P. Thompson gezeigt hat); ignoriert werden auch sämtliche Signale der zeitgenössischen Situation, die auf das Erreichen einer absoluten inneren Schranke der Wertvergesellschaftung hindeuten.

Die Ideologen des Marktsystems und ihre nützlichen Idioten möchten die Krisentheorie in eine Fin-de-siècle-Stimmung einordnen und die rein äußerliche Zufälligkeit der Jahrtausendwende in der christlichen Zeitrechnung dafür ausnutzen, den strukturell kollabierenden inneren Selbstwiderspruch des warenproduzierenden Systems durch Verweis auf irgendwelche unbegründeten, bloß irrationalen Milleniumsängste wegzudefinieren. Dabei merken sie nicht einmal, daß sie sich sogar innerhalb dieses kruden Konstrukts blamieren. Denn immerhin behielten bei der letzten Fin-de-siècle-Stimmung selbst noch die verrücktesten Krisenheiligen gegenüber den damaligen bürgerlich-»vernünftigen« Entwarnern insofern recht, als wenig später das Wilhelminische Reich und überhaupt der bürgerliche Fortschrittsoptimismus im Inferno des 1. Weltkriegs verglühten. Und die Folgeereignisse (Weltwirtschaftskrise, Faschismus und Holocaust, 2. Weltkrieg) übertrafen bei weitem sämtliche mittelalterlichen Milleniums-Katastrophenszenarien.

Als kaum weniger affirmativ und ignorant erweist sich der heutige »antifundamentalistische« Feldzug seichter prokapitalistischer Ideologen, die mit ganz ähnlichen Motiven wie die postmoderne Linke gegen die »Endzeit-Propheten« als »Offensive der Antiwestler« (Herzinger/Stein 1995) mobil machen wollen. Hier wird die durchaus kapitalimmanent erklärbare Existenz eines neonationalistischen Antiamerikanismus samt seinen antisemitischen Ober- und Untertönen dafür instrumentalisiert, jegliche Kapitalismuskritik als reaktionäre Ideologie zu identifizieren und damit die soziale Emanzipation von den kapitalistischen Zumutungen für unmöglich zu erklären. Die Kritik des Warenfetischismus soll als »gegenaufklärerische These [...], die Erfolgsgeschichte des Kapitalismus beruhe auf einer magisch-blendenden Wirkung des Geldes« (Herzinger/Stein, a.a.O., 182) dem Reich des Irrationalismus zugerechnet und damit abgeblockt werden. »Widerwillen gegen die Moderne«, »Gegenmoderne«, Aufklärungskritik usw. erscheinen wie selbstverständlich unter dem Rubrum des Bösen, als hätte es die »Dialektik der Aufklärung« niemals gegeben und als wäre das Aufklärungsdenken nicht selber zutiefst vom Irrationalismus durchdrungen, der von Anfang an die Kehrseite (die Nachtseite) derselben Medaille bürgerlicher Rationalität darstellte.

Die Menschen sollen nur noch zwischen der Pest der kapitalistischen Aufklärungsmoderne und der Cholera apokalyptischer Blutopferideologien wählen können (dürfen) und sich schließlich angesichts dieser famosen Alternative aufatmend »zur befreienden Durchsetzungskraft des Geldes bekennen« (Zielcke 1995). Ausgeblendet wird dabei nicht nur jegliche Möglichkeit emanzipatorischer Kapitalismuskritik; unterschlagen wird auch der innere Zusammenhang von Liberalismus und Neofaschismus/Fundamentalismus.

Denn erstens sind es die marktwirtschaftlichen Katastrophen und die »stummen«, subjektlosen Opferrituale des Liberalismus und seiner institutionellen Ausgeburten selbst, aus denen der Irrationalismus der »Stahlgewitter« und seine Gespenster hervorkriechen; zweitens ist der rechte Fundamentalismus auch ideologisch kein Gegenpol, sondern ein historisches Derivat des Liberalismus, nämlich eine Ideologie der »Fortsetzung der Konkurrenz mit anderen Mitteln« (eine Schnittmenge stellt z.B. der Sozialdarwinismus dar). Prokapitalistische Hurraliberale wie Herzinger/Stein sind als Warner und weiße Ritter gegen die Bocksgesänge raunender Irrationalisten nicht besonders glaubwürdig, denn ihr Denken gehört demselben ideologischen Kontinuum an.

Die Restlinke kann demgegenüber eine soziologisch verkürzte Kapitalismuskritik, die nichts weiter ist als eine Variante bürgerlicher Modernisierungsideologie, in der strukturellen Krise der Wertvergesellschaftung nur noch schwächelnd und unglaubwürdig geltend machen; eben weil ihre Voraussetzung, die historische Aufstiegsbewegung des warenproduzierenden Systems, zum Stillstand gekommen ist. Der historische Nebel lichtet sich und zum Vorschein kommt auch die innere Verwandtschaft der gesamten Linken mit dem Liberalismus, aus dem sie ja ursprünglich im 19. Jahrhundert als illegitimer Bastard hervorgegangen war. Auch wenn natürlich Liberalismus, Sozialismus und Faschismus nicht identisch sind, sondern den Kampf um die Gestalten der Modernisierung führten, so sind sie doch feindliche Brüder, entstammen derselben Wurzel und trugen ihre Konflikte auf dem Boden der unreflektierten, zum neutralen Gegenstand geronnenen Wertform aus. Was die »neue Unübersichtlichkeit« (Habermas) der gegenwärtigen Epoche ausmacht, ist die Tatsache, daß jetzt dieser gemeinsame Boden der Wertform ins Wanken gerät.

Die Linke wollte immer nur die bürgerliche Aufklärung verlängern oder vollenden, ohne deren Charakter jemals zu durchschauen. Deswegen mußte sie in der Nachkriegsgeschichte immer wieder hinter das theoretische Niveau der »Dialektik der Aufklärung« zurückfallen (geschweige denn, daß sie jemals darüber hinausgekommen wäre). So ist sie jetzt unter allem Niveau angelangt und es ist absehbar, daß sie sich nur noch mehr oder weniger verschämt dem Neoliberalismus an den Hals wirft – ganz besonders in ihrer warenästhetischen postmodernen Gestalt, die das Paradox eines neoliberalen Linksradikalismus darstellt. Die gemeinsame, wörtlich identische Sprache mit den neoliberalen Ideologen gegen die wertkritische radikale Krisentheorie (»apokalyptische Prophezeiungen«, »orakelhafte Endzeitideologie« usw.) zeigt bereits diesen Schulterschluß an.

Das Mitschwimmen auf der Welle der »Lebensästhetik« im Windschatten der kapitalistischen Globalisierung macht postmoderne Linke und Neoliberalismus gleichzeitig auch auf der Alltagsebene in einem gemeinsamen Bewußtsein der Krisenignoranz kompatibel. Der vordergründige postmoderne Antirassismus und Antinationalismus etc., zunehmend von jeder radikalen Kapitalismuskritik entkoppelt und eingebaut in die Selbstinszenierungen der »Lebensästheten« mit ihrer narzißtischen »Sorge um sich« (Foucault), ist schon längst völlig zahnlos geworden und lebt nur noch auf neoliberalen Kredit. War aber einst der Arbeiterbewegungs-Marxismus in der Weltkriegsepoche von der faschistischen Nachtseite der Aufklärung zermalmt worden, weil er in den Schrecken der kapitalistischen Katastrophe nur einen schwachen Aufguß der Modernisierungsideologie zu bieten hatte, so könnte die postmoderne Linke ein ähnliches Schicksal umso mehr erwarten, als sie noch viel weniger ausgerüstet und vorbereitet ist.

Die Ahnung dieser katastrophalen Zukunft mündet aber für den Postmodernismus nur in eine starke Verdrängungsleistung. Das beste Mittel dafür ist es, die Krise radikal zu subjektivieren, etwa nach dem Motto: »Wie du hinschaust, so schaut es zurück«! Auch ökonomietheoretisch nähert sich so die postmoderne Linke in gewisser Weise dem Liberalismus an, der in Gestalt der Grenznutzenlehre schon vor mehr als hundert Jahren die Wertkategorie (im Unterschied zu seinen eigenen Klassikern wie Smith und Ricardo) radikal subjektiviert und in ein System von Käuferpräferenzen (subjektiven Nutzenschätzungen) aufgelöst hat. Der substantielle Wertbegriff verschwindet dabei letzten Endes völlig und wird vom bloß relativen Preisbegriff aufgesaugt. In ähnlicher Weise läßt die postmoderne Linke nun die Krisentheorie in den subjektiven Präferenzen der Marktteilnehmer verschwinden; eine fundamentale Krise erscheint als gar nicht möglich, solange es mehrheitlich »eine Art Gottvertrauen« in das Funktionieren des Systems gibt.

Eine solche Denkweise, die das Problem der Fetischformen »hinter dem Rücken« der munteren Marktwirtschaftler vollständig ignoriert, ist natürlich der Postmoderne umso mehr eigen, soweit sie sich von der linken Kapitalismuskritik schon ganz »emanzipiert« hat. Die »apokalyptischen Prophezeiungen« der finsteren »Endzeitpropheten« erscheinen dann nur noch als dumme oder bösartige Miesmacherei, von der die Krise womöglich noch herbeigeredet wird, ganz wie die Postmodernisten selber sie wegreden wollen, um ihren absurden Frohsinn nicht unterbrechen zu müssen. Während die wunderbare marktwirtschaftliche Welt in Elend und Barbarei versinkt, wollen sie rosige Zeiten heraufdämmern sehen. »Nur Mut« und »Keine Panik«, mit diesen Roman-Herzog-Parolen endet denn auch die postmoderne Eloge auf den Kapitalismus von Goebel/Clermont; werden für sie doch »heute die Umrisse einer zivilen Arbeitsgesellschaft der Zukunft sichtbar«, in der »das innovative Biotop unternehmerischer Lebenskünstler blüht« (a.a.O., 196 f.).

Die Reihen der großen Koalition von »prowestlichen« Antikrisenideologen und Mutmachern des »positiven Denkens« im Namen der kapitalistischen Globalisierung schließen sich, wenn auch noch Warnfried Dettling in der *Zeit* gegen die Miesmacher leitartikelt, die sich weigern, marktwirtschaftlich anzupacken:

> »Statt dessen entwerfen die Meisterpsychologen unserer Tage ein Szenario der Bedrohung, sie beschreiben

Globalisierung, Digitalisierung und die Folgen als Niedergang der Arbeitsgesellschaft [...] Von den Zinnen kündet derweil Posaunenschall die Katastrophe: Terror der Ökonomie; Globalisierungsfalle [...] Von Tony Blair ließe sich lernen, daß die Rhetorik der Bedrohung keinen Aufbruch schafft. Die Rhetorik der Chancen könnte von Zielen sprechen, die die Mühen des Weges lohnen« (Dettling 1997).

Und der liberalkonservative Standort-Ideologe weiß auch gleich, wo die erfolgversprechenden Chancen-Rhetoriker zu finden sind:

> »Die beiden jungen Autoren Johannes Goebel und Christoph Clermont beschreiben eine – ihre – Generation, die sich längst aufgemacht hat, [...] ihren Teil am 21. Jahrhundert zu erobern« (ebda).

Na wunderbar. Statt Krise und Zusammenbruch also Entwarnung und »Entdramatisierung«. Alles halb so wild. Die Postmoderne beschert dem Kapital endlich die ersehnte »Wagniskultur«, das positive Denken triumphiert über die Wahrnehmung des Elends (sogar des eigenen, wie sich noch zeigen wird). Alles im Griff auf dem sinkenden Schiff: keine Angst, keine Angst, Rosmarie. Die antikrisentheoretische postmoderne Linke schwimmt am Rande dieser Rhetorik mit und die »neue Subjektivität«, mit der sie liebäugelt, gehört als kritiklose Kritik oder kritische Kritiklosigkeit voll und ganz in diesen Kontext.

Love Parade

Wenn die Krise am Ende des 20. Jahrhunderts eine Krise der Wertform als solcher ist, dann kann sie nicht bloß als äußere soziale, ökonomische und ökologische Krise in Erscheinung treten, sondern muß auch die Subjektform selber erfassen. Die warenförmige Subjektkonstitution bricht in sich zusammen. Das bedeutet vor allem, daß der schon immer prekäre Subjekt-Objekt-Dualismus der Wertvergesellschaftung implodiert und das vormals selbstherrliche bürgerliche Subjekt gerade dadurch negativ zu sich kommt, daß es sich nicht nur auf der unaufgehobenen Objektseite wiederfindet, sondern sich an diesem Ort auch noch selber in seiner unaufgehobenen Form häuslich und selbstaffirmativ einzurichten sucht. Gerade diese Haltung macht das Gespenstische an der infantil vor sich hin schäkernden postmodernen Unbeschwertheit aus. Diese falsche Lustigkeit, so offenkundig sie ein Krisenphänomen kapitalistischer Subjektivität darstellt, muß von den affirmativen postmodernen Jungideologen geradezu zwanghaft zum transzendierenden Phänomen umfrisiert werden.

Als Symptom und gleichzeitig leuchtendes Exempel erscheint die mittlerweile institutionalisierte Berliner Love Parade, die nicht nur alljährlich das Tiergartengelände zupißt und einige hundert Tonnen Müll hinterläßt, sondern auch die Vermüllung der bürgerlichen Subjektivität demonstriert. »Eine Art Freiheitsbewegung« sei dieser Aufmarsch der »Techno-Generation«, wie die Deutsche Presseagentur für den Durchschnittsjournalismus titelt; ein Unterschied zum bedröhnten, sektflaschenschwingenden deutschen Vereinigungsirresein an derselben Stelle ist nicht zu erkennen.

Kein Zufall ist es auch, daß die nach scheinemanzipatorischen Potentialen fahndenden linken Postmodernisten ausgerechnet in diesem Spektakel die »neue Subjektivität« ihrer wundersamen kritischen Kritiklosigkeit entdecken möchten, die dieses Kunststück durch ebenso wundersame Verhaltensweisen zu bewerkstelligen scheint, mit denen sie die obsolet gewordenen bürgerlichen Ideale seit Iphigenie und Siegfried vermeintlich transzendiert:

»Könnten die Idealsubjekte nicht der sogenannten ›verlorenen Generation‹ angehören, die sich angeblich ›sinnlos‹ berauscht mit Drogen und Musik, nur ihren eigenen, marginalen Zwecken folgend, jenseits der ›substantiellen‹ Werte und vorgeformten Gefühle, der äußeren Erfolgszwecke und der Geld- und Arbeitslogik? Besteht eine durchschnittliche ›Loveparade‹ nicht aus Iphigenien und Siegfrieden, die ihre Naivität und nicht ihren Intellekt der rationalisierten Welt entgegenstellen?« (Erdmann 1997).

Wer hätte das gedacht, daß am Ende der kritischen Reflexion das Lob der Naivität steht, die aber natürlich leider keine waldursprüngliche mehr ist, sondern eine durch und durch vom Kapitalismus geformte; gewissermaßen eine sekundäre Naivität jener falschen Unmittelbarkeit, auf deren Geltenlassen mehr denn je Adornos Verdikt in den »Minima Moralia« zutrifft:

»Die Verteidigung des Naiven, wie sie von Irrationalisten und Intellektuellenfressern aller Art betrieben wird, ist unwürdig. Die Reflexion, welche die Partei der Naivetät nimmt, richtet sich selbst: Schlauheit und Obskurantismus sind immer noch dasselbe. Vermittelt die Unmittelbarkeit behaupten anstatt diese als in sich vermittelte begreifen, verkehrt Denken in die Apologetik seines eigenen Gegensatzes, in die unmittelbare Lüge. Sie dient allem Schlechten, von der Verstocktheit des privaten Nun-einmal-so-Seins bis zur Rechtfertigung des gesellschaftlichen Unrechts als Natur« (Adorno 1983/1944, 89 f.).

Gerade in der Affirmation »naiver« postmoderner Popkultur lauert der Absturz in eben jenen Irrationalismus, den die Linke der wertkritischen Krisentheorie gern anhängen möchte; wie überhaupt die ästhetisierende Entsorgung der Ökonomiekritik durch den Postmodernismus generell einen anti-reflexiven, »intellektuellenfresserischen« Zug aufweist. Wenn in diesem Zusammenhang die postmoderne Linke eine ideologische Grundhaltung auszeichnet, dann ist es wahrhaftig genau die »Verstocktheit des privaten Nun-einmal-so-

Seins«, die an den stumpfsinnigen Massen der Love Parade deswegen so gern gesehen wird, weil sie der eigenen Befangenheit in der Welt der Warenästhetik entspricht, die dieselbe »Verstocktheit« nur noch einmal pseudo-reflexiv als ideologischen Bezug verdoppelt, statt sie radikal zu kritisieren.

Das wirkliche Apriori der falschen Unmittelbarkeit und ihrer scheinbaren »Naivität« sind längst schon die Imperative des fetischistischen Formzwanges. Daß die unreflektierten Träger dieser Imperative im Zustand der Infantilität angelangt sind, macht sie nun wirklich nicht zum Widerstandspotential. Im Bewußtsein der Love Parade hat die Beliebigkeit des »dezentrierten Subjekts« bereits jeden Maßstab verloren: Alles kann auch alles andere sein, Emanzipation und Affirmation sind gleichgültig wie überhaupt alle Gegenstände vor der scheinbar totalisierten Warenform gleichermaßen gültig sind, und so wäre es auch keine Überraschung mehr, wenn der »Schrei nach einem menschenwürdigen Leben« übergangslos als »Ausländer raus« artikuliert wird. Warum auch nicht, sind die Worte doch allesamt bloß bedeutungslose »Zeichen«, mit denen man spielen kann. Soziale Beziehungslosigkeit heißt nichts anderes, als eine Ware auf zwei Beinen zu sein; der »expressive Individualismus« muß sich auch deswegen aufs Outfit verlegen, weil es hinter den Klamotten nur noch das Gespenst eines Individuums gibt: Nie war Adorno aktueller als in den postmodernen Zeiten der Love Parade, deren Mitläufer wirklich eine grobe Unverschämtheit begehen, wenn sie »Ich« sagen.

Der Begriff der »lebenden Ware« ist keine Metapher, sondern durchaus wörtlich zu nehmen. Die Karikatur einer Massendemonstration, die keinen Inhalt mehr artikulieren kann, hebt selbstverständlich das politische Bewußtsein nicht auf, sondern erscheint in der lückenlosen Formalisierung unmittelbar als Kommerz, die einzige noch mögliche Pseudovermittlung. Und darin ist auch die Expressivität des Outfits aufgehoben:

»Große Modefirmen wie H&M lassen Trendscouts durch die Techno-Keller rennen; und auf der Love Parade stehen sie mit großen Augen am Straßenrand. Die Berliner Parade ist eine endlose Modenschau. Schutzanzüge, Armeejacken, Trevirahosen, Russenmützen, alles ist möglich, alles kann mit allem kombiniert werden – vor ein paar Jahren hieß dieses Konzept Grunge, heute heißt es Urban Tribal Wear« (*Der Spiegel* 30/1996).

Das konformistische Denken des linken, popkulturellen Postmodernismus möchte daraus einen emanzipatorischen Ansatz destillieren, von dem nicht einmal Spurenelemente vorhanden sind, und die verklärten intellektuellen Mitläufer möchten wenigstens eine »ursprüngliche« Subkultur erkennen, die noch nicht vom Warenuniversum aufgesaugt war. Aber die Requisitenhändler wissen es besser:

»Techno hat keine Weltanschauung, und wenn doch, dann ist es die Betriebswirtschaftslehre. Unternehmen gründen und ruinieren und neue gründen gehört zur Techno-Welt wie das Auf und Ab der Basslinie. Ein paar Leute, die an Techno nichts verdient haben, beklagen den Ausverkauf einer Kultur, die angeblich mal von unten kam [...] Aber in Wahrheit war Techno immer kommerziell, und ›es war immer wichtig [...], die richtige Marke zu tragen‹. Sneakers von Airwalk, Hosen von Carharrt und Shirts von Diesel sind Propaganda für ein besseres Leben; die falsche Marke steht für ein falsches Leben, da ist der Raver dogmatischer als jeder Stalinist« (a.a.O.).

Wie man es auch dreht und wendet: Was hier sichtbar wird, ist weder direkt noch indirekt und nicht einmal um fünf Ecken herum ein Ausdruck emanzipatorischen Willens, sondern bloß die als Event organisierte Willenlosigkeit der massenhaft zur Schau gestellten Selbstinszenierung von Volltrotteln der Warengesellschaft.

Wenn im losgelassenen Narzißmus die Individuen bis zur offenkundigen Ichlosigkeit regrediert sind, kann auch der Gedanke der Emanzipation nur noch in der Form seines Gegenteils formuliert werden, eben selber als Ware, und dementsprechend das »richtige Leben« nur noch als Greifen nach der »richtigen Marke« erscheinen. Dieses Zusammenbrechen der Subjekt-Objekt-Differenz ist bereits die Krise der gewissermaßen implodierenden gesellschaftlichen Form sowohl auf der subjektiven wie auf der objektiven Seite.

Wenn so das substantiell schon immer illusionäre und lediglich in seiner historischen Durchsetzungsgeschichte wirkmächtige moderne Subjekt ganz im Objektivismus seiner eigenen Form verschwindet, kann es sich demzufolge in dieser Form nur noch als Idiot verhalten; und zwar im wörtlichen Sinne, denn für den ursprünglichen antiken Sprachgebrauch ist das »Idiotische« ja gerade die abstrakte Selbstbezüglichkeit: Der »Idiot« ist der asoziale, seinem eigenen gesellschaftlichen Zusammenhang gegenüber ebenso blinde wie gleichgültige Geldverdiener und Geldausgeber, der sich hinsichtlich seines eigenen sozialen Wesens hat dumm machen lassen und deshalb der Verächtlichkeit anheimfällt. Das auf den äußersten Punkt der Abstraktheit zusammengeschnurrte Individuum, das nicht einmal mehr cin Binnensubjekt der Warengesellschaft genannt werden kann, ist damit auch auf dem äußersten Punkt der Idiotie angekommen.

Sex per E-Mail

Ins Unrecht setzt sich, wer irgendeine »richtige« Form von Sexualität proklamiert. Das heißt aber noch lange nicht, daß die kapitalistischen Bedingungen von Intimität kritischer Reflexion unzugänglich wären. Die Postmoderne mit ihrer positivistischen Maßstabslosigkeit verteidigt nicht die sexuelle Freiheit der Individuen, sondern sie macht sich zur Komplizin des Warenfetischs auch dort, wo er bis auf die Haut geht. Christopher Lasch hat die Aporien eines narzißtischen »Privatismus«, der gerade aus dem Mangel an realer Privatheit erwächst und diesen Mangel reproduziert oder sogar steigert, schon vor fast zwei Jahrzehnten an den Anfängen des selbstdarstellerischen postmodernen Persönlichkeitskonsums gezeigt:

> »Wenn persönliche Beziehungen mit keinem anderen Ziel als dem des psychischen Überlebens aufgenommen werden, bietet das ›Private‹ keinen rettenden Hafen in einer herzlosen Welt mehr. Im Gegenteil, das persönliche Leben nimmt dann genau die Merkmale der anarchischen Gesellschaftsordnung in sich auf, gegen die es ein Refugium bilden sollte. Was kritisiert und verurteilt werden muß, ist die Verwüstung des Privaten und keineswegs der Rückzug ins Private. Das Fragwürdige an der Bewegung für ein Neues Bewußtsein rührt nicht daher, daß sie sich mit trivialen oder irrealen Problemen befaßt, sondern daß sie selbstzerstörerische Lösungen anbietet. Sie erwächst aus der vorherrschenden Unzufriedenheit mit der Qualität der persönlichen Beziehungen und rät den Menschen, sich nicht zu sehr auf Liebe und Freundschaft einzulassen, sich nicht unmäßig von anderen abhängig zu machen und für den Augenblick zu leben – und eben so ist die Krise der persönlichen Beziehungen entstanden« (Lasch 1986/1979, 44).

Wie der warenförmige Narzißmus das Ich nicht etwa erhebt, sondern vernichtet, so erweist sich die von der Warenform diktierte Betonung des Persönlichen nicht als Renaissance der Privatsphäre, sondern als deren Zusammenbruch. Das heißt aber nur, daß die äußere (soziale und ökonomische) Krise des warenproduzierenden Systems gewissermaßen im »Atomkern« des warenförmig sozialisierten Individuums und seiner Subjektivität, auch seiner sexuellen, angekommen ist. Lasch nimmt deshalb mit Recht die altlinke oder demokratisch-politische Kritik am vermeintlichen »Rückzug ins Private« nicht mehr ernst. In eine rauchende Ruine kann man sich nicht gemütlich »zurückziehen«. Wenn Autoren wie Richard Sennet (und in Deutschland die staatstragende Verantwortungsjournalistin Cora Stephan) gegen die angebliche »Tyrannei der Intimität« (Sennet 1986/1974) die klassische öffentliche Sphäre der Politik einklagen möchten, dann ignorieren sie den wirklichen Zusammenhang dieser komplementären Sphären des warenproduzierenden Systems ebenso wie den Zusammenbruch ihrer systemstabilisierenden Wechselseitigkeit.

Das »öffentliche Leben« verfällt nicht etwa deswegen, weil die Privatheit überhand nähme, sondern weil diese ihrerseits verfällt:

> »Die Sozialisierung der Jugend reproduziert politische Herrschaft auf der Ebene der persönlichen Erfahrung. In unseren Tagen ist dieser Eingriff von Mächten organisierter Herrschaft in die Privatsphäre so umfassend geworden, daß es ein privates Leben kaum mehr gibt. Weil Sennet Ursache und Wirkung verwechselt, legt er die zeitgenössische Malaise dem Eindringen des Persönlichen und Privaten in den öffentlichen Bereich zur Last. Für ihn [...] stellt die gegenwärtige Beschäftigung mit Selbst-Entdeckung und -Verwirklichung, psychischer Entwicklung und intimen persönlichen Beziehungen eine ungehörige Selbstbezogenheit und zügellos um sich greifende romantische Schwärmerei dar. In Wirklichkeit aber rührt die Betonung des Privaten keineswegs aus einer starken Geltung der Persönlichkeit her, sondern aus ihrem Zusammenbruch [...] Unsere Gesellschaft fördert mitnichten die Privatsphäre auf Kosten der öffentlichen und hat dauernde und tiefe Freundschaften, Liebesbeziehungen und Ehen zunehmend schwieriger gemacht. In dem Maße, wie das gesellschaftliche Leben immer barbarischer und kriegsähnlicher wird, geraten die persönlichen Beziehungen, die scheinbar Linde-

> rung dieser Bedingungen verheißen, selbst zu vehementen Auseinandersetzungen. Einige der neuen Therapien beschönigen diesen Kampf als ›Selbstbehauptung‹ [...] Andere loben unbeständige Bindungen mit Formeln wie ›offene Ehe‹ und ›Beziehungen auf unbestimmte Zeit‹. So intensivieren sie das Übel, das sie zu heilen vorgeben. Sie tun das aber nicht etwa, indem sie die Aufmerksamkeit von sozialen Problemen auf persönliche, von realen auf falsche ablenken, sondern dadurch, daß sie die gesellschaftlichen Ursprünge des Leidens verschleiern« (Lasch, a.a.O., 47 f.).

War Anfang der 80er Jahre die Therapie noch Bestandteil des Übels, das sie kurieren sollte, so ist heute, auf dem Höhepunkt der Postmoderne, nicht einmal mehr ein Bewußtsein des Übels vorhanden, gerade weil der massentherapeutische Unfug sich zum Normalzustand gemausert hat. Das Leiden ist damit nicht verschwunden, aber es wird nicht mehr offen benannt und sucht sich deshalb indirekte, bewußtlose Ausdrucksformen. Die Love Parade und verwandte Erscheinungen sind nur besonders signifikante Beispiele dafür, wie die Form der modernen Subjektivität zusammenbricht: Der ursprünglich emanzipatorische Impuls, das Private öffentlich zu machen oder zu »politisieren«, der mit falschen (systemimmanenten) Begriffen operierte und nur durch eine bewußte Radikalisierung gegen die Warenform der sozialen Beziehungen selber hätte weiterentwickelt werden können, hat sich aufgelöst in eine »postsubjektive« Subjektivität des bürgerlichen Endstadiums, die in ihrer narzißtischen Regression gar nichts mehr ist.

Das Private und das Öffentliche der bürgerlichen Gesellschaft brechen gleichermaßen und gemeinsam zusammen; und in dem Maße, wie das geschieht, entschwindet natürlich auch das Verhältnis der beiden Pole in einem aufgelösten Persönlichkeitsbrei, der nur noch vor sich hinblubbert in seiner sekundären Pseudonaivität und »Verstocktheit des privaten Nun-einmal-so-Seins«.

Jeder für sich und Gott gegen alle, auch in der sogenannten Beziehung, wie eine Teilnehmerin der Love Parade ganz unschuldig bestätigt:

> »Was ihr Freund in den letzten Stunden getrieben hat, kann sie nicht sagen. Er war mit seinen Leuten in der tobenden Menge untergetaucht, sie mit ihren. Jeder für sich auf der Suche nach dem besten Platz, dem größten Spaß, dem lautesten Tieflader. Kontakt hatten sie nur per Handy« (*Der Spiegel* 30/1996).

Daß es sich hier um keine Ausnahmesituation, sondern um ein bereits vermasstes alltägliches Verhalten handelt, bestätigen Goebel/Clermont als glaubwürdige Gewährsleute des postmodernen Sozialcharakters. Ihre »Lebensästheten« können per definitionem nur noch gespenstische, medial entwirklichte soziale und sexuelle Beziehungen aufnehmen. Die Abstraktion der Wertform hat sich längst wie Reif auf die intimen Verhältnisse der Selbstdarstellungsmonaden gelegt, und zwar schon meilenweit vor jeder erotischen Aktion:

> »Der Feind lauert nicht mehr in Moskau, sondern im gemeinsamen Bett, Saddam Hussein verliert im Gegensatz zu Katja, Ralph oder Peter jeden Schrecken [...] Allein ein gemeinsamer Lebensmitteleinkauf läßt Welten kollidieren – vor dem Käseregal kommt es nicht selten zum beziehungstherapeutischen Showdown! Wenn schon die Wahl der Käsesorte selbst den vertrauten Partner zum unberechenbaren Alien werden läßt, welche Fallen lauern dann noch im lebensästhetischen Miteinander?« (Goebel/Clermont, a.a.O., 39).

Als Satire wäre das nicht schlecht, als affirmative Beschreibung (die bei aller Witzischkeit bluternst gemeint ist) handelt es sich um eine geradezu grauenhafte Dummheit, die sich prompt als Schnappen nach der »Chance« outet:

»Doch die Inflation des Fremden relativiert Fremdheit [...] Die Kommunikation mit dem Unvertrauten ist zur alltäglichen Aufgabe geworden. Wenn der Feind in meinem Bett lauert, so ist umgekehrt die Welt auch voller potentieller Freunde« (a.a.O., 39).

Vergessen wir das Bett. Denn zu welcher Konsequenz diese »Chance« treibt, wurde schon vorher ausgeplaudert am Beispiel von Miriam, 24, Psychologiestudentin:

»Ihr Freund lebt in Australien. Den größten Teil ihrer Beziehung managt sie über E-Mails (!). Sicher, sie liebt ihn, (aber) er ist schon lang nicht mehr der einzige Garant für Wärme und Nähe. Ihr großer Freundeskreis ist für sie da, und doch fühlt sie sich diesen Freunden gegenüber nicht verpflichtet« (a.a.O., 12).

Der psychische Horror dieser Beziehungslosigkeit kann nur noch in Filmen aufscheinen wie in »Bettlektüre« von Peter Greenaway, wo eine der »Körpertypographie« verschriebene »Lebensästhetin« ihrer Passion frönt, Körper mit kalligraphischen Zeichen zu bemalen: »Unwichtiges, wie ihr Freund, hat in ihrem lebensästhetischen Gebäude keinen Platz, er ist Teil einer irrelevanten Außenwelt« (a.a.O., 58), auch wenn er sich nebenbei umbringt. In einer paradoxen Verkehrung erscheint der Wahn eines derartigen Narzißmus der Realität gegenüber geradezu als eine neue Art der Beziehungsfähigkeit: »Der Freund in Kanada ist dann schließlich doch näher als der Nachbar hinter der Wohnzimmerwand« (a.a.O., 37).

Woraus folgt, daß die ferne Nähe, die schon keine Nähe mehr ist, zum Idealzustand avanciert:

»Der Lebensästhet arbeitet an sich. Auch die Liebe dient nur der Vervollkommnung seiner selbst als Gesamtkunstwerk [...] Auslagerung von Problemfeldern (!) und räumliche Distanz (!) sind daher die naheliegenden Reaktionen [...] Somit steigt die Funktionsfähigkeit einer Partnerschaft direkt mit der Größe der Distanz [...] Die oft beschworene elektronische Beziehung im Labyrinth von Chat-Boxen und E-Mails ist der Inbegriff einer perfektionierten Partnerschaft. Kein anderes Medium hält einem die Schwächen und Macken seines Partners besser vom Hals als das Internet. Der Mensch am anderen Ende der Welt kristallisiert zum reinen Abbild seiner lebensästhetischen Konstruktion. Beide ›Netties‹ idealisieren sich und den anderen. Kein Pickel und keine geschmacklose Cordhose steht dem ehrlichen Glauben an die Perfektion des elektronischen Freundes im Weg. Im global village ist sowohl totale Ablehnung wie auch grenzenlose Anbetung des Partners zu Hause – was außen vor bleibt, sind die Mühen der Ebene. Ist die Leidenschaft erst einmal entbrannt, gibt es nur noch einen wirklichen Horror: die leibhaftige Begegnung mit dem Fremden [...] Dabei bilden vor allem zwei Modelle den Rahmen des lebensästhetischen Beziehungsspektrums: die gemeinsame Wohnung ohne Sex, aber mit allen Spielarten der bürgerlichen Ehe, und Sex ohne gemeinsame Wohnung, aber mit den Idealen der romantischen Zweisamkeit« (a.a.O.,101 ff.).

Ich kann mir gut vorstellen, daß die postmoderne Linke Autoren wie Goebel/Clermont nicht ausstehen kann und vielleicht gar nicht zur Kenntnis nehmen will, gerade weil diese die Wahrheit ausplaudern über jene »nichttraditionellen Formen von Subjektivität«, denen man emanzipatorische Potentiale andichten möchte. Genausogut wäre es allerdings möglich, einer Kuh das Schlittschuhlaufen beizubringen. Natürlich kann kein Mensch seinen warenästhetischen Narzißmus so weit treiben, daß er in dieser Karikatur real aufginge; und wie im 18. Jahrhundert die zynische »Bienenfabel« des Bernard de Mandeville immer wieder fälschlich als radikale Kritik der heraufdämmernden Marktwirtschaft gelesen wurde, so könnte auch das Elaborat von Goebel/Clermont ewig zweifelhaft bleiben. Entscheidend ist, daß es sich in beiden Fällen um eine realgesellschaftliche Tendenz handelt, die es zu kritisieren gilt, statt darin mitschwimmen zu wollen.

Die Realexistenz des Leidens und der (vom Postmodernismus verleugneten) Fundamentalkrise machen diese Kritik längerfristig erfolgversprechend, aber nur wenn sie in ihrer Negativität durchgehalten wird, etwa im Sinne der Devise von Guy Debord und den französischen Situationisten der 60er Jahre: nämlich die Schmach bewußt und dadurch noch schmachvoller zu machen. Der linke Postmodernismus dagegen appelliert nicht an das Bewußtwerden des Leidens, der Krise und der Schmach, sondern im Gegenteil an die blinden Verlaufsformen und an die Verdrängungsleistungen des »dezentrierten Subjekts«, die er in ebensoviele »emanzipatorische Potentiale« umlügt und umfrisiert. Er kennt gar keine Schmach der Selbstanpassung an die idiotischen Lockungen des Marketings mehr, weil er selber schon so stromlinienförmig konform geworden ist, wie die Postsubjekte seines gesellschaftlichen Bezugssystems sich vielleicht bloß geben. Denn die ideologischen Affirmateure sind allemal schlimmer als die bloßen Charaktermasken des postmodernen »So-Seins«.

II.

Politische Ökonomie der Simulation

Das postmoderne Interesse am Selbstbetrug

Die Idee, so sagt Marx, blamiert sich immer, wo sie nicht mit dem Interesse zusammenstimmt. Aber welches Interesse? Die Interessenkategorie ist nicht nur umstritten, sie bildet auch das Bezugsfeld, auf dem sich der Opportunismus entfaltet, die Anpasserei, das Mitmachen, kurz: das Bedürfnis, nicht allein zu bleiben, sondern ein Mehrheitsverlangen zu repräsentieren, mit den Massen kompatibel zu sein und die objektive Macht der Geschichte im Rücken zu haben. Dieses Bedürfnis ist aber unvereinbar mit dem Ziel, über die bestehende Gesellschaftsordnung hinauszukommen. Das Problem besteht natürlich nur, soweit ein solches Ziel überhaupt existiert und einen zureichenden Grund hat.

Das Unbehagen im Kapitalismus hat tausend Gründe, aber diese münden bekanntlich nicht notwendigerweise in radikale Kritik. Wenn eine Art des Lebens und der Reproduktion, mag sie auch noch so sehr eine einzige Zumutung darstellen, sich über viele Generationen hinweg etabliert hat und zum Normalzustand geworden ist, sind ihre Prämissen, Normen, Kategorien und Kriterien tief ins Massenbewußtsein eingelassen. Selbst noch in der Krise wird daher das Normalo-Denken versuchen, möglichst bis zuletzt Scheinlösungen innerhalb der herrschenden Ordnung zu finden, und seien es mörderische, oder sich eben so gut es geht ohne Bekümmerung um die gesellschaftlichen Gesamtverhältnisse individuell durchzuschlagen. Das Scheitern dieser Versuche ist programmiert, auch auf der Mikro-Ebene – aber eben nicht von vornherein; und auch dann gibt es immer noch die Möglichkeit, in Krankheit, Selbstmord, Wahnsinn oder den Amoklauf zu flüchten.

Die Spannung zwischen der Kritik am Bestehenden und dem Trägheitsgesetz des gesellschaftlichen Bewußtseins hat die Geschichte sozialer Bewegungen in der Moderne immer wieder begleitet. Solange der Prozeß der Modernisierung in den Formen des warenproduzierenden Systems nicht ausgeschöpft war, konnte diese Spannung immer wieder abgebaut werden, indem sie für den jeweils nächsten Entwicklungsschub nutzbar gemacht wurde. Das Problem der Vermittlung zwischen Transzendenz und Immanenz, zwischen Trägheit und Kritik wurde gelöst zugunsten einer historischen Dynamisierung von Trägheit und Immanenz selbst. Heute, am definitiven Ende der warenproduzierenden Moderne, ist diese Art der Vermittlung nicht mehr möglich. Jetzt bedarf es der ungleich schwierigeren Vermittlung zwischen dem Leiden an der kapitalistischen Krise, die systemimmanent nicht mehr bewältigbar ist, und einer radikalen Kritik, die über den modernen Warenfetisch hinauskommen muß.

Die Postmoderne scheitert nicht an dieser neuen Qualität des Vermittlungsproblems, sie versucht es gar nicht erst. Das ist auch leicht erklärlich, bedarf es doch für den Ernstfall der radikalen Kritik eines negativen Bezugs auf die kapitalistische Totalität, der ja durch das postmoderne Verdikt gegen die sogenannten »großen Erzählungen« (d.h. gegen jede Kritik der gesamtgesellschaftlichen Struktur) von vornherein unmöglich gemacht wird. So setzt die postmoderne Lifestyle-Linke ihre Karikatur auf die alte Arbeiterbewegung fort, indem sie ihre spezifische Art des Opportunismus im großen Stil entwickelt.

In diesem Sinne kann sie sich so ziemlich alles vorstellen, nur eins nicht: womöglich einmal einsam sein zu müssen. Da ist es dann eben nichts mehr mit der »vereinsamenden Tätigkeit der Ideologiekritik« (Diederichsen 1998, 53). Zwar wäre vielleicht auch die bloß simulierte Pose kritischer Einsamkeit noch als eine mögliche Variante »lebensästhetischer« Selbststilisierung denkbar (daß irgendjemand irgendetwas tatsächlich ernst meinen könnte, ist für das postmoderne Bewußtsein sowieso unvorstellbar); aber es könnte eben nicht die eigene Art der Selbstdarstellung sein, denn das wäre ja eine Pose, die keinen Mehrwert an Reputation abwerfen würde – und das muß aus der Sicht einer medialisierten Welt der Selbstverwertungsposen als Paradoxon erscheinen.

Die sozialen Selbstdarsteller sehnen sich nach tosendem Applaus. Für eine warenästhetisch stilisierte Gesellschaftskritik in der Form der Kritiklosigkeit (oder umgekehrt) muß die unvermeidliche Distanz zum Massen- oder Mainstreambewußtsein unvermittelt eingeebnet werden. Die linken Legitimationsideologen der postmodernen »reflektierten Unernsthaftigkeit« sind von Haus aus distanzlos. In ihrem überwältigenden Drang zum Mitmachen neigen sie dazu, das Vermittlungsproblem auszulöschen, bevor es überhaupt formuliert worden ist.

Wenn die Distanz radikaler Kritik zum Massenbewußtsein und zu den kapitalistischen Moden aus dieser Sicht nur noch als »gewollte Außenseiterstellung« erscheint und »sich vom geschäftigen Massensubjekt abzusetzen« (Erdmann 1997) als eine Art Unanständigkeit, dann verrät sich damit der affirmative Glaube an das Marktsystem und seine Bewußtseinsformen, der eben nichts so sehr fürchten muß wie eine »Außenseiterstellung« jenseits des geschäftigen Geschäfts und deshalb sich schütteln zu müssen meint gegen die »Rolle« des in feindlicher Distanz zur Welt verharrenden »einsamen Krisenrufers«. Für Diedrich Diederichsen macht es ohnehin keinen Unterschied mehr, ob eine kritische Idee nun zu einer »politischen Strategie« beitragen oder »wenigstens eine praktikable Geschäftsidee (!)« abgeben könnte (Diederichsen 1998, 39). So gibt es für die postmoderne Linke vor allem eine Horrorvorstellung: »Der Mainstream rast auf breiter Front an uns vorbei und besetzt die Themen, so gut es geht [...]« (*Die Beute*, Neue Folge Nr. 1/1998, Editorial). Selber glaubt man es natürlich besser machen zu können, aber eben nur mit dem Mainstream schwimmend und dessen »Themen besetzend«. Dabeisein ist alles. Irgendjemand wird doch dem Bühnenauftritt der nach Bestätigung gierenden postmodernen Freizeitintellektuellen endlich einmal Beifall klatschen und ihr Selbstwertgefühl in Ordnung bringen. Mit dem größten Vergnügen läßt sich der theoretisierende Snobismus dumm machen, wenn er nur mitspielen darf. Der Marxsche Gedanke, den Verhältnissen ihre eigene Melodie vorzuspielen, um sie zum Tanzen zu bringen, verkommt so zum schmetternden Mitsingen im Kinderchor des Zeitgeistes. In der Hoffnung auf Bonbons natürlich.

Dem Volke dienen

> »Der Bürger aber ist tolerant. Seine Liebe zu den Leuten, wie sie sind, entspringt dem Haß gegen den richtigen Menschen.«
>
> *Theodor W. Adorno*

Der flache Positivismus einer entdimensionierten Jeweiligkeit von ahistorischen, nicht mehr auf die Gesamtgesellschaft bezogenen Hier-und-jetzt-Konstellationen ist die Denkweise, in der sich der linkspostmoderne Opportunismus entfalten kann und dem zeitgeistigen Massenbewußtsein, seinen Moden und kompensatorischen, konkurrenzgesättigten Erscheinungen in ihrem Sosein kritische Potenzen unterstellt, wofür die Love Parade keineswegs das einzige Beispiel ist. Der Haltung nach erinnert dieses Vorgehen einer Scheinvermittlung, die nicht das Massenbewußtsein nach oben, sondern das kritische Bewußtsein nach unten zieht, bis zur Lächerlichkeit (eben als Karikatur) an die alte Mao-Am-»Massenlinie«, wie sie im einstmals berüchtigten »kleinen roten Buch« des Vorsitzenden Mao Tse-tung zum Ausdruck kam:

> »Die wahren Helden sind die Massen [...] Den Volksmassen wohnt eine unbegrenzte Schöpferkraft inne [...] In den Massen steckt ein gewaltiger Drang zum Sozialismus [...] Wenn man sich mit den Massen verbinden will, muß man den Bedürfnissen und Wünschen der Massen entsprechend handeln [...] Die Meinungen der Massen sammeln und konzentrieren, sie wieder in die Massen tragen, damit sie konsequent verwirklicht werden [...] das ist die grundlegende Führungsmethode [...] Wir müssen in die Massen gehen, von den Massen lernen [...] »usw. (Mao Tsetung 1967).

Bei dem chinesischen Parteiführer bildet nicht umsonst eine krude Mischung aus marxistischen und utilitaristischen Versatzstücken den kaum theoretisch zu nennenden Hintergrund einer Argumentation, die ihren »Bewußtseins-Positivismus« nicht verleugnen kann. Gerade das war es, worauf 1968 ff. die kritische westliche Intelligenz abfuhr, die dieses Moment für ihre eigenen Verhältnisse reformulierte. In gewisser Weise verfällt auch die postmoderne Linke als arme Erbin von 1968 auf ihre Weise einem utilitaristischen Positivismus des Massenbewußtseins, sodaß sie durch eine Art »Massenlinie« die apriorische Übereinstimmung der »Kritik« mit dem vorgefundenen Alltagsbewußtsein suggeriert.

Natürlich gilt das nicht für das Massenbewußtsein schlechthin, vor allem nicht für dasjenige der spießigen Nazi- und Wirtschaftswunder-Generationen oder auch der »Altlinken«; weit weniger kritisch dagegen verfährt die postmoderne Linke mit dem Consumerbewußtsein der in den 80er Jahren sozialisierten Schnullergeneration. In bezug auf deren Ressentiments möchte sie plötzlich ganz neu- und gewissermaßen pop-populistisch »dem (junghedonistischen) Volke dienen«, dessen falsche Unmittelbarkeit mit einem zusammenphantasierten »emanzipatorischen Drang« maskiert wird – wenn auch selbstverständlich in einer ganz anderen, viel schickeren und mehr westlich-metropolenmäßig ausgestatteten Verkleidung als bei dem barfüßigen Bauernrevolutionär der ersten Jahrhunderthälfte. Seitdem sich in den 90er Jahren ausgesprochene Nazitöne in die Popkultur eingeschlichen haben und in Ostdeutschland eine rassistische Jugendkultur fast schon zum Normalzustand geworden ist, hat zwar auch die linken Pop-Postmodernen ein gelinder Schrecken befallen. Aber zu recht viel mehr als einem onkelhaften Aufjammern (»The Kids are not alright«, Diederichsen 1993, 253) kam es nicht – das Wesen des eigenen Massenopportunismus und der damit verbundenen postmodernen Theoreme bleibt weiterhin von grundsätzlicher Kritik verschont.

Stattdessen wird teilweise so getan, als hätte die »eigentliche« postmoderne Theorie gar nichts mit ihren fatalen Konsequenzen zu tun und als wäre das postmoderne Gedankengut bloß durch Vermassung in die falschen Hände geraten, nämlich in Form einer »Alltagsideologie eingeschüchterter, aber großmäuliger Lifestyle-Subjekte« (*Die Beute*, Neue Folge 2/1998, 214). Wirklich ein bemerkenswert authentisch-elitärer Standpunkt von Leuten, die sich sonst als anti-elitäre und anti-authentische Avantgarde präsentieren, jetzt aber lieber die gerufenen Geister auf ein bloßes »Posing« (ebda) reduzieren möchten, über das sie sich selber erhaben dünken.

Ebensowenig zufällig erinnert der linkspostmoderne Opportunismus auch an die Realo-Standardformel, die Gesellschaftskritik müsse »die Menschen dort abholen, wo sie sind«. Auch mit dieser Formel, die aus derselben Erbschaft von 1968 stammt, wird apriorisch eine Übereinstimmung von Kritik und gesellschaftlichem Bewußtsein suggeriert, die doch als vermittelte erst herzustellen wäre; und so wurde bekanntlich in diesem Falle erst recht die kapitulierende Kritik vom systemkonformen und selbstaffirmativen Massenbewußtsein »abgeholt« statt umgekehrt. Die abstrakte Gemeinsamkeit der Mao-Tse-tung-Ideen, der grün-sozialdemokratischen Realo-Politik und der massenopportunistischen postmodernen Linken besteht also jeweils in einem utilitaristischen Positivismus hinsichtlich des vorgefundenen gesellschaftlichen Bewußtseins oder einiger seiner Sektoren, die favorisiert werden.

Aber konkret ist diese Gleichnamigkeit eben doch auf unterschiedlichen historischen Niveaus angesiedelt. Der barfüßige Bauernrevolutionär wirkt weniger lächerlich, weil bei ihm der positivistische Bezug auf das soseiende Massenbewußtsein noch eine unaufgelöste Spannung enthielt: Insofern nämlich die Modernisierungsbewegung des Kapitals nicht abgeschlossen, sondern im Aufstieg begriffen war und die Massen der Bevölkerung (zumal in einer kapitalistisch peripheren Region wie China) bei weitem nicht vollständig als Ware-Geld-Subjekte herausgearbeitet waren, enthielt das Massenbewußtsein selber tatsächlich noch einen wenn auch unklaren »Drang«, weil es in seiner unvollendeten bürgerlichen Form nicht bei sich bleiben konnte. Der auf diesen immanenten Drang, diese unaufgelöste Spannung rekurrierende Bewußtseinspositivismus bezog also seine relative Stimmigkeit aus dem Kontext »nachholender Modernisierung«. Ähnliche Momente lassen sich auch noch im Massenopportunismus der westlichen Arbeitsmarxismen auf verschiedenen Entwicklungsstufen feststellen.

Der Bewußtseinsopportunismus der grün-sozialdemokratischen Realos seit den 80er Jahren stellte dagegen gewissermaßen schon die erste Karikatur seiner arbeiter- und bauernbewegten Vorfahren dar. Als sich die Nachinszenierung der bürgerlich immanenten Emanzipationsbewegungen seit dem 18. Jahrhundert inklusive sämtlicher Varianten und Seitenzweige der Arbeiterbewegung erschöpft hatte, hätte deutlich werden können, daß sich die Geschichte der Modernisierung überhaupt erschöpft hat und kein neuer Entwicklungsspielraum innerhalb des Systems mehr »kommt«, der links und progressiv zu besetzen wäre. Auch wenn dieses Problem nicht mehr reflektiert wird, weil die kritische Theorie (genau wie der Kasinokapitalismus) »in der Luft weiterläuft« und sich weigert, die aufklärerisch tabuisierten Grenzen von abstrakter »Arbeit« und Wertform zu überschreiten, so erscheint die neue Situation doch präzise im Massenbewußtsein: Trotz der sozialen Leiden und krisenhaften Brüche in der Gesellschaft findet die alte, unaufgehobene, auf den nächsten historischen Schub positiver Modernisierung (also auf Godot) wartende Kritik kein Gehör mehr und gleitet am gesellschaftlichen Bewußtsein ab.

Statt aber die radikale Kritik selbst zu transformieren, um sie wieder an die veränderte historische Situation anschlußfähig zu machen (und damit durch komplexe Vermittlungen hindurch vielleicht auch an das Massenbewußtsein), nahm das Gros der linken »politischen Realisten« die Unfähigkeit der alten Fassung radikaler Kritik zur gesellschaftlichen Vermittlung als Vorwand, um die Kritik überhaupt abzurüsten: Zuerst theoretisch, dann programmatisch, endlich auch strategisch und taktisch, bis nichts übriggeblieben ist als eine Fraktion des demoskopischen bürgerlichen Politik-Marketings, deren Repräsentanten in der medialen Nullsprache vor sich hinschleimen.

Aber dieser politische Opportunismus besonders der grünen Partei in Deutschland, die ja wie nirgendwo sonst eine 68er Partei ist, läuft in eine Paradoxie, in der sich das postmoderne Simulationstheater schon frühzeitig auf der politischen Bühne angedeutet hat: Es handelt sich um eine Position, aus der jedes transzendierende Moment getilgt ist und die dennoch vom geisterhaften Schatten der ehemaligen Kritik lebt, weil sie sonst ja gar nichts hat, um als distinkte politische Gruppierung mitmischen zu können. Sie muß »so tun, als ob« sich die alte Vermittlung von kritischem Bewußtsein und Massenbewußtsein für einen reformerischen Schub innerhalb der weitergehenden Modernisierungsgeschichte noch einmal inszenieren ließe, obwohl es dafür gar keinen Inhalt und keine gesellschaftliche Substanz mehr gibt. Der grüne und sonstige Realo-Spuk, der als Zombi der 1989 untergegangenen Epoche eine Konstellation weitersimuliert, deren ideologische Bedingung er (in Gestalt der alten, auf die Immanenz der Systementwicklung beschränkten Kapitalismuskritik) gleichzeitig selber schon verworfen hat, muß sich letzten Endes auf beiden Seiten des nicht mehr real erfaßten Vermittlungsproblems verflüchtigen. Weil es den suggerierten neuen und reformerisch anzureichernden Modernisierungsschub gar nicht gibt und die absolute Schranke des warenproduzierenden Systems auch dann in ihren Wirkungen erscheint, wenn sie ignoriert wird, bricht das simulative Projekt des politischen Realismus zusammen und mutiert zur Schülermitverwaltung des ökonomischen Terrors.

Auf der einen Seite verwildert das von der Kritik alleingelassene Massenbewußtsein und verlängert quer durch das politisch-ideologische Spektrum von nur noch vagen Parteipräferenzen die entfesselte Konkurrenz in immer härteren Schüben einer wütenden Affirmation, die der abgerüsteten und entwirklichten, mit illusionären Versöhnungsgesten und Zivilitätsbeschwörungen daherkommenden Exkritik höhnisch die Funktionsgesetze des Systems um die Ohren schlägt. So kommt es, daß sogar die kläglich schwachen und mangels Kritik des Ganzen zusammenhangslos gewordenen, heruntertransformierten Einzelpositionen aus den Restposten des ökologischen Forderungskatalogs (wie etwa Geschwindigkeitsbeschränkungen auf der Autobahn oder die berühmten 5 Mark für den Liter Benzin) plötzlich den Aufschrei der ökonomisch krisenscharf gemachten Standort- und Autofahrerlobby herausfordern; zur Verwunderung der unschuldigen letzten Rauschebart- und Dirndl-Ökos, die verwirrt (und von ihren Realo-Oberen zusammengestaucht) zurückrudern müssen. Es gibt jetzt eben keine »sozialökologische« Debatte mehr, wie sie sich der besserverdienende Mittelstand noch zu Exportweltmeisterzeiten leisten konnte, sondern der »Wählerwille« ist zu einer einzigen Autofahrerpartei mutiert, die das demoskopische Politikmarketing unter dem Daumen hat.

Auf der anderen Seite nimmt auch die staatstragende Realo-Politik selber, die keinerlei emanzipatorischen Gedanken mehr hat, in der verzweifelten Anpassung an diesen ideellen Gesamtautofahrer (und getrieben von ihrer eigenen Logik) immer deutlicher die Züge einer repressiven Krisen- und Ausgrenzungspolitik an. Aber die große Frage ist, ob für diese Rolle des Juniorpartners längerfristig überhaupt noch ein Bedarf besteht. Wenn das exkritische Bewußtsein ebenso bei Null angelangt ist wie sein potentieller gesellschaftlicher Resonanzboden (beide Nullitäten bedingen sich gegenseitig), dann kann das ganze Realo-Konstrukt nach dem absehbaren Scheitern der sogenannten rot-grünen Koalition vielleicht aus der systemimmanenten politischen Gleichung herausgekürzt werden, um einer großen oder Allparteien-Koalition, einer kapitalistischen Krisendiktatur oder schlicht dem Bandenterror Platz zu machen.

Am Schicksal der abblätternden Realo-Politik zeigt sich schon, daß der linke Massenopportunismus mangels Bezugsgrößen in der Krise auf die Dauer gar keine Chance mehr hat. »Dem Volke dienen« in seinem Sosein falscher Unmittelbarkeit heißt jetzt nur noch: Ausländer raus, demokratische Zwangsarbeit für Sozialhilfeempfänger und Kampf um die Weltmarktfähigkeit bis zur sozialen Selbstaufgabe. Aber die postmodern-kulturindustrielle Linke will vom Ende der Modernisierungsgeschichte erst recht nichts wissen und erweist sich gerade in dieser Hinsicht auf Schritt und Tritt als bloß popig aufgemotzter Wurmfortsatz der Realo-Demokraten; immer in der Pose einer Abwehr des »Gesetzesglaubens an die Unmöglichkeit von historischer Entwicklung unter den bestehenden Bedingungen« (Diederichsen 1998, 47). Die negative Objektivierung der Wertform wird nicht kritisiert, sondern abgeleugnet, um ebenso wie die (und zusammen mit den?) ex-linken Realos eine (positiv zu besetzende) »historische Entwicklung« innerhalb des Kapitalismus weiterinszenieren zu können, die doch nur noch Vergangenheit ist.

Die Hierarchie des Interessen-Positivismus

Natürlich ist es für die Rolle des fröhlichen Mitmachers nicht hinreichend, bloß den allgemeinen Stimmungen und Bewußtseinskonjunkturen nachzudackeln, wenn dabei nicht auch ein spezifisches soziales Interesse im besonderen formuliert werden kann. In den alten arbeitsmarxistischen Versionen bezog sich die massenopportunistische Diffusion in der Regel auf die linksgewendete Kategorie des »Volkes« mitsamt der dazugehörigen Arbeiter- und Bauernfolklore, während das eigentliche sozialhistorische Kerninteresse auf die »Arbeiterklasse« fokussiert wurde. Die volkstümlerische Politik und der alltags-folkloristische Kulturpositivismus dienten gewöhnlich einer Vorstellung von »Bündnispolitik«, deren Klammer schon seit den Anfängen der marxistischen Arbeiterbewegung die positiv besetzte Nation bildete – weswegen auch die Folklore des altlinken Volksopportunismus von patriotischen Beteuerungen nur so strotzt (ich erspare mir hier die Dokumentation einschlägiger Unappetitlichkeiten - von August Bebel bis zur KPD/ML). Das alles gehörte in den Kontext kapitalistischer Modernisierung bzw. »nachholender« Modernisierung und ihrer links besetzten Rollen. Das Zentralinteresse der »Arbeiterklasse« dagegen mußte wesentlich enger gefaßt werden und bezog sich meist direkt auf die positiv (statt negativ-kritisch) gefaßte ökonomische »Wertschöpfungspotenz« des sozialen Lieblingssubjekts.

Am ökonomischen Wert, der als neutral und überhistorisch verstandenen Zentralkategorie kapitalistischer Vergesellschaftung, reihte sich so eine ganze Hierarchie des sozialen Interessenpositivismus auf: Die unmittelbar »wertschöpfenden« industriellen Produzenten des Kapitals erschienen als »Kern der Arbeiterklasse«, die diversen mehr oder weniger »unproduktiven« Gruppen und Schichten der Lohnarbeiter (von der Putzfrau über die kommerziellen Realisatoren des Mehrwerts im Einzelhandel und die Funktionäre des Geldes im Bank- und Versicherungswesen bis zu den Agenten der staatlichen und betrieblichen Menschenverwaltung) als ihre gestaffelte Peripherie mit Übergängen ins handwerkliche und bäuerliche Kleinbürgertum.

Diese klassische Folie für den vulgären marxistischen Soziologismus, der als Theorie der aufsteigenden Modernisierungsbewegung über die Formulierung systemimmanenter Interessenpositionen nicht hinauskommen konnte, war aber stets umstritten. Die postulierte gesellschaftliche Allgemeinheit eines »proletarischen Interesses«, das in der unaufgehobenen Form von Wert, Ware und Geld dennoch eine transzendierende Potenz entwickeln sollte (in Wirklichkeit immer nur die Potenz für den jeweils nächsten Schub der Modernisierung), war auf dem Boden des warenproduzierenden Systems weder theoretisch unzweideutig zu begründen noch praktisch (gewerkschaftlich oder politisch) jemals vollständig herstellbar. Weil der »stumme Zwang der Konkurrenz« (Marx) ausnahmslos alle Interessenstandpunkte in der kapitalistischen Form affiziert, ist eine allgemeine politische Ausschaltung der Konkurrenz innerhalb der Lohnabhängigen oder gar des »Volkes« als Gegenpol zum Interesse »des« Kapitals gar nicht möglich, sondern immer nur bestenfalls ein partieller, sich auf wachsender Stufenleiter der Entwicklung stets neu zusammensetzender Korporatismus. Der italienische »operaistische« Linksradikalismus der 70er Jahre und seine Ableger, die ebenfalls blind für die gemeinsame Fetischform ausnahmslos aller Sozialkategorien in der kapitalistischen Gesellschaft blieben, kamen dementsprechend über eine Reformulierung des beschränkten Interessen-Soziologismus und eine entsprechende Theorie der »Neuzusammensetzung der Arbeiterklasse« nie hinaus.

Keine marxistische Fraktion, die daher ihren Gegnern nicht eine Fundierung ihrer Theorie und politischen Position in irgendwelchen peripheren und »objektiv« opportunistischen sozialen Sonderinteressen (Arbeiteraristokratie, Lumpenproletariat, Kleinbürgertum etc.) vorgeworfen hätte, um dagegen das angebliche »wahre« Allgemeininteresse »des« Proletariats fiktiv geltend zu machen.

Die gesellschaftliche Allgemeinheit eines tatsächlich über das moderne warenproduzierende System hinausgehenden »Interesses« wäre aber erstens nur als Meta-Interesse möglich, d.h. als die Entwicklung eines Interesses gegen die kapitalistische Interessenform selbst; also gewissermaßen das Interesse, endlich keinen durch die bürgerliche Konkurrenz erzwungenen ewigen »Interessenkampf« mehr führen zu müssen, was nur durch die Sprengung der herrschenden Gesellschaftsordnung in ihrem Fundament möglich ist. Indem damit zweitens die Wert- oder Warenform als allgemeine gesellschaftliche Reproduktionsform ins Zentrum der Kritik rückt, kann auch die transzendierende Allgemeinheit nur als negative in Erscheinung treten statt über den positivierten ökonomischen Wertbegriff ein hierarchisches Spektrum von bürgerlichen Interessenpositivismen zu entfalten.

Die soziologische Analyse wird dadurch aber keineswegs überflüssig; sie ist nur nicht mehr identisch damit, einen metaphysischen privilegierten »Standpunkt« innerhalb der vom Kapitalismus konstituierten positiven Interessen aufbauen zu wollen. Die systemimmanenten Interessenkämpfe sind dann zwar weiterhin zumindest der Möglichkeit nach »anschlußfähig«, aber nicht mehr mit der Illusion ihrer linearen Verlängerung zu einer transzendierenden positiven (»revolutionären«) Allgemeinheit. Dieser Illusion gegenüber, soweit sie noch oder schon wieder in neuer Gestalt propagiert wird, müßte eine wertkritische soziologische Analyse selber negativ werden, d.h. den realen Partikularismus jedes vorgeblichen positiven Allgemeininteresses dechiffrieren. Die Kritik aller von der Konkurrenz erzwungenen sozialen Partikularismen erfolgt dann aber nicht mehr vom Standpunkt eines anderen, zur falschen Allgemeinheit aufgeblasenen ebensolchen Partikularismus, sondern vom Standpunkt der Kritik an der irrationalen bürgerlichen Reproduktionsform als solcher – also der radikalen Kritik von »Arbeit«, Wertform und Geld.

In diesem Sinne ist auch die Postmoderne und ihre opportunistische Linke aus spezifischen sozialen Interessenstandpunkten innerhalb des Systems zu erklären. Dabei muß freilich berücksichtigt werden, daß es sich hier schon um ziemlich chimärische Interessen handelt, weil sie nicht mehr aus einer sozialen »Neuzusammensetzung« im Aufstiegsprozeß des warenproduzierenden Systems folgen, sondern umgekehrt aus dessen krisenhaften Zerfallserscheinungen. Die damit einhergehende Ideologiebildung trägt insofern eher die Züge einer »Krisenflucht« als eines in alter Weise ausformulierbaren sozialen Interessenstandpunkts, auch wenn dieses Interesse durchaus erkennbar ist.

Neue Klasse, neues Glück

Der Verwandtschaft von Postmoderne und Realpolitik entspricht logischerweise auch eine bestimmte eingrenzbare Interessenklientel, die direkt oder indirekt, offen oder klammheimlich die Stelle des alten »Kerns der Arbeiterklasse« im linkspostmodernen Imaginationshaushalt einnehmen darf. Daß es sich bei dieser Klientel seit 1968 ursprünglich um eine mittelständische Intelligentsia (im Gegensatz zum alten Industriearbeiter-Paradigma) handelt, ist natürlich augenfällig. Seitens der aussterbenden arbeitsmarxistischen Dinosaurier wurde dieser soziologische Tatbestand gern als die »Kleinbürgerlichkeit« der neuen sozialen Bewegungen pejorativ ins Feld geführt, ohne die strukturelle Verkleinbürgerung der sogenannten Arbeiterklasse selbst und den Strukturwandel des Kapitalismus insgesamt adäquat zu analysieren. Umgekehrt begann sich im

Kontext der neuen sozialen Bewegungen schon bald ein eigener sozialer Gestus des immanenten Interessenpositivismus zu entwickeln, der sukzessive auch seinerseits von den klassischen arbeiterbewegten Ikonographien und Kulturmustern abrückte.

Der eher mittelständische Charakter dieses Interessenpositivismus entstammte weder dem klassischen Kleinbürgertum noch dem schon seit der Jahrhundertwende diskutierten »neuen Mittelstand« der kommerziellen und staatlichen »Angestelltenkultur«; ebensowenig war natürlich sein intellektueller Ausdruck von der alten bildungsbürgerlichen Honoratioren-Intelligenz (Lehrer, Pfarrer, Apotheker) des 19. Jahrhunderts geprägt. Den Prototyp gab stattdessen die Figur des »Sozialarbeiters« in der Ära der sozialliberalen Koalition ab, in der die Lehrer aller Klassen in einer allgemeineren sozialpädagogischen Intelligenz aufgingen. Oder, wie es ein treuer und in Ehren ergrauter intellektueller Begleitmusiker der Realo-Geschichte Mitte der 80er Jahre formulierte:

> »Nach allen Untersuchungen des grünen Wählerpotentials liegt dessen Schwerpunkt eindeutig im Bereich der sozial überdurchschnittlich (aus)gebildeten, abhängig beschäftigten, humandienstleistenden Intelligenz der in den Jahren der ökonomischen Prosperität der Bundesrepublik sozialisierten ›politischen Generationen‹ ...« (Kallscheuer 1986, 19).

Der »lebenspraktische Reformismus« (a.a.O., 20) dieser nach dem Zuliefer-, Reparatur- und Einzelhandels-Unternehmertum sowie den Angestellten- und Ingenieursberufen dritten Welle eines genuin kapitalistischen Mittelstands war es letzten Endes, der die Illusionen der Realo-Politik sozial trug. Ähnliches finden wir in allen entwickelten kapitalistischen Ländern.

Seinem Wesen nach ist dieser soziale Typus trotz (oder gerade wegen) seiner in der Regel linksliberalen ideologischen Präferenzen geradezu fanatisch auf ein gemütliches persönliches »Zurechtkommen« in der sozialen Wüste der Marktwirtschaft konditioniert; heute natürlich umso mehr, als er sich um seine wohlerworbenen Pfründe balgen und seine Krisenignoranz immunisieren muß – er würde noch mitten im Bürgerkrieg versuchen, krampfhaft über die besten Edelkneipen, Badeseen, Biergärten und Reiseziele zu räsonieren, bis ihm gnädigerweise von irgendwelchen Bandenkriegern die Gurgel durchgeschnitten wird.

Der Beruf dieser sozialpädagogischen Intelligenz im weitesten Sinne ist es, die Krise des warenproduzierenden Systems auf der subjektiven und persönlichen Ebene zu verwalten, die »Gestörten« wiederverwendungsfähig zu machen (auch wenn sie gar nicht mehr gebraucht werden), mit den »Outs« die Spielregeln des Systems gruppendynamisch und kreativ einzuüben (auch wenn sie gar nicht mehr für die Selbstbehauptung angewendet werden können) oder die »Ins« bis hinauf zum Management für die Techniken der Selbstvergewaltigung zu trimmen. Diese soziale Schicht repräsentiert gesellschaftlich nicht die eigene Armut und Verstörung, sondern immer nur die der »anderen«, aus der sie »Arbeitsplätze« saugt und darüber eine satte und selbstzufriedene Verstörtheit zweiter Ordnung gewinnt, die eine eigene Subkultur verkniffener Selbstrechtfertigung hervortreibt und die ganze perverse Konstellation des eigenen nichtswürdigen Tuns und Treibens ontologisch-existentiell ausstaffiert.

Aber heute hat auch dieser soziale Typus seine Zukunft schon wieder hinter sich – am Ende der kapitalistischen Modernisierungsgeschichte geht eben alles ziemlich schnell. War »1968« zunächst noch eine diffuse Jugendkulturbewegung unterhalb der Berufsschwelle und ohne fixierten sozialen Interessenhorizont gewesen (alle adoleszenten oder pubertären Bewegungen haben eine vieldeutige Proteus-Gestalt und wissen selber noch nicht, was aus ihnen wird), so durften die in die Jahre kommenden Protagonisten und Mitläufer in den 70er Jahren unter der väterlichen Hand Willy Brandts »Demokratie wagen« und in der Gaswerk-Architektur der Reformhochschulen den Mittelbau besetzen; das keynesianische »deficit spending« wurde ausgereizt, fütterte die aufsteigende sozialpädagogische Intelligenz mit staatlichen Subventionen und machte sie zum expandierenden sozialen Segment. Der alte sozialdemokratische Traum vom proletarischen Sonnenstaat setzte sich fort als grün-sozialdemokratischer Traum von der sozialarbeiterischen Befriedung des Kapitalismus und einem »ökologischen Umbau der Industriegesellschaft«.

Dieser Traum war eigentlich schon ausgeträumt, als die grüne Partei sich noch im Gründungsfieber befand; ein weiteres Beispiel dafür, wie das politische Bewußtsein anachronistisch immer das Lied der jeweils gerade vergangenen Epoche kapitalistischer Strukturgeschichte singt. Die 3. industrielle Revolution hat seit den 80er Jahren mit der einsetzenden strukturellen Massenarbeitslosigkeit, der Globalisierung des Kapitals und der Krise der Staatsfinanzen den sozialen Aufstieg der sozialpädagogischen Intelligenz unsanft beendet. Die vorübergehende Etablierung der grünen Partei war keine historische Offensive, sondern bereits der defensive Rückzug; ablesbar daran, daß die Grünen zusammen mit der altkeynesianischen Intelligenz die neoliberale Offensive als »politisches Projekt« einer bloß subjektiven, aber durchsetzungsmächtigen ideologischen Bösartigkeit bejammerten statt die »Wende« als strukturellen Einbruch der kapitalistischen Entwicklungsgeschichte zu dechiffrieren und eine radikale Antwort darauf zu geben.

Die weiteren Krisenschübe bis zur zweiten Hälfte der 90er Jahre haben die sozialpädagogische Intelligenz als soziales Segment teils abgeschmolzen und ausgedünnt, teils in der Verteidigung ihrer »Arbeitsplätze« und ihres Lebensstandards zur völligen Preisgabe der an sich schon erbärmlichen »sozialökologischen« Reformphantasien getrieben. Die Grünen werden in demselben Maße, wie ihre ursprüngliche soziale Basis teils wegbricht, teils sich einer »realistischen« Systemterror-Politik zuwendet, zur Verlängerung nicht etwa der linken, sondern der rechten Sozialdemokratie oder womöglich in einer bestimmten Verlaufsform der Krise zum Mehrheitsbeschaffer für die Konservativen.

Das heißt aber bei weitem nicht, daß die ursprünglich mittelständischen sozialen Produkte der kapitalistischen Krisentransformation etwa verschwinden würden. Ganz im Gegenteil wachsen sie weiter an, allerdings eher als ein Phänomen sozialer Zersetzungsprozesse – die Bezeichnung »Mittelstand« verweist nur noch auf die soziale und familiale Herkunft, nicht mehr auf die reale Perspektive. Die sozialpädagogische Intelligenz war nur das zeitweilig dominierende Moment einer viel breiteren Entwicklung von »dienstleistenden Mittelschichten«, deren Heraufkunft als »postindustrielle Phase« des Kapitalismus gedeutet und »mit dem Namen eines ›postmaterialistischen Wertwandels‹ belegt« wurde (Kallscheuer, a.a.O., 45). Innerhalb dieses Prozesses hat nun eine soziale Umschichtung stattgefunden, die auch die unscharfe Trennungslinie zwischen den exlinken grünen Realos und der postmodernen Lifestyle-Linken markiert. Im größeren gesellschaftlichen Maßstab handelt es sich um den Übergang vom Keynesianismus zum neoliberalen Marktradikalismus, der ja nicht nur ein ideologisches und politisches, sondern auch ein strukturelles und soziales Phänomen darstellt: Der direkt oder indirekt durch staatliches »deficit spending« forcierte Dienstleistungssektor der sozialpädagogischen Intelligenz wird von einem kommerziellen Dienstleistungskapitalismus abgelöst und durch die Propaganda einer individualisierten »Kultur der Selbständigkeit« flankiert.

Ein allerdings ins Abseitige gewendetes neoliberales Moment hatte ja schon die grüne Realo-Geschichte begleitet in Gestalt einer bloß romantischen (statt radikalen) Kritik am bürgerlichen Sozialstaat und einer damit verbundenen »Alternativökonomie«, die auf ein klassisches kleinbürgerliches Klitschenwesen warenproduzierender Nischenbetriebe hinauslief. War diese rasch

»professionalisierte« und entpolitisierte Tendenz noch vielfach durch »Staatsknete« keynesianisch verklammert gewesen, so mutierte sie in den 90er Jahren zu einem gespenstischen Segment des freien Marktes. Das war natürlich in vieler Hinsicht auch ein Generationsbruch, bei dem freilich nichts Wesentliches zerbrochen ist. Die jungen Postmodernen sind im weitesten Sinne die Sprösslinge der 68er Protestgeneration; abgesehen von den alterslosen Berufsjugendlichen, die sowieso jede Mode mitmachen und sich aufgrund ihrer Trendsetter-Erfahrung zu den Stichwortgebern von jedem neuen Schwachsinn aufschwingen. Sie haben den Bankrott oder die Integration der warenproduzierenden Alternativ-Ökonomie von Drucker-, Schreiner- und Gaststätten-Klitschen nicht als radikale Wertformkritik verarbeitet, sondern wieder einmal nur als systemimmanente Umgruppierung.

Die dem Jugendlichkeitswahn verfallenen Postmodernen repräsentieren so den sozialen Übergang innerhalb des postindustriellen Dienstleistungskapitalismus von der keynesianischen Produktionspädagogik und ihren diversen Toskana- und Aussteiger-Dissidenzen zur neoliberalen »lebensästhetischen« Medienwelt. Man könnte die Jungs und Mädels ironisch als eine Medien- und Kultur-Arbeiterklasse in spe bezeichnen. In vieler Hinsicht handelt es sich natürlich um eine Arbeiterklassen-Attrappe, ja geradezu um eine soziale Vogelscheuche im Selbstzerstörungsprozeß des Systems, die trotzdem noch einmal in einer neuen Struktur des Kapitals eine Rolle spielen möchte.

Der Generationskonflikt wird ausgetragen als Kampf um die soziale und imaginativ-kulturelle Neubesetzung des hoffnungsvollen Dienstleistungskapitalismus, wie auch das *Zeit*-Magazin an einem Beispiel darzulegen weiß:

> »Jede Generation bekämpft ihre Eltern. In Paris rennen die Nachkommen der Mode an gegen die Bastion der großen Designer. Die Ideen, die in den Trabanten-

> städten geboren werden, sind die Hoffnung von morgen [...] Die jungen Wilden besetzen ehemalige Krankenhäuser oder Schulen in der Banlieue, um dort die Stoffe zurechtzuschneiden, aus denen ihre Träume sind. Manchmal räumt die Polizei ihre Ateliers. Dann basteln die Rebellen einfach zu Hause ein Kleid aus Altpapier und schicken es auf den Laufsteg Straße« (Simon 1998, 31 ff.).

Räumungen durch die Polizei als mediale Karrierehilfe für »junge Wilde«, die sich selber als kapitalistische »Hoffnung von morgen« aufbauen: Das sind wahrhaft Träume, die aus Altpapier sind.

Die postmodernen Theoreme und kulturellen Formen (Anti-Essentialismus, Individualisierung, Fragmentierung, Beliebigkeit usw.) stellen nur den ideologischen Fummel dieser strukturellen Umschichtung von der Sozialpädagogik und alternativen Klitschenkultur zu Mode, Design, Werbebranche, Privatfunk und überhaupt mikroelektronischen Medien dar. Nur noch im Tätigkeitsfeld »Kneipen-Subkultur« überschneiden sich die Dienstleistungswelten, aber auch da hat schon längst ein Übergang von der rustikalen Alternativ-Körnerfresserei zum postmodernen Design-Food stattgefunden (das Retro-Moment in dieser Hinsicht verspricht als Ethno-Geschmäcklerei zu erscheinen).

Echte Falschheit

Die jungen postmodernen Biographiebastler verachten an ihren Alten die pädagogische Attitude, die Reste fordistischer Produktionsästhetik und die »Idiotie des Landlebens« nur, um den Markt freizuschaufeln für ihre eigene Instantkultur medialer Simulationen und Selbstinszenierungs-Utensilien jenseits der materiellen Reproduktion. Fetischisierten die Radikalökos die Natur und wollten mit nacktem Hintern Mutter Erde fühlen, so ist für die Postmodernisten Natur bloß noch eine Art

Dreck und Müll der uninteressanten Realität erster Ordnung, während das wahre Leben im Cyberspace stattfindet. Sie glauben sich den Schreiner- und Kartoffelbauer-Klitschen der frühen 80er Jahre unendlich überlegen, wenn sie eine Software-Klitsche aufmachen.

Dem Abfeiern der kapitalistischen Medien- und Kulturindustrie als Terrain scheinkritischer Spielchen liegt das ebenso durchsichtige wie triviale Interesse zugrunde, sich in die Schar der Verkäufer von feuchten Lügen einzureihen. Dieser Drang zum Mitmachen in den kommerziellen Dienstleistungswelten entspricht dem positiven Interessenhorizont eines neuen jungen Spießbürgertums, das sich virtuell im 21. Jahrhundert breit machen möchte – die »unternehmerischen Lebenskünstler« der Goebel/Clermonts ebenso wie die Ideologen eines virtualisierten Linksradikalismus.

Die Wende von der keynesianischen zur neoliberalen Krisenstruktur schlägt sich aber auch in den politischen Präferenzen nieder: Während die Grünen überaltern, wird die FDP fast schon zur Modepartei der lebensästhetischen »jungen Wilden«, freilich auf typisch postmoderne Weise und also nicht im klassischen Sinne von Politik. Im Gefolge der deutschen Studentenbewegung von 1997/98, die keinerlei Systemkritik mehr formulierte und deshalb von einem Teil der Presse als »neue Protestkultur« gefeiert wurde, entwickelte sich (»spontan durch E-Mail-Kommunikation«, wie ein Mitinitiator betonte) das absurde Projekt, durch kollektiven Parteieintritt die FDP »kritisch zu übernehmen«. Tatsächlich wurden Tausende von Aufnahmeanträgen ausgefüllt. Der absonderliche studentische Masseneintritt in die Partei des deutschen Liberalismus ist zwar ebenso zweideutig wie die vorangegangene Karikatur einer Studentenbewegung und trägt die Züge eines Fake, was sicherlich wieder irgendeine linke »Subversions«-Interpretation herausfordert. Aber das Changieren zwischen der naiven Hoffnung, ausgerechnet die FDP für emanzipatorische Zwecke »übernehmen« zu können, und einem bloß augenzwinkernden inszenierungspolitischen Spielchen kann den neoliberalen und sozial-ignoranten Hintergrund der ganzen Denkweise trotzdem nicht verdecken. Da wird das Sozialkundebuch der Kohl-Ära zur Anleitung für eine zahnlose und bloß alberne Reality-Inszenierung der »Generation Kohl« (»Wirtschaftswoche«).

Solche äußerst mäßig witzigen Pseudo-Initiativen gibt es viele im postmodernen Milieu. Zum Beispiel (trotz ihres sympathischen Slogans »Arbeit ist Scheiße«) die »Anarchistische Pogo-Partei Deutschlands« (APPD), die mit einem nur halb satirischen Grundsatzprogramm (»Für die ultimative Rückverdummung«) in Frakturschrift gegen eine »Eintritts-Spende« von 25 Deutschmark offenbar bereits ultimativ rückverdummte Mitglieder wirbt und über ihren »Kommerzpartner WESER LABEL« Plakate, Shirts und Kapuzenpullis vertreibt. Auf einer ähnlichen Wellenlänge ließ sich zur Bundestagswahl 1998 die Simulationspartei mit dem äußerst originellen und kritischen Namen »Chance 2000« des ewigen »enfant terrible« Christoph Schlingensief vernehmen (»Wähle dich selbst«), die als Multimedia- und Selbstinszenierungszirkus sogar regelrecht zum Verkauf stand. Überhaupt ist der großenteils kleinkommerzielle Charakter dieser Ensembles unübersehbar, auch wenn sie vermutlich alle pleite gehen. Die Politik wird dabei natürlich ebensowenig aufgehoben wie das Marktsystem. Zwanzig Jahre nach Udo Lindenbergs Panik-Partei und dreißig Jahre nach Rudi Dutschkes Aufruf zum »Marsch durch die Institutionen« kann es in dieser Hinsicht nur noch Karikaturen geben, aber in der Farce und im Remake fühlt sich der Postmodernismus nun einmal pudelwohl.

Dieser Hang zum Fake, zur Zweideutigkeit und »reflektierten Unernsthaftigkeit« verweist darauf, daß die Träger der letzten Welle eines vermeintlichen Dienstleistungskapitalismus sich selber nicht für voll nehmen, und zwar durchaus mit gutem Grund. Denn hier findet ja gar keine immanente Transformation des Kapitalismus mehr statt, sondern es geht bloß noch darum, auf welcher Route das System zur Hölle fährt. Im Grunde genommen wissen die vor sich hinsimulierenden neuen Medien- und Kulturarbeiter, daß aus ihnen kein neuer Mittelstand mehr wird. Aber sie haben eben nichts anderes gelernt, als »so zu tun als ob«. Insofern müssen sie die Farce der Postmodernisierung bis zum bitteren Ende durchspielen. Und dazu gehört natürlich auch ein simuliertes neues Elitebewußtsein, das sich ganz besonders bei der postmodernen Linken bemerkbar macht. Schon in der arbeiter- und bauernbewegten Vergangenheit war ja die Kehrseite des Massenopportunismus immer die elitäre Kader-Diktatur gewesen; die Massen wurden in ihrer falschen Unmittelbarkeit nur deswegen affirmiert, damit sie umso besser »angeleitet« und bevormundet werden konnten.

Alle Macht den Analphabeten!

Das Stichwort des postmodernen Elitebewußtseins heißt »Medienkompetenz«. Es war wohl der vorlaute Trendkasper Matthias Horx, der dieses Stichwort wenn nicht erfunden, so doch besonders emsig unter die Leute gebracht hat:

> »Schließlich und endlich verschärft sich ein Trend unserer Tage: Die Schere zwischen den ›medienkompetenten‹ Menschen und den Medienanalphabeten vergrößert sich [...] Belesene Leute, die nicht mit dem Computer umgehen können, sind die Analphabeten des nächsten Jahrtausends [...] Neu an dieser Entwicklung ist ihr ›schichtenunspezifischer‹ Aspekt. Medienkompetenz – die Fähigkeit, aus den Medien das Wichtige herauszufiltern und in die eigene Persönlichkeit zu integrieren – ist nicht mehr an die Schriftkultur gebunden [...] Die Vehemenz, mit der sich die junge Generation den Computer angeeignet hat, dreht manche Rollen einfach um: Das Bildungsbürgertum von einst wirkt heute bisweilen unendlich analphabetisch [...] Das hat durchaus auch demokrati-

> schen Charakter; wer sich früher in Schriftsprache nicht artikulieren konnte, vermag sich in der Welt der Bilder und Töne vielleicht viel leichter auszudrücken [...]« (Horx 1993, 116 f.).

Es ist ja nur allzu verständlich, daß Leute mit notorischer Rechtschreib- und Grammatikschwäche es den Dichtern und Denkern, mit denen sie in der Schule und im Studium malträtiert worden sind, endlich auch einmal mit dem Stinkefinger zeigen wollen. Aber zu mehr als einem pennälerhaften Krakeelen reicht es offenbar leider nicht. Das sogenannte Bildungsbürgertum, das schon im Ersten Weltkrieg untergegangen ist, muß als Popanz für ein Scheingefecht herhalten, mit dem die halbgebildete lost generation am Ende des 20. Jahrhunderts sich noch einmal als systemimmanent auftrumpfendes Sozialsubjekt simulieren möchte. In wiederum typisch postmoderner Verdrehung wird das eigene sekundäre Analphabetentum, statt es aus eigener Kraft und systemkritisch zu überwinden, zur systemischen Elitekompetenz für die Zukunft verklärt, während es als der neue »analphabetische« Paria-Zustand erscheinen soll, »belesen« zu sein (offenbar eine ausgesprochene Horrorvorstellung für das »dezentrierte Subjekt«).

Unter dem durchsichtigen Vorwand einer Kritik des »kulturellen Elitarismus« kommt so als weitere Karikatur des unaufgehobenen Arbeiterbewegungsparadigmas ein dumpfer Antiintellektualismus hoch, wie er sich ja bereits in der Feier der massenkulturellen »Naivität« gezeigt hat. Die gegen das unheimlich-jüdische begriffliche Denken ausgespielte Lichtgestalt ist allerdings nicht mehr der Stachanow-Prolet mit der berühmten schwieligen Faust, sondern der »vielfernsehende Jugendliche« (Horx, a.a.O., 17). Die postmodernen Dumpfbacken höhnen (wie ihre Glatzen-Brüder im Geiste) über die »Schriftgelehrten«, die sich vor dem »Autoritätsverlust der Intellektuellen« fürchten würden: »In der ›telematischen‹ Gesellschaft verlieren die klassisch gebildeten Kasten die Interpretationsgewalt« (Horx, a.a.O., 16).

Da spricht der Ungeist einer Gesellschaft, deren »klassisch gebildete Kasten« allerdings schon vor mehr als achtzig Jahren kollektiv in den Heldentod gerannt sind, und die zu Beginn ihrer marktwirtschaftlichen Nachkriegskarriere die Intellektuellen konsequent als »Pinscher« definiert hat. Die »telematischen« Enkel und Urenkel verlängern nur das geifernde Ressentiment der vom ökonomischen Imperativ intellektuell verwüsteten Arbeitsgesellschaft über das Verfallsdatum der »Arbeit« hinaus.

Der Affekt gegen den »intellektuellen Elitarismus« hat noch nie dazu geführt, den gesellschaftlichen Intellekt von einem bloßen Kastendasein zu emanzipieren und also zu verallgemeinern, sondern immer nur einer geistigen Entwaffnung der Kritik gedient. Nicht umsonst haben die Nazis gerade in dieser Hinsicht den antiintellektuellen Vulgärmarxismus beerbt. Die gemeinsame Wurzel dieser wütenden Abwehr gegen das reflexive Denken und die »Arbeit des Begriffs« (Hegel) sitzt aber noch tiefer; sie findet sich schon im bürgerlichen Denken des späten 19. Jahrhunderts, das seine Hoffnung nicht mehr auf Vernunft und Geschichte, sondern nur noch auf Technologie setzen wollte. Elektromotor statt kritische Reflexion – das war bereits das letzte Wort jener »klassisch gebildeten Kasten« selber gewesen, die ihre eigene Bildung zur Sau machen mußten, um Bourgeois bleiben zu können, und die eben deshalb diese Bildung im Gasangriff und Trommelfeuer des industrialisierten Krieges verdientermaßen ausgehaucht haben. Je antiintellektueller, proletkulthafter und massenfolkloristischer die Arbeiterbewegung war, desto näher war sie auch diesem technokratischen Ungeist des Kapitalismus; und auch die faschistische Anbetung der Maschine, die in der Perfektionierung der Gaskammern ihren funktions-ästhetischen Höhepunkt fand, trägt denselben Stempel der positivistischen, antireflexiven Technokratie des Kapitals.

In ihrem fröhlichen Foucault-Positivismus setzen die postmodernen Youngsters, die mit ihrer technologisch reduzierten »Medienkompetenz« prahlen und gleichzeitig stolz darauf sind, sich auf nichts mehr konzentrieren zu können, die Traditionslinie der kapitalistischen Geistlosigkeit fort. Nichts ist verräterischer als die offene Wendung der Postmoderne gegen das reflexive, begriffliche Denken, das sich in der Tat mit einem Zapper- und Mediensurfer-Bewußtsein nicht vereinbaren läßt. Es ist nur der negative Egalitarismus der positivistisch immunisierten Warenform, der die Pseudokritik an den »elitären Intellektuellen« trägt. Getroffen wird dabei nicht das elitäre, sondern das intellektuelle Moment.

Auch hinter dem Techno- und Computerfetischismus der »Medienkompetenzler« verbirgt sich ein technokratisches Interesse, das die kritische Reflexion hassen muß wie die Pest. Es ist die Möchtegern-Technokratie einer »telematischen« kapitalistischen Antivernunft, die den gesellschaftlichen Resonanzboden der oberflächlichen postmodernen Kritik an Vernunft und bürgerlicher Aufklärung bildet: Nicht mit der Überwindung der Aufklärungsvernunft haben wir es zu tun, sondern mit ihrer positivistischen und technologistisch verendeten Jammergestalt am Ende der Moderne, die trotzdem noch einmal frech werden möchte. Nur deshalb gehen postmoderne Philosopheme und technokratische Medienkompetenzlerei oder Design-Klempnerei so gut zusammen.

Das Kapital wird digital

Die Postmoderne hat freilich die Rechnung ohne den Wirt gemacht. Ihr Ressentiment gegen die begriffliche Reflexion ist nutzlos geworden, weil die Krise des warenproduzierenden Systems nicht mehr technokratisch beherrscht werden kann. Die Technokratien der kapitalistischen Binnengeschichte waren eben nicht nur mit einem jeweiligen technologischen Schub vermittelt (affirmativ reflektiert in der »Theorie der langen Wellen«), sondern vor allem darauf angewiesen, daß »ihre« technologische Welle auch einen historischen Akkumulationsschub des Kapitals tragen konnte. Da jedoch die 3. industrielle Revolution der Mikroelektronik auf das genaue Gegenteil hinausläuft, nämlich die »Arbeitssubstanz« des Kapitals global abschmilzt, drohen sich auch die Blütenträume einer »telematischen« Jungtechnokratie ins Nichts zu verflüchtigen. Wenn aber nicht sein kann, was nicht sein darf, dann muß zusammen mit dem Bundesministerium für Wissenschaft ein neuer Akkumulationsschub via Mikroelektronik und neue Medien einfach herbeiphantasiert werden. Der antikrisentheoretische Affekt der Postmoderne in allen ihren Spielarten wächst hier über die allgemeine Kompatibilität mit der liberalen Modernisierungsideologie hinaus und muß nolens volens irgendwie ökonomisch begründet werden.

Zu welcher absurden positiven Werttheorie das »postmoderne Bedürfnis« des Dabeiseins und Weitermachens zumindest bei denjenigen treibt, die sich noch irgendwie von Marx und Adorno glauben absetzen (und also auch vor dem ehemaligen theoretischen Gewissen rechtfertigen) zu müssen, deutet sich an, wenn der Telekom-Darsteller Norbert Bolz zusammen mit dem »Dozenten für politische Ideentheorie, Trendforschung und Konzeptberatung« David Bosshart (Zürich) über »Kult-Marketing« und »die neuen Götter des Marktes« räsoniert:

> »Und spezifisch modern wurde die Welt in dem Augenblick, da Macht in Geld konvertierbar wurde; man könnte auch sagen: als die Politik zur Magd der Wirtschaft degradiert wurde. Aber auch das ist schon Vergangenheit. Wichtiger als der Geldfluß ist heute schon der Datenfluß. Und Macht hat, wer Zugang zu Daten hat und sie zu nutzen weiß. Schon in naher Zukunft wird zumindest für die westeuropäische Wirtschaft gelten: Die traditionellen Produktivitätsfaktoren, also Grundbesitz, Kapital und Arbeit, sind nur noch ›Restraints‹ bzw. ›Constraints‹ der einzigen Wohlstandsquelle: Wissen. Nun ist die Formel ›Wissen ist Macht‹ nicht neu. Und die innovative Anwendung des Wissens treibt den Produktionsprozeß nun schon seit

zweihundert Jahren voran. Doch um zu verstehen, was gegenwärtig geschieht, müssen wir sorgfältig unterscheiden [...] Die Anwendung des Wissens auf Arbeit hat vor hundert Jahren die Produktivität entdeckt. Heute entfalten wir die Autologie, also die Selbstanwendung des Wissens. Wissen wird auf Wissen angewandt – und hier zeigt sich die Produktivität der geistigen Arbeit. Die eigentliche intellektuelle Leistung der Zukunft liegt also im Wissensdesign. Und je wichtiger die Produktivkraft Intelligenz wird, desto mehr konvergieren Wirtschaft und Bildung [...] Die Autologie des Wissens – bisher die Domäne der Philosophen – ist heute die Sache des Managements« (Bolz/Bosshart 1995, 148 ff., Hervorhebung Bolz/Bosshart).

Übersetzt in werttheoretische terms des Marxismus heißt das: Die abstrakte »Verausgabung von Nerv, Muskel, Hirn« (Marx) als gesellschaftliche Substanz der Wertbildung und damit der Kapitalakkumulation soll von »Nerv und Muskel« als Hauptingredienzen der industriellen Produktion auf »Hirn« im Sinne von »Wissensquanta« übergehen und nach der industriellen Krise die Ära eines »telematischen« Kapitalismus mit neuen Akkumulationsschüben heraufführen. Um krampfhaft eine ideologische Unterstützungslinie gegen das Krisenproblem zu finden, wird dabei so ziemlich alles durcheinandergebracht, was man werttheoretisch überhaupt durcheinanderbringen kann.

Erstens ist die Verausgabung von »Hirn« ein Merkmal jeder menschlichen Tätigkeit, selbst beim Schieben von Schubkarren, weil ein nicht mehr instinktgebundenes Bewußtsein eben sogar derartige Vollzüge mit bewußter Hirntätigkeit begleiten muß. Zweitens kommt es dem Kapitalismus genau auf diese geistlose, nicht-reflexive Verausgabung von »Hirn« an, die in endloser Repetition (und verbunden mit der Verausgabung von »Nerv und Muskel«) »Wertquanta« als Pseudo-Materie des irrationalen kapitalistischen Selbstzwecks aufhäuft. Zwar entspricht der Begriff »intellektueller Leistung« bei Bolz/Bosshart, der das »Wissen« jeder Reflexivität beraubt und es auf den Positivismus von »Daten« reduziert, dem kapitalistischen Verwertungsbedürfnis ziemlich exakt. Aber eben diese Sorte von (un)geistiger »Leistung« oder »Datenwissen« können in wachsendem Maße Computer bzw. Softwareprogramme übernehmen, die sich sogar selber automatisch schreiben und auf gewünschte »autologische« Veränderungen programmieren lassen.

Die Computer werden dadurch übrigens um keinen Deut »intelligenter« und bleiben unendlich weit vom Bewußtsein auch nur einer Amöbe entfernt, weil sie nach wie vor nichts als ein Haufen toter Materie sind: Die digitale Simulation von Bewußtseinsvollzügen »ist« kein Bewußtsein, sondern setzt das »eingebende« menschliche Bewußtsein voraus und ist nichts als dessen Verlängerung in einem »Denkwerkzeug«. Insofern kann auch der leistungsfähigste Computer nicht mehr Bewußtsein besitzen als ein Hammer oder ein Faustkeil. Daß hier überhaupt Zweifel entstanden sind, zeigt das Ausmaß postmoderner Geistesverwirrung an, wie sie ähnlich schon seit vielen Jahrzehnten auch in den Robotik-Phantasien der Science-Fiction geistert – hier zeigt sich immer nur der Fetischismus des von seinen eigenen Werkzeugen beherrschten kapitalistischen Menschen.

Nun geht aber in der 3. industriellen Revolution das »eingebende« menschliche Bewußtsein, soll es die Form einer wertschöpfenden abstrakten Tätigkeitsmasse annehmen, ganz und gar als verschwindende Größe in seinen technologisch-automatischen Resultaten auf. Mit anderen Worten: Die menschliche Konstruktions- und Programmierungstätigkeit etc. ist niemals für einen kapitalistischen Akkumulationsschub ausreichend »wertsetzend«, wenn an sie kein flächendeckendes Aggregat abstrakter »Arbeit« mehr als gesellschaftliches Vollzugsorgan angehängt ist. Software als solche schöpft ebensowenig Wert wie ein Roboter oder eine Werkzeugmaschine, weil es sich dabei nun einmal nicht um gesellschaftliche Wesen handelt, die ein fetischhaftes Beziehungsverhältnis der abstrakten »Arbeit« eingehen können. Der »telematische« Kapitalismus stößt also an dieselbe absolute immanente Schranke wie der klassische Industriekapitalismus. Wie Konstruktion und Marketing in der Automobilindustrie für sich allein nicht ausreichend wertschöpfend sind, wenn die Produktion der Autos selber nicht mehr massenhaft menschliche »Arbeit« einsaugt, sondern weitgehend durchrationalisiert und automatisiert wird, ebensowenig können die »telematischen« Konstruktions- und Programmiertätigkeiten für sich allein die Akkumulation von »Wert« tragen, wenn das »Fungieren« des Datenmaterials weitgehend ohne menschliche Arbeitskraft erfolgt.

Die krude Vorstellung einer Wertschöpfung durch bloße Datenquanta muß sich nicht nur wissens- und intelligenztheoretisch, sondern auch akkumulationstheoretisch blamieren. Was dann noch übrigbleibt von der Vision eines »telematischen« Kapitalismus ist nichts als die übliche soziale Dienstleistungsillusion: Wie ein »Hamburger-Kapitalismus« ohne industrielle Wertschöpfungsbasis nicht möglich ist, in dem eine Kapitalakkumulation darüber stattfinden soll, daß sich die Menschen gegenseitig Buletten verkaufen, die Schuhe putzen oder die Haare schneiden, ebensowenig ist z.B. ein »Titty-Tainment«-Kapitalismus für sich allein denkbar, in dem das Kapital seine Selbstzweckbewegung darüber ausführen könnte, daß sich die Menschen gegenseitig schlaffe Witze erzählen oder Soap-Operas verkaufen.

Genau diese Hoffnung scheint sich die kulturindustrielle Linke zu machen, wenn auch etwas vornehmer ausgedrückt: »Symbolproduktion, Stimulanzproduktion und Symbolanalyse stellen wirtschaftliche Wachstumssektoren dar« (Diederichsen 1998, 43). Abgesehen von der Unappetitlichkeit, auch noch bei einer Art »Kapitalverwertung der Seele« mitmischen zu wollen, ist die poplinke ökonomische Naivität bemerkenswert, die ohne einen Schimmer von Akkumulationstheorie in gutbürgerlicher VWL-Manier »wirtschaftliche Wachstumssektoren« wie Hochdruckgebiete heraufziehen sieht. Diederichsen sollte sich bei der Zunft der garantiert kulturpessimismusfreien Schönwetterfuturologen bewerben, die im Regierungsauftrag eine blühende Landschaft nach der anderen prognostizieren.

Die postmodernen Phantasien von der »telematischen« Wertschöpfung (deren Begriff ohnehin nur indirekt in Form bürgerlicher terms auftaucht) durch Datenquanta oder »Symbolproduktion« sind nur die Neuauflage einer Illusion, wie sie bereits in der 68er Bewegung unter der Bezeichnung »Produktivkraft Wissenschaft« spukte und von keinem anderen als Jürgen Habermas mit Hilfe eines grotesk falsch verstandenen Marx formuliert wurde:

> »So werden Technik und Wissenschaft zur ersten Produktivkraft, womit die Anwendungsbedingungen für Marxens Arbeitswerttheorie entfallen. Es ist nicht länger sinnvoll, die Kapitalbeträge für Investitionen in Forschung und Entwicklung auf der Grundlage des Wertes der unqualifizierten (einfachen) Arbeitskraft zu berechnen, wenn der wissenschaftlich-technische Fortschritt zu einer unabhängigen Mehrwertquelle geworden ist, gegenüber der die von Marx allein in Betracht gezogene Quelle des Mehrwerts: die Arbeitskraft der unmittelbaren Produzenten, immer weniger ins Gewicht fällt« (Habermas 1968, 79 f.).

Bei Marx (in den »Grundrissen«) entfallen aber mit der Entwicklung von Wissenschaft und Technik zur »ersten Produktivkraft« nicht etwa die Anwendungsbedingungen für seine (negativ zu verstehende!) Arbeitswerttheorie, sondern für die auf dem fetischistischen »Arbeitswert« beruhende Vergesellschaftung selbst – eine Tendenz, die immer deutlicher wird. Mit anderen Worten: Die »auf dem Wert beruhende Produktionsweise bricht zusammen« (Marx), sobald die wissenschaftlich-technischen Agentien der Produktion ein weiteres Anwachsen der »Arbeitssubstanz« unmöglich machen. Habermas bildet sich ein, daß die Wertschöpfungspotenz »irgendwie« auf die Wissenschaft übergeht, ohne sich die Mühe zu machen, auch nur im geringsten zu erklären, wie das denn zugehen soll. Der Grund für diese Ignoranz ist ganz simpel der, daß für ihn der ökonomische Wert (wie schon immer für die bürgerliche Volkswirtschaftslehre) kein erklärungsbedürftiger oder gar kritisierenswerter Gegenstand, sondern vielmehr ein »stummes apriori« und eine ontologische Gegebenheit ist. Wenn die »Arbeit« nicht mehr ausreichend Wert setzen kann, dann muß die Wertsubstanz eben anderswoher kommen, womit der patriotische Verfassungsphilosoph Zeugnis von seiner ökonomischen Naivität ablegt. Er kann und will nicht begreifen, daß die Wissenschaft kein Wertschöpfungspotential darstellt, weil sie ihrer Natur nach keine massenhafte, quantitativ-repetitive Form menschlicher Tätigkeit ist, und daß technologische Aggregate erst recht keinen Wert produzieren, weil sie keine gesellschaftlichen Subjekte sind.

Habermas verwechselt systematisch die wissenschaftlich-technische Entwicklung als vermittelte, indirekte Bedingung für zusätzliche Wertschöpfung in der Aufstiegsgeschichte des Systems mit einer unmittelbaren Wertschöpfungspotenz der Wissenschaft selbst. Inwiefern haben Wissenschaft und Technologie in der Vergangenheit, insbesondere in der »fordistischen« Epoche der Vollindustrialisierung, zur Expansion der Wertschöpfung beigetragen? Mit Sicherheit nicht dadurch, daß sie selbst durch »Hirn« zusätzliche Wertquanta im großen gesellschaftlichen Maßstab gesetzt und etwa die »Arbeit« im bisherigen Sinne des Kapitals abgelöst oder ergänzt hätten. Im Gegenteil, jede Substitution menschlicher Produktionstätigkeit durch wissenschaftlich-technische Aggregate vermindert natürlich die Wertproduktion pro Produkt, weil weniger »Arbeit« benötigt wird. Aber die auf diese Weise bedingte Verbilligung der Produkte konnte gleichzeitig die Märkte so sehr erweitern, daß für die vermehrte Produktion absolut sogar mehr

Arbeitskraft als vorher benötigt wurde und sich damit auch die absolute Wertschöpfung ausdehnte, obwohl sie pro Produkt vermindert wurde. Die indirekte Wirkung der Verwissenschaftlichung hat also die Wertproduktion der »Arbeit« nicht etwa ersetzt, sondern vielmehr zunächst (in der kapitalistischen Entwicklungsgeschichte des 20. Jahrhunderts) die rentabel anwendbare »Arbeit« selbst auf höherer Stufenleiter der Produktivität ausgedehnt.

Für das nicht so genau hinschauende bürgerliche Theoriebewußtsein wurde daraus die »black-box«-Argumentation: Wenn vermehrte Anwendung der Wissenschaft und dadurch gesteigerte Produktivität, dann mehr Wertschöpfung – ohne daß der wirkliche Zusammenhang genau erfaßt wurde. Nicht nur Habermas argumentiert mit dieser »black box«, sondern gewöhnlich auch biedere Linksradiakle (wie z.B. Rainer Trampert und Thomas Ebermann). Tatsächlich ist aber die unmittelbare Wirkung der Verwissenschaftlichung immer die, daß die Wertsubstanz vermindert wird, während erst die indirekte Wirkung einer zusätzlichen, überkompensierenden Anwendung von »Arbeit« auf höherem Niveau die weitere Akkumulation der gesellschaftlichen Fetisch-Substanz tragen kann. Die 3. industrielle Revolution der Mikroelektronik macht dagegen genau diese indirekt kompensierende oder überkompensierende Wirkung irreversibel zunichte: Erstmals wird flächendeckend mehr »Arbeit« wegrationalisiert als durch die Verbilligung der Produkte (und die daraus resultierende Erweiterung der Märkte) zusätzliche »Arbeit« rentabel eingesaugt werden kann. Damit rückt die von Marx prognostizierte absolute Schranke der erweiterten Wertschöpfung alias Kapitalakkumulation durch die konkurrenzvermittelte Entfaltung der »Produktivkraft Wissenschaft« in greifbare Nähe. Was »entfällt«, sind die Bedingungen für jene wohlfeile »black-box«-Argumentation.

In der linken Debatte wurde jedoch die Expansion der »Produktivkraft Wissenschaft« nie als Entfaltung des kapitalistischen Selbstwiderspruchs begriffen und daher auch nicht krisentheoretisch formuliert (was überhaupt nur zusammen mit einer radikalen Wertkritik geht). Der orthodoxe Arbeitsmarxismus kritisierte vor 30 Jahren das falsche Argument von Habermas nur insofern, als er stur (und natürlich »identitätspolitisch«) auf der alleinigen Wertschöpfungspotenz der industriellen »Arbeiterklasse« beharrte; aber eben ganz und gar nicht negativ, krisentheoretisch und wertkritisch, sondern im Gegenteil affirmativ und wert-positivistisch (meist unter Verweis auf den damaligen empirischen Ist-Zustand, der blind in die Zukunft verlängert wurde). Im Anschluß an Theoreme wie das von Habermas, versuchten sich dagegen die neuen sozialen Bewegungen des heraufdämmernden vermeintlichen Dienstleistungskapitalismus (der in Wirklichkeit ein Krisenkapitalismus ist) durch eine ganz genauso affirmative und wert-positivistische Umpolung von der klassischen »Industriearbeiterklasse« auf die eigene soziale Basis zu legitimieren.

Zwar geschah das meistens nur auf der soziologischen und nicht direkt auf der wert- und akkumulationstheoretischen Ebene, indem ein Substitut nach dem anderen für das flötengehende alte »revolutionäre Subjekt« ausgerufen wurde. Zunächst ging es dabei mehr um die technisch-naturwissenschaftliche Intelligenz einer angeblichen »neuen Arbeiterklasse« (Mallet 1972/1963); eine These, die im »Pariser Mai« durch mitmischende Techniker und Ingenieure gestützt wurde, die z.B. von selbstverwalteten Atomkraftwerken träumten. Später verlagerte sich der einschlägige Akzent dem tatsächlichen keynesianischen Schub folgend mehr auf die sozialpädagogische Intelligenz und schließlich auf die »Dienstleistungsarbeiter« überhaupt, meistens schon unmittelbar auf die diversen sozialen Bewegungsformen der 70er und 80er Jahre bezogen.

Auch wenn das werttheoretische »black-box«-Argument von Habermas dabei nicht weiter ausgearbeitet, sondern nur gelegentlich stützend aufgegriffen wurde, blieb es doch immer latent als komplementäre theoretische Figur präsent. Denn der soziologische systemimmanente Interessen-Positivismus ist logischerweise immer auch ein entsprechender Wert-Positivismus: Jedes favorisierte »neue« Sozialsubjekt in der ideologisch verlängerten Modernisierungsgeschichte des warenproduzierenden Systems muß notwendigerweise auch als ein »neues« Wertschöpfungssubjekt phantasiert werden; je mehr Substitute für die abschmelzende industrielle »Arbeiterklasse« erfunden werden, desto mehr entsprechende Wertschöpfungs-Substitute werden auch gleich mit dazuerfunden.

Es ist daher keineswegs überraschend, wenn die an ihrer bürgerlichen Subjektform von Warenbeziehungen klebende postmoderne Medien- und Kulturarbeiterklasse in spe auch wieder eine neue und noch viel absurdere »Werttheorie« entwickelt, indem wie bei Bolz in einer (typisch naturwissenschaftlichen) »Umdefinierung« Daten- und positivistische Wissensquanta einfach als »Wertquanta neuen Typus« gesetzt werden. Daß diese willkürliche und durch nichts zu rechtfertigende Umdeutung ganz der Geschichte der Neuen Linken auf dem Weg »heim ins System« folgt, muß dabei nicht einmal bewußt sein (mit der historischen Selbstreflexion hapert es ja sowieso). So dürfen wir darauf warten, daß demnächst noch mehr linkspostmoderne Theoriesimulanten auf den Bolzschen Trichter kommen und eine neue Epoche der telematischen »Hirn«-Akkumulation des Kapitals ausrufen, falls die »Symbolproduktion« nicht genügend Wertquanta abwerfen sollte.

Je flexi desto fixer

Daß der Interessenstandpunkt der neuen Kulturarbeiter und die »medienkompetente« Technokratie im Krisenkapitalismus selber nur noch virtuellen Charakter haben können, geht allerdings schon daraus hervor, daß ein tatsächlicher Interessenkampf dem postmodernen »Dienstleistungskapital« gegenüber gar nicht stattfindet. Während der systemimmanente Klassenkampf des industriellen Proletariats als Teil der bürgerlichen Modernisierungsgeschichte überaus real war und auch die neuen sozialen Bewegungen der »sozialpädagogischen Intelligenz« wenigstens noch punktuell gegen kapitalistische Zumutungen aufbegehrten, ja sogar bis heute mit realen Interessenvertretungen vermittelt sind (etwa durch die Gewerkschaft Erziehung und Wissenschaft), führt die sonderbare neue Medien- und Kulturarbeiterklasse keinerlei wahrnehmbaren systemimmanenten Interessenkampf, streikt nicht, legt nichts lahm, demonstriert nicht einmal wie es selbst der öffentliche Dienst fertigbringt, hat keinerlei organisierte Interessenvertretung hervorgebracht.

Gar die »elektronische Subversion«, technisch durchaus möglich und als Hacker-Drohung oft genug durch die Medien gezogen, hat sich mangels kritischer Masse eines entsprechenden kompetenten Willens »nomadischer Macht« (Critical Art Ensemble 1994) als Papiertiger entpuppt. Was man als Realo in spe eigentlich mitmachen und »mitgestalten« will, das darf man eben leider nicht zerstören. So erweisen sich die Trommler der Subversion gelegentlich sogar als gute Systempolizisten gegen das drohende Chaos, selbst wenn dabei gar nichts für das eigene Interesse herausspringt.

Diese seltsame Zurückhaltung ist natürlich darauf zurückzuführen, daß der entsprechende soziale »Standpunkt« innerhalb des Systems schon ins Rutschen gekommen ist, bevor er überhaupt so richtig eingenommen werden konnte. Im Krisenkapitalismus brechen ja auch ältere und besser gestützte organisierte Interessenpositionen weg, weil die kapitalistische Reproduktionsform selber zu erlöschen beginnt. Abgesehen von dieser fundamentalen negativen Tatsache verweigert sich aber der postmoderne Sozialcharakter auch von sich aus nicht nur der radikalen Systemkritik, sondern sogar der Vertretung seiner eigenen systemimmanenten Interessen. Die postmodernen »dezentrierten Subjekte« können dieses Problem nicht einmal mehr wahrnehmen, weil sie zu sich selbst und zu dem System, das sie hervorgebracht hat, völlig distanzlos geworden sind. Selbst der primitivste Interessen-Korporatismus setzt jedoch ein Moment der Distanz voraus, das wenigstens eine Differenzierung zwischen dem Unmittelbarkeits-Interesse der einzelnen Person und einem darüber hinausgehenden gemeinsamen und sozial vermittelten Interesse erlaubt. Der letzte Schub abstrakter Individualisierung scheint diese minimalste Distanzfähigkeit bei den in den 80er Jahren sozialisierten kulturindustriellen Mitmachern ausgelöscht zu haben.

Diese Entwicklung, die Ulrich Beck sich als postmoderner Modesoziologe zu einer »zweiten Moderne« zusammengereimt hat, erweist sich nun als paralytische Selbstwahrnehmung des vereinzelten Max-Stirner-Subjekts, die nicht einmal mehr einen beschränkten Korporatismus erlaubt: Wenn die soziale Atomisierung und der »stumme Zwang der Konkurrenz« sogar bis in die sexuelle Intimität vorgedrungen sind – wie sollte da noch irgendeine Repräsentanz sozialer Interessen möglich sein? Sobald die postmoderne soziale Monade mit dem Zeithorizont des Marktes (also ungefähr dem eines Vorschulkindes) die Abstriche am individuellen Unmittelbarkeitsinteresse und die Lustschmälerung durch den Aufwand für organisierte Interessenvertretung gegen die Möglichkeit zukünftiger sozialer Gewinne abwägen muß, wird mit großer Sicherheit stets das vermittelte kollektive Interesse als zu leicht befunden und auf der Strecke bleiben. Für die postmodernen »Lebensästheten« gilt also immer gleichzeitig: Jeder sein eigenes Unternehmen, jede ihre eigene Gewerkschaft.

Und da dieses Motiv der einsamen Selbstverwurstung sogar imaginativ besetzt ist (mutterseelenallein wie der Protestant seinem Gott tritt die postmoderne Monade der gesellschaftlichen Verwertungsmaschine gegenüber), kann dieser neueste Sozialcharakter praktisch als immun gegen jede noch so elementare soziale Interessenvertretung gelten. Ein Paradies für Halsabschneider-Kapitalisten in den neuen »rechtsfreien Räumen«, die billigstes Menschenmaterial vorfinden, wobei das Elend auch noch als Chance in einer wunderbaren Chancenwelt gewertet wird. Die Herolde für die »Tugend der Orientierungslosigkeit« führen als »gelungenes« Beispiel die offenbar besonders verblödeten Fahrradboten (in Berlin und anderswo) an:

»Vor zehn Jahren waren sie in Deutschland eine Seltenheit, heute sind sie allgegenwärtiger Teil der vom Verkehr verstopften Innenstädte. Diese oft außerirdisch anmutenden Gestalten mit ihren übergroßen Plastikrucksäcken, in den Amtsstuben als ›selbständige Unterfrachtführer zur Beförderung von Sendungen‹ geführt, ansonsten schlicht Fahrradboten genannt, waren Pioniere und Symbol einer neuen Generation niederer Dienstleistungen. Schenkt man diesen Grauarbeitern ohne Rentenanspruch Gehör, erfährt man viel über die Arbeitsmotivation der Lebensästheten. ›Richtig zufrieden bin ich nur, wenn ich mich frei und niemandem verpflichtet fühle‹, lobte jüngst eine Fahrradbotin in der taz die Vorteile ihres Jobs. Neben der Verpflichtungslosigkeit stehen dabei für sie ökologische Werte und die Ablehnung einer fortschreitenden Entfremdung im Vordergrund [...] Kündigungsschutz und geregelte Arbeitszeiten sind in ihren Augen der Inbegriff der monotonen Arbeitswelt ihrer Eltern. Frei heraus formuliert sie für sich und ihre Kollegen das Manifest der Fahrradkuriere: ›Wir fahren nach den Prinzipien des Manchester-Kapitalismus [!], die Alternative ist eine Selbstausbeutung, aber dafür mit Rentenanspruch‹ [...] Gerade das Beispiel der Fahrradbotin [...] zeigt, daß sich jenseits vom Arbeitsethos der Stahlwerker, von Arbeiterbewegung und gewerkschaftlicher Tradition hier eine ganz neue Identifikation mit einem Berufsbild etabliert hat. Ausdruck und Ziel dieser Identifikation ist nicht länger der gemeinsame Kampf um verbesserte Arbeitsbedingungen und Lohnsteigerung oder der Stolz, funktionierender Teil einer großen Maschinerie zu sein, sondern persönliche Freiheit [!], der Kult um den eigenen Körper und der Wille, etwas schneller zu sein als die anderen [!]. Und obwohl sich hier ein von vielen Kurieren geteiltes Berufsbild zu einer Gemeinschaft zu verdichten scheint, ist es aussichtslos, auf die Gründung einer ›IG Rad, Speiche, Fuhren‹, der Gewerkschaft der Fahrradboten, zu warten« (Goebel/Clermont 1997, 184 ff.).

Ganz offensichtlich kommen diese sozial atomisierten Individuen nicht über die alte systemimmanente Arbeiterbewegung hinaus; sie fallen sogar weit dahinter zurück, denn ihr absurdes soziales Dasein ist bereits Bestandteil eines Prozesses der Entgesellschaftung und damit allerdings auch der Selbstzerstörung des Kapitalismus, in der sie jedoch nicht die Akteure, sondern bloßes Spielmaterial darstellen. Für die postmoderne Linke ist diese Armseligkeit nicht etwa Gegenstand der Kritik, sondern sie glaubt darin neue Potentiale der Emanzipation zu erkennen, die das alte und abgestorbene soziale Klassensubjekt substituieren könnten. Die »neue Flexibilität« von berufsmäßig und laufbahntechnisch nicht mehr festzulegenden Individuen wird per se schon als Distanzmöglichkeit zu den kapitalistischen Zumutungen wahrgenommen, während sie in Wahrheit nur die allseitige und bedingungslose kapitalistische Verwendungsfähigkeit dieser Individualitäts-Gespenster anzeigt.

Die »postmaterialistische Wertorientierung« besteht offenbar ziemlich banal darin, nahezu für Gotteslohn zu malochen, wenn nur die imaginäre »Bezahlung« für den »lebensästhetischen« Halluzinationshaushalt stimmt:

»Die teils absurden Konsequenzen des Versuchs, angemessene Modelle der Motivation zu finden, lassen sich gut am Beispiel bestimmter Boom-Companies in den Bereichen Medien und Werbung beobachten. Die Funktionsfähigkeit dieser Firmenstrukturen fußt darauf, daß die ›Beschäftigten‹ statt eines regelmäßigen Gehalts persönliche Entfaltungsmöglichkeiten und Identifikationsangebote erhalten. Der Lebensästhet möchte nicht von anderen bestimmt werden, ist aber ein Meister der Selbstbestimmung [!] [...] [So] reicht oft der wohlklingende Name einer Firma, der mit Aufbrüchen in neue Welten oder legendären Gründungsfiguren assoziiert ist, und die Lebensästheten pilgern in Scharen vor die imaginären Werktore und bieten für wenig Geld ihren aufopferungsvollen Einsatz feil. Der Reiz, als Teil eines Teams an vorderster Front Pionierarbeit zu leisten, bildet nur die Spitze eines gigantischen Eisbergs gewandelter Motivationsmuster [...] Der nicht selten mythenumwitterte Firmengründer betritt die extravagant designte und mit arbeitswütigen Youngstern randvoll gefüllte Fabriketage, wedelt mit einer Arbeitsaufgabe, und wer will greift zu. Am Schluß entscheiden alle über das beste Ergebnis. Diese transparente Arbeits-Performance setzt statt auf Bevormundung und Personenkult auf den Wettstreit der Ideen. Da dieses Konzept anstrengend, höchst ineffektiv und selbst für Lebensästheten auf Dauer eine Qual ist, taugt es letztlich nur als Durchlauferhitzer. Wenn der junge High-tech-Nomade mal wieder genug hat von Dauerprofilierung und Ganztagskreativität, von Wettbewerb und Nachtarbeit, dann zieht er sich vorübergehend zurück in die dunkle Ecke der Scheinselbständigen [...] Die Bezahlung jedenfalls [...] spielt nicht mehr die entscheidende Rolle. Der Angestellte der Zukunft, der gleichzeitig auch der Unternehmer der Zukunft ist, möchte seine Dienste nur dann anbieten, wenn er sich für eine Aufgabe auch wirklich begeistern kann [...] Dann arbeitet er auch schon mal umsonst oder zu einem erstaunlich geringen Preis [...] Mehr als Unterbezahlung fürchtet unser künftiger Mitarbeiter nämlich die Unterforderung am Arbeitsplatz [...]« (Goebel/Clermont 1997, 183 ff.).

Man muß schon Tomaten auf den Augen haben, um sich einbilden zu können, daß hier etwa die Mentalität von so etwas wie einer »Kritik des Geldes« aufkeimen würde (Erdmann 1997). Ganz im Gegenteil liegt diesem sozialen Typus offensichtlich nichts so fern wie eine radikale Negation der allgemeinen kapitalistischen Verkehrs- und sozialen Beziehungsform. Die Gesetze des Geldes sind den postmodernen Youngsters derart in Fleisch und Blut übergegangen, daß sie sich von vornherein und mit masochistischer Lust zu seinem Objekt machen – nie war die Herrschaft der toten Dinge, inkarniert in der Realabstraktion des Geldes, unangefochtener und mit sanfterer Passivität akzeptiert. Der schnöde Mammon ist kein Gegenstand der Kritik; nur hängen eben die Trauben zu hoch und das Selbstwertgefühl der einsamen Inszenierungs-Subjekte muß gerade unter der Diktatur des Verwertungsimperativs aus »postmateriellen« Scheingratifikationen gezogen werden. In der glorreichen Postmoderne ist eben auch die Bezahlung der Lohnarbeiter nur noch virtuell – als Entschädigung dürfen sie sich für ihre eigenen Unternehmer halten.

Die Medienkompetenzler sind wahrhaftig die erste kapitalistische »Elite«, die für das Salär von Tellerwäschern, Kellnerinnen und Fensterputzern ihre sogenannte »Kreativität« entfaltet. Sich billig verkaufen zu müssen, wäre an sich natürlich kein Grund für einen Vorwurf, wenn dies wenigstens im Bewußtsein des Zwangs geschähe. Tatsächlich aber scheinen die Selbstdarsteller der Beckschen Individualisierung den äußersten Grad der modernen »freiwilligen Knechtschaft« erreicht zu haben. Um den Duft der »Kreativbranchen« von Werbung, Medien, Design, Kultur- und Software-Industrie etc. schnuppern zu dürfen, nehmen die postmodernen Youngsters auch Dumpinglöhne in Kauf. Dabeisein ist alles.

Und die kulturindustrielle Linke kann genau wie die postmodernen Marktpropheten Goebel/Clermont in alledem hauptsächlich tolle Chancen erkennen. Hatte Diedrich Diederichsen noch 1996 seine 80er-Jahre-Euphorie über das aufkommende Flexi-Individuum unter dem Eindruck der allgemeinen Tendenz zur entsolidarisierten Massenarmut noch mit dem Begriff der »Zwangsbohemisierung« (Diederichsen 1996, 169) relativiert, ohne seinen alten Illusionen auf den Grund zu gehen, so strahlt heute die marktwirtschaftliche Flexi-Welt schon wieder im hellsten Licht; zum Hit werden »die vielen Arbeitsplätze, in denen nicht ›diszipliniert‹ (und deswegen nicht unbedingt ›kontrolliert‹) gearbeitet wird« (Diederichsen 1998, 43). Da ist der linke Popavantgardist wieder mal auf die Vergangenheit fixiert, nämlich auf einen längst antiquierten Begriff von bloß äußerlicher Disziplinierung und Kontrolle; er hat anscheinend plötzlich vergessen, daß die postmoderne Kontrollform gerade darin besteht, den kapitalistischen Widerspruch ins Innere des Individuums zu verlegen – so kann es tatsächlich »losgelassen« werden, weil es endgültig (getrieben von »Geschäftsideen«) zu seinem eigenen Kontrolleur unter den Gesetzen der Konkurrenz geworden ist.

Aber selbst wo dic kulturindustrielle Linke im Anschluß an Gilles Deleuze einen Übergang von der »Disziplinargesellschaft« zur »Kontrollgesellschaft« thematisiert hat, in dem die gesellschaftlich geforderte Identifikation mit der kapitalistischen Form zu einer nicht für möglich gehaltenen inneren Selbstkontrolle und damit in die »aussichtslose Unabhängigkeit« führt (Holert/Terkessidis 1996, 14), blieb die Kritik und Analyse der zugrunde liegenden Ästhetisierung von (Selbst)Repression und fundamentaler Krise weitgehend aus. Die Hintertür zum Mitmischen in der kulturindustriellen »ästhetischen Repräsentation« (a.a.O., 17 ff.) ohne grundsätzliche Kritik ihres Warencharakters mußte offen bleiben, sodaß die selbstkritischen Relativierungen stets nur dazu dienten, die Illusion von kapitalistisch produzierten Waren als »Widerstandsmedien« ad infinitum zu verlängern. Der »Kampf um Repräsentation« innerhalb der immer schon stumm vorausgesetzten massenkulturellen Kapitalverwertung, ein letzter schwacher Reflex des alten systemimmanenten Klassenkampfdenkens, kann und will kein Ziel radikaler Umwälzung mehr formulieren; die Ästhetisierung unwirklich werdender Interessen ist sich selbst genug.

Was dann allerdings inhaltlich herauskommt bei der zwanghaften, »selbstkontrollierten« Kreativitätshuberei zum Billigtarif, ist in der Tat auch bloß billig. Wer sich dafür begeistern kann, Abführmittel oder Joghurts »originell« zu bewerben, »Spieleläden« und »Wohnzimmergalerien« aufzumachen, Internet-Suchprogramme oder möglichst absonderliche Klamotten zu erfinden, hat seine »Kreativität« schon auf jene Marktorientierung reduziert, die heute angesichts des Überangebots von billigen Witzen jeder Art eben auch nur noch Minimalerlöse erzielen kann.

Das ganze Kreativitätstheater ist nichts als die Art und Weise, wie sich der kapitalistische Mittelstand wichtigtuerisch von der Geschichte verabschiedet, um demnächst auf der Straße Schnürsenkel zu verkaufen oder sexuelle Dienste anzubieten. Zwischen den astronomischen Spitzengagen der Tycoons, Weltstars oder Geldmoguln einerseits und dem Elendsdasein der Billiglöhner andererseits wird der Spielraum immer enger: Der postmoderne Krisenkapitalismus reibt den Mittelstand in einem globalen Prozeß auf, der inzwischen auch die Metropolen erreicht hat. Das warenästhetisch versnobte Submilieu, in dem sich im Zuge der Anpassung an den großen marktwirtschaftlichen Konsens seit Mitte der 80er Jahre eine Mutation der linken und alternativen Gegenkultur zum Wurstschnappen kleinkommerzieller Hobbykünstler und Medienkompetenzler vollzogen hat, gehört diesem Niedergang des Mittelstands an und stellt eine seiner Verlaufsformen dar.

Millionäre im Wartestand

Inzwischen haben wir es mit einer ganzen Generation von jungen Billiglohnjobbern aus gutem Hause zu tun. Obwohl in den postindustriellen Grauzonen von Bewußtseinsindustrie und Erlebnistourismus, Medienmarketing und Kultursponsoring, Edeldesign und Imagekampagnen real immer weniger zu holen ist, nimmt das Überangebot weiterhin zu. Diese Figuren, die umso mehr zum Verwechseln aussehen, je individualisierter sie sind, pendeln in der Regel zwischen einem Dasein als Werbetexter (Kreativjob) und Aushilfskellnerinnen (McJob), ohne jedoch die geringste Vorstellung einer widerständigen Gegenbewegung und Gegenkultur zu entwickeln.

Die Opposition gegen die 68er Papis und Mamis moniert nicht etwa die mangelnde Radikalität an deren demokratisch erlahmter Kapitalismuskritik, sondern sie richtet sich umgekehrt dagegen, daß die 68er sich überhaupt mit etwas so Altmodischem und Unmöglichem wie einer Kapitalismuskritik abgaben. Die postmodernen Youngsters sind vielleicht die erste Generation, die den Generationskonflikt nicht mit einer Gesellschaftskritik, sondern mit einer hemmungslosen Affirmation der herrschenden Verhältnisse verbindet. Eben deshalb muß die postmoderne Linke, damit sie in diesem Strom notdürftig mitschwimmen kann, die Kritik ihrerseits virtualisieren und in den kapitalistischen Daseinsvollzügen positiv aufgehen lassen; angepriesen als angebliche »Opposition in der Affirmation«.

Sorgsam gepflegt wird so mitten in der eigenen sozialen Depravierung ein kleinbürgerlicher Stil, der die mittelständischen Milieus umso mehr imitiert, je unwirklicher sie werden. Nicht der Traum von einer anderen Gesellschaft wird geträumt, sondern der Traum vom eigenen Geschäft, vom raffinierten Coup und vom Platz an der Sonne des Marktes. Was die Wirklichkeit nicht mehr hergibt, muß dann eben den Autosuggestionspotentialen überlassen werden. Das gilt nicht bloß für die Kreativitäts-Simulation in den Edelklitschen zum Nulltarif (demnächst müssen die hoffnungsvollen Aspiranten vielleicht sogar noch zahlen für ihre Selbstausbeutung), sondern natürlich ganz besonders für jene Zeiten, in denen die risikobereiten Jungunternehmer genötigt sind, sich in die finsteren Nischen der Scheinselbständigkeit und der McJobs zurückzuziehen.

Und was denkt er sich dabei, der »Hamburger bratende Lebensästhet« (Goebel/Clermont, a.a.O., 131)? Keine Spur von einer Notlage kann der fröhliche Positivist entdecken:

> »Denn ist der Lohn auch schlecht, die Arbeitsbedingung abschreckend und das Arbeitsverhältnis höchst unsicher – es ist genau jenes Bewußtsein, etwas Besonderes zu sein, zu mehr als Frittenfett und Putzmittel berufen zu sein, das ihn den prekären McJob als allenfalls vorübergehende Lästigkeit empfinden läßt [...] Entscheidend ist dabei für ihn die Vorstellung, daß sein Dasein als Hilfskraft nicht das endgültige Lebensziel darstellt [...] Der Mythos ›vom Tellerwäscher zum Millionär‹ bedeutet viel weniger den mühevollen Aufstieg aus kleinen Verhältnissen als das Bewußtsein, potentieller ›Millionär‹ im Wartestand zu sein. Doch selbst primitive McJobs unterliegen allerlei individuellen Auswahlkriterien [...] Der Nachtjob in der Videothek versetzt ihn in die Welt von Douglas Coupland oder Bret Easton Ellis; Tankstellen und Schnellimbisse werden eher mit Quentin Tarantino oder David Lynch verbunden als mit Benzingestank und gescheiterter Existenz« (Goebel/Clermont, a.a.O., 131 f.).

Wenn es so etwas wie eine nicht mehr überbietbare Endstufe der sozial idiotisierten Nullexistenz gibt, dann ist es diese. Die Fähigkeit, sich den Kapitalismus mit Mineralwasser schön zu saufen, scheint die »kreative« Hauptpotenz der hoffnungsvollen »Lebensästheten« auszumachen. Es gehört schon einiges dazu, sich für nichts zu schade zu sein und gleichzeitig das Bewußtsein zu pflegen, im Prinzip »etwas ganz Besonderes« darzustellen. Auf die soziale Deklassierung nicht mit Haß gegen das herrschende System zu reagieren, sondern mit einer halluzinatorischen Uminterpretation der eigenen realen

Lage, das ist offenbar die letzte überhaupt noch denkbare Anpassungsleistung der Mittelstands-Sprößlinge und der verhinderten Aufsteiger, die alle Tore in ein halbwegs anständiges Leben verriegelt vorfinden. Leute, die allen Ernstes »lebensästhetisch« abwägen zwischen diversen miesen Heloten-Jobs, als handelte es sich um die Wahl zwischen Kaviar und Pekingente, können nur noch ihre eigene Realsatire sein. Daß ihre Selbstachtung unter die von antiken Sklaven oder mittelalterlichen Bauern gefallen ist, kann ihnen nichts mehr ausmachen, weil sie bereits jenseits aller Empfindungsfähigkeit für Selbstachtung angelangt sind.

Natürlich ist diese Zustandsbeschreibung nur eine historische Momentaufnahme, die keine absolute Gegebenheit und keinen unveränderlichen Bewußtseinsstand bezeichnet. Die Diskrepanz zur gesellschaftlichen Realität ist so groß, daß dieses opportunistische Bewußtsein unmöglich bei sich bleiben kann, zumal das Fortschreiten der Krise die halluzinatorischen Selbstbilder immer schwerer haltbar machen wird. Auch postmoderne Youngsters bleiben nicht forever young; und in dem Maße, wie sich herausstellt, daß die vermeintliche »vorübergehende Lästigkeit« von elender Bezahlung, miserablen Arbeitsbedingungen, Herausfallen aus der Konkurrenz und Perspektivlosigkeit den gesamten Lebenshorizont ausfüllt, muß auch die billige Kreativitäts-Simulation in sich zusammenbrechen.

Das Resultat der aufkommenden Verbitterung ist allerdings keineswegs zwangsläufig ein emanzipatorischer Wille zu einer neuen, weitergehenden Systemkritik. In den scheinbar lockeren Flexi-Individuen lauern hinter der aufgesetzten guten Laune die Dämonen einer Verwilderung der Konkurrenz; der seichte Differenz-Hedonismus kann jederzeit in jenen Differenz-Nationalismus und das betont weltoffene kulturelle Globalisierungsbewußtsein in jene rassistische Subkultur umschlagen, wie sie sich jetzt schon im »spielerischen«, unernsthaften und immer bloß halb ironischen Umgang mit »Tabus« andeuten. Die Massenaffirmation der postmodernen Linken, deren Gesellschaftskritik von medialer Virtualität und »reflektierter Unernsthaftigkeit« aufgesaugt worden ist, kippt möglicherweise durch den Crash mit der Krisenrealität rasch in Formen der Barbarei um, ohne große Hemmschwellen überwinden zu müssen. Spätestens dann wird sich die Propaganda der Maßstabslosigkeit grausam rächen (»Was soll schlecht daran sein?«). Wenn die postmodernen Youngsters merken, daß der Kapitalismus doch kein Spiel ist, kann die latente Bösartigkeit der bloß äußerlich supertoleranten einsamen Selbstdarsteller in ungeahntem Ausmaß manifest werden.

Anything goes

Die soziale Realität der postmodernen Flexi-Milieus ist allerdings bereits heute so himmelweit von den Phantasien einer Kreativitätselite im »telematischen« Neokapitalismus entfernt, daß diese Autosuggestionen allein unmöglich das falsche Selbstbewußtsein der Möchtegern-Yuppies tragen könnten. Die Unwirklichkeit des systemimmanenten Interessenstandpunkts, der gar nicht mehr ernsthaft vertreten wird, stempelt die vermeintlich neueste »neue Klasse« zu einem sozialen Phantomsubjekt, das keinen Boden kapitalistischer Realakkumulation mehr unter den Füßen hat. Daß der »Film« oder das »Spiel« der Beliebigkeit vorerst trotzdem anscheinend unbeeinträchtigt weitergeht, hat einen Grund: Zu augenfällig korrespondiert das abgehobene »fiktive Kapital« der Finanzmärkte mit dem ideologischen Virtualismus der Postmoderne, als daß hier ein wesentlicher Zusammenhang verleugnet werden könnte. Ironischerweise ist es ein strukturelles ökonomisches Krisenphänomen, das wegen seiner relativ langen Dauer (im Vergleich zu früheren, vorübergehenden Krisen der Akkumulation) den falschen Schein einer kasinokapitalistischen Stabilität erzeugt.

Die in den 80er Jahren sozialisierten heute 13- bis

35-Jährigen, das darf nicht vergessen werden, sind im Kasinokapitalismus aufgewachsen oder haben in dieser Zeit wenigstens ihre wesentlichen Prägungen erfahren und ihr gesellschaftliches Bewußtsein entwickelt. Aus eigenem Erleben haben sie keinen Vergleichsmaßstab, sondern sie kennen frühere Konstellationen nur aus zweiter oder dritter Hand; und das gilt natürlich auch für die Geschichte der 60er und 70er Jahre. 1968 ist für sie ungefähr so weit weg wie der Erste Weltkrieg und entsprechend »glänzen« sie mit Lesebuchwissen, in das sich erkennbar die schon axiomatisch gewordenen postmodernen Vorurteile mischen. Diese Generationen sind so sehr Kinder des Kasinokapitalismus, daß für sie das Ambiente der Gewinnspiel-Gesellschaft zur Naturgrundlage geworden ist. Die postmoderne Parole des »anything goes« erscheint nicht als Ideologie, sondern als Realität und Normalität. Der Jackpot, die Gewinnchance, der Coup im Internet, die Superidee, die Fernsehlotterie des Berufsjugendlichen und Lieblingsschwiegersohns aller Mütter Günther Jauch als zeitgeistiges und sozialpsychologisches Hintergrundrauschen der abgehobenen Finanzmärkte bestimmen die Trends der Bewußtseinskonjunktur.

Das heißt, die postmodernen Youngsters bilden eine einzige große Lottogemeinschaft. Das von Marx im 3. Band des »Kapital« ironisch benannte naive Volksvorurteil vom zinstragenden Kapital als dem Kapital schlechthin, das Geld heckt wie ein Birnbaum Birnen trägt, scheint im Kasinokapitalismus Wirklichkeit geworden zu sein und treibt daher im postmodernen Imaginationshaushalt die üppigsten Blüten. In einer sogar gedehnten Zeit der berühmten »Dienstmädchenhausse« an den Aktienmärkten mit phantastischen Zuwächsen der Indices, in der alle und jede zu Kleinspekulanten mutieren, ist es ein leichtes, sich als »Millionär im Wartestand« zu fühlen.

Nichts und alles ist real, nichts und alles ist möglich. Während der Sturm des unvermeidlichen Finanzkrachs in Asien die Möchtegern-Yuppies und »Millionäre im

Wartestand« bereits zu Millionen in die Gosse gefegt hat, läßt die nach Europa und in die USA geströmte Liquidität im Westen die postmodernen Bingo-Träume noch ein wenig weiterblühen. Deshalb nehmen die fröhlichen Foucault- und Baudrillard-Positivisten das drohende Fiasko ihrer »telematischen« Elite-Hoffnungen und die reale Trostlosigkeit ihrer »Berufsperspektiven« ebensowenig ernst wie die Erbärmlichkeit ihrer Bezahlung: Wenn das Geld sowieso jederzeit ganz woanders herkommen kann, spielt die reale Produktion von Gütern und Diensten samt der dazugehörigen Kompetenz nicht mehr die entscheidende Rolle.

Gewinnspiel-Leidenschaft, Aktienspekulation, Pyramidenspiele (Kettenbriefe) und Lottofieber könnten als zeitgeistige Massenphänomene allerdings wohl ebensowenig Tragfähigkeit suggerieren wie die »telematische« Kapitalakkumulation, wäre der Kasinokapitalismus nicht für viele mit einer Option verbunden, die allerdings den herablassenden Gestus gegenüber den fordistischen Generationen Lügen straft. Die Herolde jener kichernd postulierten »Tugend der Orientierungslosigkeit« plaudern das süße kleine Geheimnis des postmodernen Lebensgefühls wieder einmal ungeniert aus:

> »In Deutschland werden bis zum Jahr 2006 Vermögen in Höhe von 2,6 Billionen Mark vererbt. Für nicht wenige eröffnet sich damit tatsächlich die Möglichkeit, dem tätigen Leben zu entsagen und, wenn auch in den meisten Fällen durchaus bescheiden, ihr Dasein in erster Linie der Umsetzung des lebensästhetischen Imperativs zu widmen, anstatt die ökonomischen Zwänge der Lohnarbeit zum Lebenssinn verklären zu müssen. Doch auch die zunehmende Unterstützung durch Eltern, die das Treiben ihrer Sprößlinge mit bisher nicht gekannter Langmut auch in fortgeschrittenem Alter subventionieren [...] machen den Lebensästheten von der Ökonomie unabhängig [!] ...« (Goebel/Clermont, a.a.O., 52).

Wir wissen nun also, worin letztendlich die sozialökonomische Voraussetzung des fröhlichen Positivismus im Bewußtsein der postmodernen Youngsters besteht. Die prekäre soziale Existenz zwischen Billigkreativität und McJob »gilt« eigentlich nicht, weil die vermeintlich wahre Ökonomie auf den entkoppelten Finanzmärkten stattfindet (ungefähr wie das wahre Leben im Cyberspace) und diese Option gestützt wird durch elterliches (oder großelterliches) Sponsoring und die Aussicht auf ein Rentnerdasein als »neue Erben«. Damit keine Mißverständnisse aufkommen: Das Problem ist kein moralisches. Gelder aus der fordistischen Überhangsmasse (vorerst) freier Liquidität zu beziehen, kann unter den gegebenen Umständen individuell der letzte Rettungsanker sein oder (wo es noch nicht so weit ist) einen vorübergehenden Spielraum von Zeit und Energie für andere (z.B. auch systemkritische) Zwecke eröffnen. Das Schäbige an den postfordistischen Erbschleichern ist es, daß sie sich gewissermaßen schon im voraus korrumpieren lassen: Zu offensichtlich ist die Interdependenz zwischen der Unlust an radikaler Gesellschaftskritik oder der Lust am kulturindustriellen Mitmachen einerseits und dem vermeintlich sicheren sozialen Auffangnetz der buchstäblichen »Erbschaft dieser Zeit« andererseits.

Dieses Bewußtsein ist sogar doppelt schäbig, indem es die Frechheit besitzt, seine eigene Korrumpierung auch noch als rotznäsige Kritik an jenem fordistischen Bewußtsein zu verkaufen, das »die ökonomischen Zwänge der Lohnarbeit zum Lebenssinn verklärt« hat. Wenn diese Scheinkritik aber erstens nicht etwa auf die Abschaffung der Lohnarbeit (und damit der allgemeinen Ware-Geld-Beziehung) abzielt, sondern auf den individuellen Absprung als Rentner oder wenigstens Kleinrentner des Finanzkapitals, so ist damit natürlich immer die soziale Ausschließung der »anderen« (der Unterprivilegierten) verbunden. Zweitens gehört schon eine besondere Unverschämtheit dazu, sich über die fordistischen Arbeitstiere »telematisch« erhaben zu fühlen und deren bürgerliche Orientierung an »Fleiß und Sparsamkeit« zu verspotten, gleichzeitig aber in Wirklichkeit die eigene Existenz mangels selbständiger Optionen ganz auf die erhofften Gratifikationen aus dem Fundus der alten Raffzähne zu bauen. Das Gespenstische am postmodernen Hedonismus erklärt sich gerade durch dieses »Leben aus zweiter Hand«, das nur noch die akkumulierte Fetisch-Substanz der Vergangenheit abträgt und allein deswegen (vorübergehend) sein Spiel des »So tun als ob« betreiben kann, ohne den realen Zusammenstoß mit dem System riskieren zu müssen.

Selbstverständlich handelt es sich hier nicht um einen mechanischen und unmittelbaren Zusammenhang; nicht jeder Simulant und nicht jede Ideologin des Mitmachens muß zu den »neuen Erben« gehören, ebensowenig wie umgekehrt alle »neuen Erben« zwangsläufig der virtuellen Medienkasperei verfallen sind. Aber jener Zeitgeist, der sich radikaler Kritik und intellektueller Reflexion verweigert, speist sich unabhängig von der unmittelbaren persönlichen Situation seiner Protagonisten dennoch aus dem stummen Hintergrund dieser Erwartungen, die aus dem familiären Klein-Finanzkapitalismus des fordistischen Speckgürtels aufsteigen und das gesellschaftliche Bewußtsein benebeln. Davon abgesehen dürfte freilich das krude Interessenmoment in vielen Fällen auch ganz vulgärmaterialistisch das Bewußtsein bestimmen; der unabgeschmolzene Speck der fordistischen Vergangenheit ist eben noch ganz schön dick.

Das Unwort Kasinokapitalismus

Die postmoderne Massenkultur und die kasinokapitalistische Ökonomie des »fiktiven Kapitals« von Staatsanleihen und abgehobenen Aktienmärkten bilden einen Gesamtkomplex. Von der Thematisierung dieses Zusammenhangs wollen daher die Postmoderne im allgemeinen und die postmoderne Linke im besonderen nichts wissen. Die Abneigung gegen den Begriff des

Kasinokapitalismus, dessen Verwendung grundsätzlich denunziert wird, stellt sich so (direkt oder indirekt) als eine ganz ordinär interessengeleitete heraus: Wenn die »Sorge um sich« angewiesen bleibt auf finanzielle Erbschaften und das erhoffte Mitzocken an den Finanzmärkten, dann darf natürlich in der »telematischen« Spießeridylle von einem unvermeidlichen Zusammenbruch des »fiktiven Kapitals« und damit der Finanzmärkte ebensowenig die Rede sein wie vom Strick im Hause des Gehängten. Es ist deshalb in Kreisen der postmodernen Linken fast schon zur Sprachregelung geworden, den Begriff »Kasinokapitalismus« samt dem dazugehörigen Terminus des »fiktiven Kapitals« als »unmöglich« verscheuchen zu wollen und ihn zu diesem Zweck als latent oder manifest antisemitisch einzustufen, also der Naziparole vom »raffenden (jüdischen) Finanzkapital« gleichzusetzen, um selber aus dem Schneider zu sein und weiterhin der ökonomischen Ignoranz frönen zu können.

Aber nicht nur die Realität des globalen Finanzcrashs wird ihnen einen dicken Strich durch die Rechnung machen, sondern ihr Ablenkungsmanöver kann auch leicht widerlegt werden. Der von Marx geprägte Begriff des »fiktiven Kapitals« folgt aus einer präzisen akkumulations- und krisentheoretischen Argumentation, die der Nazi-Ideologie vom »raffenden Finanzkapital« diametral entgegengesetzt ist. Das Abheben der Finanzmärkte und die Kreation von »fiktivem Kapital« stehen dabei nicht für sich, sondern sind eine Konsequenz der inneren Schranke des produktiven (im Nazi-Jargon: »schaffenden«) Kapitals selbst.

In dem Maße nämlich, wie das abstrakte »Schaffen« des kapitalistischen Selbstzwecks durch die Entfaltung der »Produktivkraft Wissenschaft« ad absurdum geführt wird, weil das Kapital zusammen mit der abstrakten »Arbeit« seine eigene Substanz wegrationalisiert, strömt der zwar in der Geldform realisierte, aber nicht mehr rentabel reinvestierbare Mehrwert (Marx nennt dieses Problem »Überakkumulation«) in den Finanzüberbau und kreiert dort eine Scheinakkumulation ohne reale Wertschöpfung: entweder in Form des Staatskredits, der nicht reale Akkumulation, sondern gesamtgesellschaftlichen Konsum vermittelt (»deficit spending«); oder eben in Form der Aufblähung einer spekulativen Blase vor allem auf den Aktienmärkten, wobei »fiktives Kapital« durch eine substanzlose Wertsteigerung der bloßen Eigentumstitel massenhaft kreiert wird. Die Produktion von »fiktivem Kapital« kann jedoch in beiden Fällen den scheinhaft gewordenen Akkumulationsprozeß nur vorübergehend verlängern; das unvermeidliche Resultat sind immer der Staatsbankrott einerseits und der Aktiencrash andererseits, also die katastrophische Entwertung des »fiktiven Kapitals«.

Die Nazi-Ideologie, der Antisemitismus und zahlreiche verwandte Ideologeme z.B. auch anarchistischer Provenienz (von Proudhon bis Silvio Gesell) stellen diese von Marx analysierte Logik der Überakkumulation auf den Kopf. Die Entkoppelung des spekulativen Finanzüberbaus wird nicht aus der Krise der Realakkumulation abgeleitet, sondern genau umgekehrt: Die Krise des »produktiven« Kapitals und der »Arbeit« erscheint als Folge der Spekulation und ihrer negativen (»jüdischen«, »raffenden«, finanzkapitalistischen) Subjektivität (»Weltverschwörung« usw.).

Die Dreistigkeit, solche irrationalen Konstrukte einer krisentheoretischen Argumentation gleichzusetzen, die mit den Marxschen Begriffen der Überakkumulation und des fiktiven Kapitals operiert, kann nur mit der Ignoranz und Unwissenheit eines längst jeder Ökonomiekritik entwöhnten Publikums rechnen. Dabei tritt an die Stelle einer theoretischen und analytischen Erklärung der wirklichen Erscheinungen das Ableugnen der nicht genehmen Verhältnisse, um diese zu entwirklichen. Statt die evidenten Tatsachen des Kasinokapitalismus krisentheoretisch zu entwickeln und im Kampf gegen die irrationale antisemitische Interpretation darzustellen, erklärt man die Begriffe, von denen die gegenwärtige kapitalistische Realität bezeichnet wird, zu

»unerwünschten« Worten und denunziert alle diejenigen ohne Rücksicht auf den Inhalt als »potentiell antisemitisch«, die sich überhaupt analytisch auf die Tatsachen einlassen. Es versteht sich von selbst, daß eine solche Haltung die irrationale Krisenerklärung des Antisemitismus nicht bekämpft, sondern ihr durch Ignoranz hilft.

Nicht nur in der Krisentheorie werden aber die entscheidenden Unterschiede deutlich, sondern auch in den Schlußfolgerungen. Zu Ende gedacht, kann die Konsequenz der Marxschen Akkumulations- und Krisentheorie nur die radikale Kritik und Aufhebung von abstrakter »Arbeit« und Wertform sein. Wenn es nämlich die innere Schranke des »produktiven« Kapitals und damit der Wertschöpfung selbst ist, die das »fiktive Kapital« und den Kasinokapitalismus bis zum großen Finanzcrash hervortreibt, dann verbietet sich auch der Versuch, die Krise auf dem Boden der »Arbeit« bewältigen und zu einer lediglich anders moderierten Form der »auf dem Wert beruhenden« Gesellschaft übergehen zu wollen. Gefragt ist dann eine direkte Selbstverständigung der Gesellschaftsmitglieder jenseits von Markt und Staat (etwa in Form von Räten), in der nach stofflich-sinnlichen Kriterien und nach Bedürfnissen über den Einsatz der gemeinsamen Ressourcen entschieden wird, statt Mensch und Natur den blinden Fetischgesetzen von Wert, Geld und Markt mit Hilfe einer staatlichen Menschenverwaltung zu unterwerfen.

Die Konsequenz der auf den Kopf gestellten Krisenerklärung in der »politischen Ökonomie des Antisemitismus« kann es dagegen nur sein, die »schaffende« Realakkumulation durch Eliminierung des vermeintlich für die Krise verantwortlichen spekulativen Elements (in der weiteren Konsequenz durch die physische Vernichtung der Juden) krampfhaft wiederherstellen zu wollen und womöglich für immer vom Odium der negativen gesellschaftlichen Abstraktionen zu befreien, also die abstrakte »Arbeit« gewaltsam »nur-konkret« und das Geld für immer »ehrlich« zu machen. Dieses absurde Konstrukt eines auf irrationale Weise antikapitalistischen

»deutschen Kapitalismus« (oder »deutschen National-Sozialismus«, was dasselbe bedeutet) stellt das genaue Gegenteil einer emanzipatorischen Aufhebung des Kapitalverhältnisses dar.

Peinlicherweise hat bekanntlich die historische Arbeiterbewegung die letzte Konsequenz der Marxschen Krisentheorie selber nicht ziehen können, sondern sie blieb auf ihrer eigenen Verherrlichung der »Arbeit« und damit auf der positivistischen Idee einer staatsökonomischen Erhaltung der Wertform sitzen. Insofern besaß die alte Arbeiterbewegung aber auch immer schon ein Moment der Kompatibilität mit der »politischen Ökonomie des Antisemitismus«. Den Hintergrund dieser unguten Affinität bildete allerdings die Tatsache, daß die Modernisierungsbewegung noch im Aufstieg begriffen war und die Krisen deshalb nur vorübergehenden (zyklischen) Charakter annahmen. In dieser Konstellation bildeten der arbeiterbewegte Sozialismus/Kommunismus gewissermaßen die systemimmanent »rationale« und der Faschismus/Antisemitismus die ebenso systemimmanent »irrationale« Antwort auf die große Krise Anfang der 30er Jahre. Die Stärke des Nationalsozialismus war es dabei jedoch, daß er nicht nur (der Form nach durchaus ähnlich wie große Teile der Arbeiterbewegung) eine staatsökonomische Bewältigung der Krise, sondern auf irrationale und mörderische Weise auch eine »Aufhebung« der negativen Wertabstraktion und des abstrakten Charakters der »Arbeit« auf dem Boden des Kapitalverhältnisses selber versprach. Die Position einer emanzipatorischen und über die Systemrationalität hinaus vernünftigen, tatsächlichen Aufhebung von abstrakter »Arbeit« und Wertform blieb dagegen unbesetzt.

Noch peinlicher als die inhaltliche (theoretische wie praktische) Schwäche und Inkonsequenz der alten Arbeiterbewegung ist die Art und Weise, wie ihre postmoderne ideologische Karikatur heute auf den Zusammenhang von Krise und Kasinokapitalismus reagiert. Dazu gehört nicht nur der Versuch, die akkumulations- und krisentheoretische Argumentation auf Basis der Marxschen Überakkumulationstheorie zu verdrehen, sondern auch die Farce einer »telematischen« Verlängerung der kapitalistischen »Arbeits«- und Wertvergesellschaftung. Damit bleibt die postmoderne Linke trotz ihres zelebrierten Hedonismus ganz ähnlich wie die alte Arbeiterbewegung der »politischen Ökonomie des Antisemitismus« gegenüber insofern selber hilflos und zweideutig, als sie ideologisch letzten Endes immer noch in einer Fortsetzung von »Arbeit« und Wertform durch den liebevoll ausgemalten »Daten«- und Dienstleistungskapitalismus befangen ist.

Rien ne va plus

Das Einschwenken auf den ideologischen Virtualismus und die Phantasien einer beliebigen Fortsetzung der (kapitalistischen) Realität in medialen Scheinwelten ermöglicht es der postmodernen Linken allerdings, womöglich eine zweite pseudo-akkumulationstheoretische Auffangstellung zu bilden, wenn es schon mit dem »telematischen« Dienstleistungskapitalismus nichts werden sollte. Dabei verspricht sie die krisentheoretische Ignoranz der herkömmlichen Linken bei weitem zu übertreffen, die wenigstens noch den logischen Zusammenhang von abstrakter »Arbeit« und Wertakkumulation des Kapitals nicht in Frage stellte. Freilich war das Rekurrieren darauf spätestens bei den staatlichen Dienstleistungsarbeitern der »sozialpädagogischen Intelligenz« bereits unglaubwürdig, denn diese »neue Klasse« war ja von vornherein keine real »wertschöpfende« mehr, sondern speiste sich bereits durch die staatsökonomisch-keynesianische Variante des fiktiven Kapitals.

Im Grunde genommen war überhaupt das ganze Wirtschaftswunder des Nachkriegsbooms nur noch zum Teil einer selbsttragenden Akkumulation des Kapitals geschuldet, denn das staatliche »deficit spending« fütterte nicht allein die kapitalistisch unproduktive Warfare-Ökonomie der Rüstung im Zeichen des kalten Krieges und die ebenso kapitalistisch unproduktive Welfare-Ökonomie des bürokratischen Sozialstaats, sondern indirekt auch bereits die scheinbar kapitalproduktiven fordistischen Industrien selbst, die ohne das fiktive Kapital des Staatskredits auf ihren eigenen Grundlagen gar nicht eine derartige Ausdehnung hätten erreichen können. Vielleicht auch deshalb erlosch das alte positive Wertschöpfungs-Pathos der Arbeiterbewegung nach dem Zweiten Weltkrieg schon frühzeitig so sang- und klanglos.

Nachdem die 3. industrielle Revolution der Mikroelektronik den Keynesianismus erledigt hatte, verlagerte sich die Kreation des fiktiven Kapitals vom Staatskredit auf die kommerziellen Finanz- und vor allem auf die Aktienmärkte. Der eigentliche Kasinokapitalismus ungefähr seit Mitte der 80er Jahre ist das Produkt dieser Veränderung. Dabei handelt es sich nicht mehr um eine zyklische Bewegung, sondern um einen Strukturbruch. War schon die keynesianische staatliche Kreditschöpfung gewissermaßen ein »Herzschrittmacher« der Akkumulation mit Hilfe eines virtuellen (insofern fast schon »postmodernen«) Vorgriffs auf zukünftige Wertschöpfung gewesen, so trat das Weltkapital nun endgültig in den Zustand der »strukturellen Überakkumulation« mit einer irreversiblen Entkoppelung der Finanzmärkte von der realen Wertschöpfung ein.

So entspricht dem Übergang vom Keynesianismus zum Neoliberalismus nicht wie erwartet eine Verlagerung der Akkumulation auf kommerzielle Dienstleistungen, sondern vor allem die aussichtslose »Flucht nach vorn« in die ökonomische Virtualität eines fiktionalen Spekulationskapitals, die aus der historisch beispiellosen Höhe des substanzlosen Finanzüberbaus nur mit einem umso katastrophaleren Absturz enden kann – die Anzeichen dafür haben sich seit Mitte der 90er Jahre verdichtet und mit der sogenannten Asienkrise einen ersten Durchgangspunkt des globalen Finanzzusammenbruchs erreicht.

In dieser Situation reagiert die gesamte Restlinke

regressiv und begriffslos, eben weil sie die Hürde der »Arbeits«- und Wertformkritik einfach nicht nehmen kann, sondern um jeden Preis die systemimmanente Perspektive einer weiteren »Modernisierung« beibehalten will. Dabei kommen gleichzeitig die sowohl ideologischen als auch generationsbedingten Differenzen innerhalb der linken Krisenignoranz zum Vorschein. Die eher traditionelle Arbeitsplatz-Linke hat sich darauf geeinigt, daß »Geld genug da« sei und nur vermittels einer »Rückkehr der Politik« und einer Reanimation der keynesianischen Leiche wieder auf die Mühlen der kapitalproduktiven Investition und des Massenkonsums gelenkt werden müsse (z.B. durch lächerlich harmlose Besteuerungsprojekte).

Die postmoderne Linke ist dieser Illusion durchaus nicht völlig abgeneigt, wie ihre Halluzination eines neuen »telematischen« Schubs der Kapitalakkumulation zeigt. Deswegen wird auch für sie im Schulterschluß mit den keynesianischen Geld-ist-genug-da-Nostalgikern der Popanz einer »fundamentalistisch argumentierenden Linken« (Diederichsen 1998, 39) zum projektiven Haßobjekt; und weil für das pop-postmoderne Mitmacherbewußtsein radikale Kritik natürlich nicht konkretisiert werden darf, bleibt nur die Flucht vor der angeblichen »Flucht ins unpolitische Reich des Abstrakt-Radikalen« (Diederichsen, a.a.O., 43), um den Schrecken »der durch die notorischen todestriebartigen Ökonomiefixierungen beförderten Fatalismen« (a.a.O., 45) zu entgehen und selber als integraler Bestandteil eben jener real »todestriebartigen Ökonomie« den munter »der Gegenwart zugewandte(n) Teil linker Politik« (a.a.O., 51) zu bilden – der »allerdings auch im Zusammenhang mit [...] pragmatischer oder sogenannter Realpolitik eine Beziehung eingehen muß« (a.a.O., 51). Warum werden Geständnisse bloß immer so kompliziert und verdruckst formuliert?

Ein Teil der Medien- und Kulturhoffnungsträger ist also fast schon regierungslinks und wird wohl brav im Kielwasser von Rotgrün und New Labour dümpeln, bis sich auch diese Tanker selbst versenkt haben. Aber weil die postmoderne Linke andererseits weder an eine »Substanz« überhaupt noch an die eigene so recht glauben kann und sich von realen Sozialkonflikten nur in ihrem spielerischen Virtualismus gestört fühlen würde, muß sie zwangsläufig über das Einschwenken auf einen realpolitischen Telekom-Keynesianismus hinaus eine eigene Spezialignoranz entwickeln, die zum illusionären Gipfel führt. Ihre Version einer Verewigung des warenproduzierenden Systems braucht nämlich den Charakter des Kasinokapitalismus nicht unbedingt abzuleugnen; sie kann ihn vielmehr ganz simpel positivieren. Denn der erkenntnistheoretische »Antiessentialismus« der postmodernen Philosophen läßt sich leicht politökonomisch reformulieren als Ablehnung des Marxschen Substanzbegriffs der abstrakten »Arbeit«, wie es übrigens der Windbeutel Jean Baudrillard (der auch in rechtsradikalen französischen Blättern publiziert) schon Ende der 70er Jahre vorgedacht hat (Baudrillard 1991/1976). Im Unterschied zur traditionellen Linken können daher die Linkspostmodernisten die Scheinakkumulation des fiktiven Kapitals durchaus zu einer Realakkumulation sui generis erklären, weil es ja sowieso keinen Unterschied zwischen Realität und Simulation, zwischen Wesen und Erscheinung mehr gibt.

Wenn die Gesellschaft nur noch aus Inszenierungsverhältnissen besteht, dann eben auch die Akkumulation des Kapitals. So what, »was soll schlecht daran sein«. Während also traditionelle Arbeitsmarxisten mühsam eine weiterlaufende substantielle Realakkumulation mit einer tatsächlich tragenden Verausgabungsmasse von »Nerv, Muskel, Hirn« zusammenphantasieren müssen, kann die postmoderne Linke notfalls sogar leichten Herzens auf den wertschöpfenden Charakter der »telematischen« skurrilen Hirn-Akkumulation und der »Symbolproduktion« verzichten, weil für das kasinokapitalistische mediale Simulations- und Inszenierungsbewußtsein die parthenogenetische Selbstzeugung des fiktiven Kapitals im Prinzip um keinen Deut weniger

»real« ist als die Akkumulation tatsächlich verausgabter Arbeitsquanta.

Eine solche postmoderne Schein-Akkumulationstheorie im Gefolge von Baudrillard bietet sich als Ergänzung oder sogar als Ersatz der »telematischen« Auspizien an; und diese luftige Option kommt natürlich auch dem ordinären materiellen Interesse der postmaterialistischen »neuen Erben« entgegen. In der nicht-virtuellen ersten Realität des Kapitalismus dagegen ist das schöne Luftgeld entweder längst durch Staatskonsum verausgabt oder durch den spekulativen Prozeß irreal aufgebläht worden; eine Tatsache, die nur durch die spektakuläre Entwertung (also durch Vermögensvernichtung) ratifiziert werden kann. Die postmodernen Youngsters ebenso wie die zu Amt und Würden gekommenen 68er-Veteranen arbeiten ironischerweise eifrig an ihrem eigenen finanziellen Untergang, indem sie inbrünstig daran glauben, daß die Party endlos weitergeht – und deshalb Gelder aus konservativen Anlageformen (Sparguthaben etc.) unter Anleitung des Yuppie-Privatsenders N-TV auf die boomenden Aktienmärkte schaufeln, wo der ganze fiktive Reichtum am schnellsten verbrannt werden kann. Spätestens beim Krach auch der westlichen Finanzmärkte wird sich dann herausstellen, daß die postmoderne Lieblingsparole »anything goes« im Klartext »rien ne va plus« lauten muß.

III.

Die Utopie des Warenkonsums

Postmoderner Kulturopportunismus und Ontologie der »Freizeit«

> »Welch einen Zustand muß das herrschende Bewußtsein erreicht haben, daß die dezidierte Proklamation von Verschwendungssucht und Champagnerfröhlichkeit, wie sie früher den Attachés in ungarischen Operetten vorbehalten war, mit tierischem Ernst zur Maxime richtigen Lebens erhoben wird.«
>
> *Theodor W. Adorno*

Der Grundwert postmoderner und popkultureller Lebenshaltung ist der Hedonismus; freilich ein sozialökonomisch ignoranter und deshalb bürgerlich beschränkter, der sich nur innerhalb der vom Kapital gesetzten Zwänge zu orientieren vermag. Weniger die Frage des sinnlichen Genusses steht dabei im Mittelpunkt als vielmehr jene Ästhetisierung der aufgezwungenen Billigexistenz, die mit medialen Simulationsgenüssen aufgeladen werden soll. Schon deswegen rükken die Kultur und ihre Produkte von der Alltagsästhetik bis zum offiziellen Kulturbetrieb in den Mittelpunkt des Interesses. Nicht umsonst wird für die Postmoderne in der sozialtheoretischen Literatur seit den 80er Jahren der Begriff des »Kulturalismus« bemüht, womit schon angedeutet ist, daß Kultur hier nicht als ein bestimmter Aspekt gesellschaftlicher Reproduktion erscheint, sondern als totalisierender Anspruch, als Programm und als Weltanschauung.

Für die postmoderne Linke kommt dabei noch ein spezifisches Moment hinzu, denn bei einer kulturell reduzierten Betrachtungsweise lassen sich aufs schönste eine fortgesetzte Abrüstung kritischer Theorie, linker Massenopportunismus und ein sich trotzdem schwerstens revolutionär und subversiv gebendes Selbstbewußtsein verbinden. Die kulturelle Sphäre im weitesten Sinne ist nämlich das letzte Rückzugsgebiet, auf dem sich eine mit dem warenproduzierenden System und seinen Kategorien kompatible linke Gesellschaftskritik noch nicht vollständig blamiert hat; und die postmoderne Linke arbeitet mit Macht daran, dieses Versäumnis nachzuholen. Diedrich Diederichsen macht auch gar keinen Hehl daraus, wenn er mit freundlicher Naivität erklärt, »Kultur« und »Pop« stünden »für zwei traditionsmarxistisch noch nicht restlos kompromittierte gesellschaftliche Felder, die für einen Anschluß [...] sorgen und damit der reinen linksradikalen Unpraxis gefährlich werden könnten« (Diederichsen 1998, 41).

Deutlicher könnte nicht gesagt werden, daß nicht etwa die Absicht besteht, die »traditionsmarxistisch kompromittierten« Ebenen von Ökonomie und Politik durch eine kritische Überwindung des Arbeiterbewegungs-Marxismus neu und negativ zu besetzen (statt wie bisher positiv im warenförmigen »Gehäuse der Hörigkeit« mitmischend), sondern statt dessen die Kompromittierungstätigkeit in einem kulturellen Reservat für domestizierte Indianer des alten Linksradikalismus als eine Art marxistische Folklore vor zahlenden Touristen fortzusetzen und die ästhetische Branche auf diese Weise mit einem besonders originellen Angebot zu bereichern.

Waren die Realos aus der gescheiterten (weil zu kurz greifenden) Ökonomiekritik des 70er-Jahre-Marxismus in die bürgerliche Politik geflüchtet, so flüchten also die Postmodernisten aus der Politik in die Kultur, speziell in die kommerzialisierte Massenkultur. Und hier, im Reich der medialen Simulation, scheinen alle Katzen derart grau zu sein, daß das Dilemma des Massenopportunismus zumindest vordergründig wegdefiniert werden und man kritisch und unkritisch mitmachend zugleich sein kann. Muß aber die Realo-Politik einen sozialökonomischen Realitätsbezug wenigstens noch simulieren und damit diese Realität als solche anerkennen, auch wenn sie daran abgleitet, so löscht die kulturalistische Simulation das Realitätsproblem völlig, indem für sie die mediale Welt der (Selbst)Inszenierungen zur Welt überhaupt wird.

Da auf dieser Ebene der Linksradikalismus selber nur noch ein ästhetisches »Zeichen« darstellt, hat er auch nicht mehr das Problem, sich zu den ökonomischen Imperativen des Systems und zu den Zersetzungsprodukten der Krisenpolitik auf der jeweiligen Realitätsebene konkret verhalten zu müssen. Diese werden vielmehr auf dieselbe Ebene der medialen Entwirklichung projiziert und ebenfalls in bloße ästhetische »Zeichen« verwandelt, womit sich die Gegnerschaft dazu verharmlosen und konsequenzlos weitersimulieren läßt, scheinbar ohne in das Dilemma der Polit-Realos zu geraten – die denn auch zumindest von einem Teil der postmodernen Linken bislang eher verachtet wurden, obwohl die beiderseitige Affinität nur allzu leicht erkennbar ist.

Vorwärts mit der Kulturindustrie!

Zwei Vorwände hat die Kulturlinke, um ihre Ignoranz zu rechtfertigen. Der erste bezieht sich auf die zweifellos vorhandenen kulturanalytischen Defizite des traditionellen Marxismus. Die Kultur ist in der Tat kein bloß zweit- oder drittrangiges »Überbau«-Phänomen, das entsprechend vernachlässigt werden könnte; das alte Marxsche Basis-Überbau-Schema greift ohnehin zu kurz, um die komplexe Struktur eines entwickelten warenproduzierenden Systems adäquat zu erfassen. Es geht also keinesfalls darum, der Kulturlinken nun wieder den alten kruden Vulgärmaterialismus entgegenhalten zu wollen. Aber der seit jeher kritisierte und dennoch stets wiederkehrende »Ökonomismus« kann selbstverständlich nicht dadurch überwunden werden, daß nun statt der Kultur im Gegenzug die ökonomische Form (nicht »Basis«) aller kapitalistischen Gegenstände vernachlässigt oder sogar vollständig ignoriert wird. Wie die Ökonomie der Warenform immer eine kulturelle Seite hat, so hat umgekehrt immer auch die Kultur als kapitalistische Sphäre eine ökonomische Form. Dieser Zusammenhang kann allerdings erst in dem Maße kritisch aufgerollt werden, wie der Warencharakter als durchgängige negative Formbestimmung thematisiert wird, die keineswegs allein die unmittelbare ökonomische Sphäre als solche kennzeichnet, sondern ebenso die Subjektivität und alle kulturellen Erscheinungen.

Die post- und popmoderne Linke ersetzt den »Ökonomismus« nur durch einen ebenso reduzierten »Kulturalismus«, übrigens ganz ähnlich wie früher die Partei- und Bewegungslinke durch einen entsprechenden »Politizismus«. Diese Betonung der Kultur hat nichts damit zu tun, gegen die moderne Verselbständigung der ökonomischen Sphäre einen anti-ökonomischen Impuls geltend zu machen, um die Produktionstätigkeit in einen übergreifenden kulturellen Zusammenhang zu bringen und die betriebswirtschaftliche Logik zu brechen. Vielmehr wird die auf ein Segment des Lebens reduzierte kapitalistische Kultur (die gerade dadurch selber einen Sektor der aus jedem kulturellen Zusammenhang »herausgelösten« Ökonomie bildet) in ihrem eigenen Bezugssystem hypostasiert.

Offenbar ist jede systemimmanente Betrachtungs- und Vorgehensweise, die sich positiv in den Warenkategorien tummeln möchte, stets dazu verurteilt, die kategorialen Bestimmungen kapitalistischer Reproduktion einander äußerlich setzen und gegeneinander ausspielen zu müssen, statt ihren inneren Zusammenhang zu erkennen. Dabei erscheint dann zwangsläufig jeweils eine bestimmte Funktionssphäre des Kapitals als die allein bestimmende, der alle anderen ideologisch anverwandelt werden. Die Spezialität der postmodernen Kulturlinken in diesem Sinne ist es, daß sie sämtliche kapitalistischen Realitätsebenen »kulturalisiert«, um sie auf einen eindimensionalen Nenner zu bringen. Bequemerweise lassen sich so auch gleich alle mit der kulturell reduzierten Betrachtungsweise unvereinbaren Tatsachen wegretuschieren, vor allem die zunehmende kapitalistische Entkulturalisierung des Lebens und die Ökonomisierung der Kultur selbst. Auf diese Weise wird es systematisch verunmöglicht, die von der allgemeinen Warenform hervorgebrachte Aufspaltung des gesellschaftlichen Lebens in getrennte Funktionssphären und deren sukzessive Fetischisierung kritisch zu analysieren; der Übergang von der formellen zur reellen Subsumtion der Kultur unter das Kapital kann (und darf) nicht einmal mehr als Problemstellung formuliert werden.

Daran schließt unmittelbar der zweite Vorwand des postmodernen »Kulturalismus« an, nämlich die Behauptung, jede Kritik an der kulturellen Reduktion sowohl des Sozialökonomischen im engeren Sinne als auch der allgemeinen (übergreifenden) kapitalistischen Formbestimmung sei einem reaktionären »kulturpessimistischen« Motiv geschuldet. Diederichsen etwa meint, alles nötige gesagt zu haben, wenn er jedwede radikale Kritik der Kulturindustrie mit der Intention gleichsetzt,

> »genau den Kunstbegriff aufrecht zu erhalten, der tatsächlich, auch aufgrund ökonomischer Entwicklungen, obsolet geworden ist und dem die Vertreter kritischer Theorie und ihre Nachfolger anhängen. Die alte bürgerliche Künstlerexistenz wegen Warenform und Kulturindustrie nicht leben zu können, wird so zur zentralen Katastrophe [...] In dieser Verzweiflung kann man offensichtlich immer noch als uneingestandener oder dialektisch geläuterter Anhänger eines romantisch-bürgerlichen Kunstbegriffs weitermachen und dennoch das Gefühl haben – wenigstens negativ, verzweifelt eben – auf der Höhe der Zeit zu sein« (Diederichsen 1998, 47).

Tatsächlich stellen die hier ominös benannten »ökonomischen Entwicklungen« nur den systemimmanenten Fortgang aller Lebensbereiche von der formellen zur reellen Subsumtion unter das Kapital dar, dem die kulturelle Produktion als letzte (im Vergleich zur Industrie »ungleichzeitig«) erst im 20. Jahrhundert unterworfen wurde. Der von Diederichsen negativ (als eine Art Feindbild) bestimmte »klassisch« bürgerliche oder »romantisch-bürgerliche« Kunstbegriff und die dazugehörige »alte bürgerliche Künstlerexistenz« waren nichts anderes als ein bestimmter Entwicklungszustand bürgerlicher Kunst und Kultur, in dem diese erst formell unter die ökonomische Kapitallogik subsumiert, also zwar zirkulativ in der Form einer Kauf- und Verkaufsgegenständlichkeit von der Marktwirtschaft als kapitalistischer Realisationssphäre des Mehrwerts bereits erfaßt (und insofern eben auch der Form nach bürgerliche Kultur) waren, während ihre Produktion selber noch nicht den Kriterien betriebswirtschaftlicher Rationalität unterworfen wurde und deshalb inhaltlich-qualitativ einen noch nicht apriorisch auf Marketing-Gesichtspunkte verengten Spielraum und daher ein stärkeres Moment von »Eigensinn« besaß als die spätere Kulturindustrie.

Aber selbstverständlich waren diese Momente trotzdem auch ihrem Inhalt nach bürgerliche, die den Hoffnungen und Ängsten der kapitalistischen Aufstiegsgeschichte einen kulturellen Ausdruck verliehen und die abstrakte, destruktive Individualität des modernen Markt- und Selbstverwurstungs-Menschen hervorbringen halfen. Auf der anderen Seite waren auch die Reste vormoderner Alltagskultur als Traditionsbestände der alten Agrargesellschaften noch präsent und sogar teilweise ganz außerhalb der kapitalistischen Formbestimmung angesiedelt, was darauf verweist, daß die Domestizierung des Menschenmaterials noch nicht vollständig abgeschlossen war. Die »Arbeiterkultur« der sozialistischen und gewerkschaftlichen Bewegungen griff teilweise diese alltagskulturellen Traditionsbestände auf, freilich meistens nur, um sie in Elemente der Selbstdisziplinierung und der eigenen »Einpassung« in das bürgerliche Staats- und Rechtssystem umzufunktionieren; gewissermaßen als kulturelle Begleitmusik des Kampfes um »staatsbürgerliche Rechte«, der das warenproduzierende System und die abstrakte »Arbeit« bereits als apriorisches Bezugssystem voraussetzte.

Die kritische Theorie von Adorno und Horkheimer kümmerte sich um die widersprüchliche Geschichte und die kapitalistische Anverwandlung der älteren Muster von Unterschichts- und Alltagskultur kaum, sondern hatte tatsächlich die klassisch-bürgerliche Hochkultur einer bestimmten Entwicklungsstufe mehr oder weniger als positives Leitbild verinnerlicht, das aus einem partikularen Status der bürgerlichen Privilegierung herausgehoben und für die Massen verallgemeinert werden sollte – woraus natürlich alle Schrägheiten einer pädagogisierenden und elitären Museumskultur vor allem bei Adorno resultieren.

Dem entsprach ein verkürztes Verständnis der kapitalistischen Entwicklung, das in seiner Analyse die theoretischen Vorurteile des zeitgenössischen Arbeiterbewegungs-Marxismus teilte: nämlich die bloß herrschafts- bzw. organisationssoziologische und damit oberflächliche Kennzeichnung der kapitalistischen Binnengeschichte als Übergang von einem marktwirtschaftlichen Konkurrenzkapitalismus zu einem staatsökonomisch moderierten sogenannten Monopolkapitalismus. Während aber die sozialdemokratischen und parteikommunistischen Theoretiker diese Entwicklung positiv wahrnahmen, als objektive »Vorbereitung des Übergangs zum Sozialismus« (der nur als Staatssozialismus verstanden wurde), sah die kritische Theorie denselben Prozeß negativ – als »falsche Aufhebung des Kapitalismus auf seinen eigenen Grundlagen«. Die zirkulative Vernunft der vermeintlich »vormonopolistischen« Phase wurde damit samt ihren klassisch-hochkulturellen Ausdrucksformen zu einem Dorado bürgerlich-aufklärerischer Vernunftkultur verklärt, das durch die proletarische

Revolution verallgemeinert und aus der bürgerlichen Beschränktheit hätte befreit werden können; eine nunmehr wahrscheinlich für immer verpaßte Gelegenheit – daher auch der grundsätzliche Pessimismus spätestens seit der »Dialektik der Aufklärung«.

In Wirklichkeit griffen die Theorien des »Monopolkapitalismus« viel zu kurz und bekanntlich wurde die Konkurrenz nach dem Zweiten Weltkrieg erst richtig entfesselt, ganz zu schweigen von der heutigen Krisen- und Globalisierungskonkurrenz. Kapitalkonzentration (Monopolisierung, Fusionen usw.) sowie staatsökonomische Elemente einerseits und Konkurrenz andererseits schließen sich keineswegs aus, sondern sind die beiden Seiten derselben Medaille. Deshalb taugt diese Gegenüberstellung auch überhaupt nicht zur Kennzeichnung von Etappen der kapitalistischen Binnengeschichte. Viel treffender ist in dieser Hinsicht die Marxsche Begrifflichkeit einer schubweisen Entwicklung der gesellschaftlichen Reproduktion (nicht nur der Industrie im engeren Sinne) von der formellen zur reellen Subsumtion unter das Kapital, die im 19. Jahrhundert noch bei weitem nicht abgeschlossen war, sondern ihren größten Schub erst nach dem Zweiten Weltkrieg erhielt. In diesem erweiterten Sinne bezieht sich der Begriff der reellen Subsumtion nicht nur auf die »Verdichtung« der betriebswirtschaftlichen Rationalität im materiellen Produktionsprozeß, sondern auch auf Kultur, »Freizeit« und Alltag. Was dabei entfaltet wurde, war aber nicht nur der usurpatorische Zugriff des Kapitals bis in die Poren und Nischen des gesamten Lebensprozesses, sondern auch der kapitalistische Selbstwiderspruch bis zur Absurdität und Unerträglichkeit auf hohem Entwicklungsniveau, bei dem wir heute angekommen sind.

Um diese binnenhistorische Transformation des Kapitals kritisch analysieren zu können, ist es nicht gerade hilfreich, sich ausgerechnet auf diejenigen Momente in der kritischen Theorie zu beziehen, die nur die zeitbedingten Beschränktheiten und theoretischen Verkürzungen des Arbeiterbewegungs-Marxismus in der ersten

Hälfte des 20. Jahrhunderts (wenn auch in negativer Form) reproduzieren. Aber die kritische Theorie geht darin keineswegs auf; sie hat sich mit ihrer dezidierten Kritik der Warenform, einer ersten (noch unzureichenden) Kritik der bürgerlichen Aufklärungsvernunft und der Abwendung vom Arbeiterbewegungs-Paradigma gleichzeitig einen entscheidenden Schritt von der alten systemimmanenten Gesellschaftskritik wegbewegt. Der nächste Schritt in diese Richtung ist längst überfällig, aber die postmoderne Kulturlinke ist offensichtlich am allerwenigsten geeignet, ihn zu wagen.

Die Pop-Linke à la Diederichsen kritisiert die Fixierung der kritischen Theorie und ihrer Nachfahren auf die »klassisch«-bürgerliche Hochkultur und Künstlerexistenz nur, um statt dessen ausgerechnet das Resultat einer fortentwickelten reellen Subsumtion der kulturellen Sphäre unter das Kapital als besonders »emanzipationsträchtig« hochzujubeln. Nicht die kapitalistische Gesamtkultur als binnenhistorischer Prozeß wird auf den Begriff gebracht und radikal kritisiert, sondern bloß eine Epoche kapitalistischer Kulturgeschichte gegen die andere ausgespielt (und zwar seitenverkehrt zur Position der kritischen Theorie). Damit machen sich Diederichsen und Co. natürlich prompt auch den alten bürgerlichen Fortschrittsbegriff in einer besonders kruden massenkulturellen Form zu eigen: Der jeweils letzte Schrei kapitalistischer Entwicklung soll positiv besetzt werden, um sich den »obsolet gewordenen« alten Daseinsformen derselben herrschenden Ordnung gegenüber »auf der Höhe der Zeit« zu imaginieren, ohne deren Bann auch nur im entferntesten zu durchbrechen.

So können schließlich Emanzipation und jene Kritik, die schon keine mehr ist, nur noch zusammen mit dem Fortgang und in den ökonomischen Formen der kapitalistischen Kulturindustrie gedacht werden; eine Haltung, die allerdings das massenkulturelle Defizit der kritischen Theorie nicht überwindet, sondern dahinter sogar noch zurückfällt durch ein Erpichtsein aufs Mitmachen, und die bloß noch innerhalb der kulturindustriell gesetzten Bedingungen surfen möchte. Völlig ignoriert wird dabei, daß die reelle Subsumtion der kulturellen Sphäre unter das Kapital gerade die künstlerische und kulturelle Subjektivität ebenso wie die technischen Darstellungs- und Kommunikationsmittel in eine unmittelbar kapitalistische Form gebracht hat. Diese Transformation hat sowohl die alte bürgerliche »Hochkultur« als auch die Massenkultur erfaßt und gerade dadurch negativ angenähert: die beiden Ebenen wurden nivelliert nicht etwa durch die kulturelle Emanzipation sozialer Bewegungen (wie es sich noch Walter Benjamin erträumt hat), sondern durch ihre gemeinsame Unterwerfung unter das vom Marketing geleitete mediale »Spektakel« (Guy Debord), in dessen Bann jede kulturelle Äußerung, sei es nun eine Baselitz-Ausstellung oder der Auftritt irgendeiner Pop-Gruppe, immer auf derselben Oberfläche warenästhetischer Inszenierung stattfindet.

Diederichsen spielt bloß die kapitalistische Massenkultur gegen den verstaubten »klassisch«-bürgerlichen Kunstbegriff aus, um sich dem Problem einer Kritik des kapitalistischen Kulturbetriebs als Gesamtkomplex nicht stellen zu müssen. Er will nicht wahrhaben, daß die reelle Subsumtion der Kultur unter das Kapital die ehemals elitäre und vom Leben getrennte Kunst nur insoweit in den Alltag zurückgeführt hat, als der Alltag selber von der Kapitallogik durchdrungen wurde; und zwar weit über den unmittelbaren Produktionsprozeß hinaus. Was heute anstünde, wäre einerseits eine »Kritik der politischen Ökonomie in der kapitalistischen Massenkultur« und andererseits eine kulturelle Analyse der allgemeinen ökonomischen Formbestimmungen des Kapitals und der davon geprägten Subjektivität. Die postmoderne Kulturlinke kommt nicht einmal an die Fragestellung heran, weil sie von vornherein einem systemimmanenten »kulturindustriellen Fortschritt« verhaftet bleibt, womit sich nur die allgemeine ideologische Befangenheit in den Kategorien kapitalistischer Endlosmodernisierung auf dem postmodernen Spezialgebiet der Kultur manifestiert.

Verfehlt wird auf diese Weise auch jeder praktische Impuls von Gegenkultur, der natürlich niemals aus einem notorischen Mitmacherdiskurs hervorgehen kann. Gegenkultur – nicht als isolierte Kulturtätigkeit, sondern als kultureller Aspekt einer neuen kapitalismuskritischen Aneignungsbewegung gegen die Warenform – könnte heute nicht mehr direkt an die einschlägigen Versuche der neuen Linken in den 70er und der Alternativbewegung in den frühen 80er Jahren anschließen, weil diese ja selber in den Zwängen des warenproduzierenden Systems steckenblieben. Statt aber die früheren Ansätze von Gegenkultur kritisch aufzuarbeiten, hat sich die postmoderne Kulturlinke von diesem Impuls überhaupt losgesagt und jeden Gedanken daran im inflationierten Allzweckbegriff des »Kulturpessimismus« ersäuft.

Die Entwicklung einer neuen Gegenkultur ist somit heute nur möglich, wenn die postmoderne Kulturlinke einer Kritik unterzogen wird, die sich einem billigen popkulturellen Massenopportunismus ebenso verweigert wie einem technologisch reduzierten Kulturoptimismus. Im Gegenteil wäre gerade die technologische Inkorporation der Kapitallogik in der Kulturindustrie zu analysieren; nicht um auf eine unreflektierte pure Technikkritik zurückzufallen, sondern um zu begreifen, daß die kulturindustrielle Technologie und ihre kommunikativen Vermittlungsformen nicht als neutrale Projektionsfläche für emanzipatorisches Handeln benutzt werden können, sondern selber angegriffen und umgeformt werden müssen. Wie die Subsumtion unter das Kapital durchbrochen werden kann, diese Frage ist aber eben erst dann ein Diskussionsgegenstand, wenn eine solche Zielsetzung überhaupt formuliert wird, statt sich daran vorbeizumogeln.

Wenn Ökonomie, Politik und soziale Widersprüche in bloß kulturelle bzw. mediale Gegenstände verwandelt und somit im Hinblick auf ihr eigenes Dasein entwirklicht werden, andererseits aber die Kultur selber affirmativ in den kulturindustriellen Formen wahrgenommen wird, dann ist Emanzipation eine der leichtesten Übungen: Aus der Fülle der medialen Erscheinungen lassen sich einfach beliebige Konstellationen heraussuchen und die emanzipatorischen Potentiale auf dem Bildschirm zusammenbasteln, ohne daß es irgendjemand weh tut.

Um so weit herunterzukommen, ohne dabei in Verlegenheit zu geraten, muß natürlich auch die Differenz von realen sozialen Kämpfen bzw. Angriffen auf das System (wie immer diese konkret zu beurteilen sein mögen) einerseits und der medialen Scheingegenständlichkeit andererseits eingeebnet werden. So bringt es ein besonders eifriger Selbstinszenierungsästhet in der *Beute* tatsächlich fertig, sogar die RAF und ihre Tragödie buchstäblich in einen Film aus den 70er Jahren umzudefinieren, dessen ästhetischer Gehalt wie in der Filmkritik einer provinziellen Wochenendbeilage bekrittelt wird:

> »Anhand der aktuellen ›Raf‹- und 68er-Publikationen wird nichts verständlich davon, daß und wie die ›Raf‹ eine ästhetische Erscheinung nicht nur abgab, sondern daran geschnitzt wurde, wie ja auch andere ›sich organisierende‹ Linke an der Festlegung und Profilierung ihrer Erscheinungsform arbeiteten, und daß die ›Raf‹ an einer ›Produktionsästhetik‹ arbeitete. Die war nicht links, emanzipativ. Das wußten die aber nicht [...] Während die Fraktionierung der Linken gegen Ende der sogenannten antiautoritären Phase selbst ein Ergebnis des Streites um die Form war [...], ein regressives Konkurrieren um die Authentizität der Zeichen und Schwerkraft der Referenzen, eine Art deut-

> scher ›stylewar‹, preschte die ›Raf‹ an allem vorbei [...] auf die performative Seite der damals vieldiskutierten ›Aktionslinie‹ [...] Die ›Raf‹ selbst ersetzte dadaeske Klebebuchstaben-Bekennerschreiben durch Gomringer-Typografie, die kitschige Parteiästhetik der K-Parteien durch den Purismus ihrer Sprache und deren hierarchisch-stalinistischen Personenkult durch ein modernes Konzept von Subjektivität – eine Art Polit-Narzißmus für die Dauer einer Kommandoerklärung« (Dreyer 1998, 175 ff.).

Hier erscheinen die Elemente der Ästhetisierung und Selbststilisierung in der 68er Bewegung nicht als Bestandteile einer damals noch unausgegorenen Widerspruchsgeschichte, sondern unvermittelt in der Projektion des heutigen postmodernen »Kulturalismus«. Die RAF wird so weder theoretisch kritisiert noch in ihren historischen Bezügen dechiffriert, weder aus der politischen Dynamik der Bewegung erklärt noch in ihrer existentiellen Problematik wahrgenommen, sondern einzig und allein auf ein warenästhetisches Selbstdarstellungs-Sujet reduziert: ganz so, als hätte die Angelegenheit nur als Video-Clip im Rahmen allgemeiner Inszenierungsverhältnisse stattgefunden. Der gescheiterte bewaffnete Kampf wird als blutige Realität verworfen und ausgegrenzt, gleichzeitig aber wieder als ästhetisches »Zeichen« eingemeindet und vereinnahmt.

Die postmoderne Kulturlinke ist eben völlig unfähig und auch bewußt unwillig, die obsolete und modernisierungsimmanente arbeitsmarxistische Kapitalismuskritik zu überwinden, weil damit auch ihre eigene warenästhetische Ideologie zur Disposition stünde. Und so wird die RAF auch nicht etwa deswegen kritisiert, weil sie noch den alten Paradigmen des bürgerlichen Befreiungsnationalismus und des industriellen Produktivismus in der unreflektierten Warenform verhaftet war (nur in diesem Zusammenhang wäre eine Kritik der »Produktionsästhetik« angemessen), sondern weil sie für den Geschmack des kulturindustriellen Mitmacher-Bewußtseins schlicht »zu einsam« war in der wunderbaren Welt warenästhetischer Möglichkeiten und Chancen. Aus dieser Sicht

> »setzte die ›Raf‹ eine martialische Symbolik der Unversöhnlichkeiten in die Welt, die keine Interpretation zulassen sollte, und damit keine Anschlußmöglichkeiten erzeugte [...] ›Raf‹ ist [...] Ausdruck eines überkompensierenden Hyperinternationalismus (!) und einer an sich selbst irre gewordenen Ahnungslosigkeit der deutschen Linken gegenüber Formfragen, gegenüber der Reproduzierbarkeit des Kunstwerks [...] Die Selbstviktimisierung brachte die Linke in den bis heute bleiernen Verruf, sich selbst im eigenen Süppchen einzukochen« (a.a.O., 179 ff.).

Hier spricht der vom »bleiernen Verruf« der Einsamkeit sich freistrampelnde postmoderne Kulturopportunismus, der sich einbildet, die repressiven Bedürfnisse der falschen Unmittelbarkeit nicht bedienen zu müssen, weil er sich massenkulturell imprägniert wähnt und »Interpretationen zulassen« könne, die »Anschlußmöglichkeiten« erzeugen. Aber schon in seiner eigenen Sprachregelung entgeht er den Konsequenzen nicht: Was die warenästhetische Kulturlinke in die Welt setzen kann, ist nur eine abgerüstete und durch Formalisierung entschärfte »Symbolik der Versöhnlichkeiten« im Universum der Ware, die den »überkompensierenden Hyperinternationalismus« entsorgt, um endlich in der doitschen Heimatkultur »dabeisein« zu können und nicht mehr »im eigenen Süppchen einzukochen«.

Wie immer plaudern die Praktiker mit derselben Geisteshaltung das naiv aus, was die Theorie-Snobs der Lifestyle-Linken noch schamhaft verklausulieren. Das zeigt sich in derselben Ausgabe der *Beute*, wenn in einem Interview mit »DE:BUG/Zeitschrift für elektronische Lebensaspekte« die gänzlich unreflektierte Variante desselben Bewußtseins zu Wort kommt und sofort ähnlich dokumentarisch wird wie das Pärchen Goebel/

Clermont mit seiner Affirmation der »Lebensästheten«.

»DE:BUG« als ein Projekt, das von der *Beute* schon deswegen beachtet werden muß, weil es »viel Beachtung fand«, outet sich ziemlich deutlich, wenn der Überdruß elektronischer Lebensaspektler an der sozialen Frage, der Armut und der 3. Welt hochkommt:

> »Wir hatten z.B. mal einen Artikel über NIKE, in dem dann auch die Fließbandarbeiter in Malaysia auftauchten und die Art und Weise, wie NIKE werbetechnisch auftritt und wie das Ganze mit der ›Worker's Union‹ zusammenhängt [...] Wir hatten aber damit Probleme. Es gibt für mich eine gewisse kritische Attitude, die mir suspekt ist [...] Ich kann das nicht leiden, wenn jemand Leute angreift oder verteidigt, mit denen er überhaupt nichts zu tun hat. Ich kann das echt nicht ausstehen, weil das nämlich genau zeigt, daß das Verteidigen ihm selbst nützt, aber den Leuten, die er verteidigt, nützt es einen Scheißdreck. Daß diese Dinge stattfinden, ist real, aber das, was mich interessiert und wie ich mich in diese Problematik einbringen will, ist, mit Sachen zu arbeiten, die ich verändern kann. Mein Interesse besteht nicht darin, auf Dinge aufmerksam zu machen, zu denen ich keinen direkten Bezug habe [...] Ich fühle mich nicht wohl darin, daß ich ein paar kritische Sätze auf Lager habe bezüglich der Lage in Asien, Südamerika und wo sonst noch [...] Ich finde, das ist eben ein Rückzug auf Positionen, mit denen man arbeiten kann, und nicht ein Rückzug auf das gute Bewußtsein, was immer sehr schön ist an Kritik [...] das gute kritische Bewußtsein, das ist mir so suspekt, das ist mir genauso suspekt wie der gute Kapitalismus oder die freie Marktwirtschaft. Das gehört auch enger zusammen, als man gerne so denkt. Mir macht das echt Sorgen« (*Die Beute*/Neue Folge 1/1998, 169 ff.).

Hier haben wir die postmoderne Rabulistik eines bornierten positivistischen Unmittelbarkeitsdenkens jenseits aller (ex)linksradikalen Kinderkrankheiten in komprimierter Form – und übrigens als schrecklich langweiliges abermaliges Recycling der inzwischen mehrfach recycelten alt-antiautoritären 68er-Phrase von einer »Politik in der ersten Person«, die schon damals jämmerlich war. Das Obsoletwerden der alten arbeitsontologischen und befreiungsnationalistischen Imperialismuskritik und die Heuchelei der bürgerlichen Betroffenheitsmoral wird nicht durch radikale inhaltliche Kritik konterkariert, sondern bloß zum Anlaß genommen, die Gegenstände selber formal- und subjektästhetisch verschwinden zu lassen (sie mögen irgendwie und irgendwo »real« sein, gelten aber nun als »uninteressant«) und sich dabei noch besonders gut »drauf« zu fühlen: Wie die dominante Kritiklosigkeit schon zur extraradikalen Kritik geadelt wurde, so erscheint im durchsichtigen Taschenspielertrick nun plötzlich umgekehrt die soziale Kritik per se schon als Komplizin des immer noch grinsend apostrophierten Kapitalverhältnisses, weil sie auf der Ebene der falschen Unmittelbarkeit nicht greifen kann. Wo alles Inszenierung ist und sonst gar nichts, verfällt die soziale Kritik dem Verdikt, eine wenig raffinierte und daher schlechte Inszenierung zu sein.

Im Sumpf des massenkulturellen Marktpragmatismus können die Surfer durch Kasinokapitalismus und Globalisierung dann auch schon mal ein wenig mit dem doitschen Nationalbewußtsein kokettieren. »DE:BUG« glaubt auch hier, durch postmoderne Pseudoraffinesse apriori gerechtfertigt zu sein:

> »Ich will aber noch was zur Nation sagen. Ich glaube, daß man sich von solchen Begriffen nicht fernhalten sollte und auch nicht von den typischen Identifikationen in solchen Zusammenhängen wie dem deutschen Wald, deutschem Techno oder weiß ich was. Das habe ich nämlich schon von Brecht gelernt, dem Altlinken, der sich im Arturo Ui über Hitler lustig gemacht hat, wenn er sagt, das darf so nicht sein, man darf diese

> Begriffe nicht den bösen Rechten überlassen [...] Wenn ich Mike Ink mit deutschem Wald und deutschem Techno oder Deutschland zusammenbringe, ist das anders besetzt. Wenn man Deutschland mit einem Text von Mike Ink zusammenbringt, findet eigentlich eine Verschiebung statt [...] Was Mike Ink da macht, ist ein Spiel mit der Linken, nicht mit der Rechten, weil ihn das einfach nicht interessiert [...] Wer hätte gedacht, daß der deutsche Wald plötzlich ein elektronischer Lebensaspekt ist?« (a.a.O., 167 f.).

Wer hätte gedacht, daß der elektronische Lebensaspekt ein deutscher Wald ist? Der positive Verweis auf den »Altlinken« Brecht, für den in einer anderen historischen Situation die Nation noch als ein neutraler und umkämpfter Gegenstand erschien, zeigt nur, daß die Karikatur nicht über das Original hinauskommen kann. Und das Geplapper von der »anderen Besetzung« verschleiert nur die Unfähigkeit, die Kategorie der Nation selber transzendieren zu können. Es ist peinlich, wie den Interviewern der *Beute* dieses Gequatsche ihrer »vielbeachteten« Gewährsleute Verlegenheit bereitet, aber sie bedanken sich trotzdem artig für die Belehrung. Dabeisein ist eben alles.

Es kömmt darauf an, die Welt verschieden zu interpretieren...

Die Peinlichkeiten von »DE:BUG« enthüllen die ansonsten meist verborgenen Tendenzen der gesamten postmodernen Kulturideologie. Diese Karikatur des alten Massenopportunismus hat sich formal immunisiert: Sie ist (nach den politischen Realos) die Farce auf die arbeiter- und bauernbewegten Altvorderen in zweiter Potenz, indem sie das Kriterium der Vermittlung ebenso wie die sozialökonomische Realität endgültig löscht und zum Positivismus des kapitalistischen Soseins in seiner (im weitesten Sinne) medialen Simulation übergeht. Wenn die Welt nichts anderes mehr als eine Ansammlung von Zeichen und medialen Posen, in Wahrheit aber eine »ungeheure Ansammlung von Waren« (Marx) ist und dieser Zustand de facto als unaufhebbares Existential erscheint, dann können in dieser Pseudowelt auch nur Pseudokämpfe stattfinden; genauer gesagt: »Andersbesetzungen«, »Verschiebungen« und »Interpretationen«. Es geht nur noch darum, die kapitalistische Welt verschieden zu interpretieren – das ist das dekonstruktivistische Credo und die postmoderne kulturelle Praxis. Kein Ärger mit der Polizei mehr, und wenn doch (z.B. wegen Ruhestörung etc.), dann bitte als Medien-Event, das entsprechend aufbereitet werden kann.

Wie die theoretische »Kritik« und ihr Gegenstand durch warenästhetische Formalisierung deckungsgleich werden, so auch die praktische »Kritik« und die gesellschaftliche Praxis kapitalistischer Lebensweisen. Als simulativer, medialer und »lebensästhetischer« Prozeß findet die »Subversion« immer schon in den Vollzügen der kommerziellen Massenkultur statt und muß nur noch als solche »interpretiert« werden, was dann das Geschäft des linken Pop-Postmodernismus ist. Durchaus zutreffend bemerkt der eher traditionelle Marxist Francis Mulhern (London) zu derart kindischen Spielchen:

> »Es gibt keinen Raum und eigentlich auch keine Notwendigkeit für einen Kampf, wenn alle populäre Kultur [...] immer schon aktiv und kritisch ist, wenn Fernsehen und Einkaufen an sich schon Schauplätze der Subversion sind« (Mulhern 1996).

Da kann die postmoderne Linke freilich nur kichern, gibt sie sich doch formreflektiert und meint sagen zu können: Ich seh' etwas, was du nicht siehst – die Massen sind nämlich in dieser oder jener Hinsicht schon geradezu antikapitalistisch, indem sie kapitalistische Massenkultur konsumieren und dabei allerhand »Andersbesetzungen« vornehmen. Da wimmelt es nur so von »Anschlußmöglichkeiten«.

Schon immer, auch in seinen früheren Leben innerhalb der Modernisierungsgeschichte, ist es das Kennzeichen des linken Opportunismus gewesen, daß er die Vermittlung der Kritik nicht negativ sucht, also durch die gemeinsame negative Erfahrung der Leiden, Brüche und Krisen hindurch, sondern genau umgekehrt positiv, durch das affirmative Selbstverständnis der Menschen in ihren kapitalistischen Handlungsvollzügen. Weil aber die zum Stehen gekommene Modernisierungsbewegung diesen Opportunismus in der ökonomischen und politischen Sphäre des Kapitalverhältnisses unmöglich gemacht hat, muß er nun eben in der kulturellen Sphäre seinen simulativen Lebensabend fristen und dem ideologischen Altersschwachsinn paradoxerweise in Gestalt des postmodernen Jugendirreseins frönen. Die Kritik erweitert sich so nicht auf die kulturelle Sphäre, sondern sie wird durch Kulturalisierung entwirklicht.

Ein Schuft, wer Böses dabei denkt und es hinsichtlich des »subversiven« Gehalts für ziemlich scheißegal hält, ob sich jemand persönlich in seinem Dasein als Warenkonsument an Beethoven, den Oberkrainern oder Dr. Dre ergötzt. Daß die massenkulturelle Stinknormalität zur Subversion uminterpretiert werden kann, läßt sich die postmoderne Kulturlinke einfach nicht ausreden. Fetischismus? Warenästhetik? Da kann die Lifestyle-Linke nur abwinken: Wissen wir doch alles. Das haben wir hinter uns. So what. »Und was soll schlecht daran sein«? Oder die kapitalismuskritischen Begriffe werden gewohnheitsmäßig mit abgenudelt beim Cuttern scheinemanzipatorischer Konstellationen; statt »Fetischismus« könnte in solchen Texten allerdings genausogut »Schnick« oder »Schnack« stehen, denn die Begriffe haben dann keinerlei analytischen Bezug mehr, sondern dienen nur noch der Selbstästhetisierung als »gefährliche« Kritikdarsteller. In Wahrheit geht es sowieso nur darum, daß die herbeiinterpretierten »Emanzipations- und Subversionspotentiale« in der kommerziellen Massenkultur eben ganz unabhängig von der kapitalistischen Formbestimmung vorhanden sein sollen.

Der Opportunismus war freilich noch nie durch ein Argument zu stoppen. Er ist ja auch nicht das Resultat eines Diskurses im intellektuellen Sinne, sondern eines dumpfen »Dranges« zum Mitmachen, der sich heute als »Diskurs« maskiert hat. Als brav behalstuchter Kinderchor des Zeitgeistes können die linken Pop-Postmodernisten so im vollen Bewußtsein ihrer Massenkompatibilität jugendfroh singen: Mit uns zieht die neue Zeit! Die jungen Pioniere im Kasinokapitalismus (Berufsjugendliche mit Herzschrittmacher eingeschlossen) sind dabei, dabei, dabei. Glückwunsch!

Der Konsument als Dissident

Die spezifisch postmoderne, kulturlinke Farce auf den unaufgehobenen Arbeiterbewegungs-Marxismus kann ihre imaginierten »Anschlußmöglichkeiten« an das kapitalistische Massenbewußtsein, dem auf keinen Fall weh getan werden soll, natürlich nicht mehr als Zugriff auf die gesellschaftliche Reproduktion formulieren – diese Ebene bleibt im Dunkeln und bildet in ihrer kapitalistischen Verfaßtheit nur noch einen »stummen Hintergrund«. Zwar versteht man sich selber als Medien- und Kulturarbeiterklasse in spe für eine phantasmatische neue Akkumulationsära durchaus noch positiv als Träger abstrakter (wertproduzierender, marktfähiger) »Arbeit«; aber die erhoffte ideologische Massenwirksamkeit kann nicht mehr über eine positive Besetzung der gesamtgesellschaftlichen »Arbeitssubstanz« hergestellt werden. Die suggerierte emanzipatorische Eigentätigkeit auf gesamtgesellschaftlicher Ebene ist für das postmoderne Bewußtsein grundsätzlich nur noch im kulturindustriellen Warenkonsum zu verorten.

Das Verhältnis des postmodernen Hedonismus zur kapitalistischen Tätigkeitsform »Arbeit« ist daher doppelbödig. Einerseits bleiben die eigenen technokratischen Hoffnungen der Medienkompetenzler an der Logik abstrakter »Arbeit« kleben, was ja die Voraussetzung dafür wäre, die bürgerliche Modernisierungsgeschichte verlängern zu können. Andererseits verweisen sowohl das eigene Lebensgefühl als auch die erhofften Massenbezüge auf eine hedonistische Negation der protestantischen Arbeitsethik, die aber nur die Zwiespältigkeit des ganzen ideologischen Konstrukts reproduzieren kann: Weil die »Arbeit« bloß oberflächlich hedonistisch und nicht kategorial negiert wird, ist logischerweise ein anderer Aggregatzustand innerhalb derselben kapitalistischen Reproduktion als zentrales Moment positiv zu besetzen. Insofern nämlich eine systemimmanente Option weder rein negativ bleiben noch eine positive Zielbestimmung über das warenproduzierende System hinaus entwickeln kann, muß sie einen positiven Bezugspunkt innerhalb dieses Systems suchen. Das kann unter den Prämissen der postmodernen Ideologie und als Retuschierung ihrer Widersprüche nur noch die Kehrseite der abstrakten »Arbeit« sein: Als zusammenfassendes und übergreifendes Moment positiver Identitätsbildung erscheint der Warenkonsum also auch im kategorialen Sinne und löst die »Arbeit« ab, ohne sie als logisches Moment des kapitalistischen Bezugssystems zu überwinden.

Diese kategoriale Positivierung des Warenkonsums geht über den rein kulturindustriellen Bezugsrahmen hinaus; die Warenform als solche muß damit positiv besetzt werden. Diederichsen läßt daran keinen Zweifel, wenn er ausdrücklich darauf insistiert,

> »daß unterschiedliche kulturelle Objekte auch dann immer noch genügend Unterscheidungsmerkmale bereithalten, wenn sie nur [!] zum Zweck des Verkaufs produziert wurden [...] Daß alles käuflich werden kann, heißt auch, daß alles Käufliche ebensogut alles andere sein kann« (Diederichsen 1998, 47).

Das bedeutet nichts anderes, als bewußt und geradezu programmatisch von der Warenform und der damit verbundenen Fetischisierung abzusehen, während gerade die theoretische und praktische Kritik dieser allgemeinen kapitalistischen Formbestimmung nach dem Ende des Arbeiterbewegungs-Marxismus auf der Tagesordnung stünde. Daß die Kritik selber nicht ohne weiteres aus den warenförmigen Vermittlungen hinausspringen kann, wird so aus einer Not zu einer Tugend gemacht, die sich lediglich damit zu legitimieren sucht, daß sie grundsätzlich von der Arbeits- auf die Konsumebene der allgemeinen Warenform umschaltet. Im Verhältnis zum Arbeiterbewegungs-Marxismus findet also nur eine Umkehrung innerhalb derselben kapitalistischen Reproduktion statt, die allerdings einer Farce würdig ist. Die »Utopie der Arbeit« wird abgelöst durch eine »Utopie des Warenkonsums«; und an die Stelle einer falschen »Ontologie der Arbeit« tritt daher eine ebenso falsche »Ontologie des Warenkonsums« mit fatalen Konsequenzen. Wie die arbeiterbewegte Parole lautete: »Ich arbeite, also bin ich«, so lautet die postmoderne Parole »Ich konsumiere Waren, also bin ich« – in Fortsetzung der warenästhetischen Grundhaltung »Die Welt ist mein Design, also bin ich«.

Die alte Arbeiterbewegung hatte in ihrem systemimmanenten Positivismus wenigstens noch den inneren Zusammenhang der kapitalistischen Realkategorien gesehen und wollte das protestantische Ethos der »Arbeit« mit einem staatlich geplanten Warenkonsum verbinden, der das Lebensniveau der Massen heben sollte; diese Option speiste sich also nicht nur aus dem Arbeitszwang, sondern auch aus der Perspektive einer Überwindung des kapitalistisch produzierten Massenelends, die dennoch illusionär die kapitalistischen Formkategorien bloß staatssozialistisch verlängerte und kaum über die Perspektive einer bürokratisch vermittelten Befriedigung der elementarsten Lebensbedürfnisse hinausreichte: »Zu einem guten Arbeiterstaat gehört ein guter Kartoffelsalat«, wie es ein vulgärmaterialistischer DDR-Arbeiterdichter so unnachahmlich ausdrückte.

Damit war der ostdeutschen Orientierung am vermeintlichen Warenkonsumparadies der BRD in den

Nachkriegsjahrzehnten bis 1989 natürlich nicht beizukommen; denn das hieß ja, daß die Insassen des preußischen Kasernensozialismus keine qualitative Differenz zum kapitalistischen Warenkonsum entwickeln konnten, sondern bloß auf einer mickrigeren Variante desselben sitzenblieben und mit dem »Kartoffelsalat« Vorlieb nehmen mußten. Die postmoderne Linke dagegen kappt den logischen Zusammenhang von abstrakter »Arbeit« und Warenkonsum völlig, um in ihrer fröhlichen Zusammenhanglosigkeit einfach und einseitig, unbekümmert um den abstrakten »Arbeits«-Hintergrund des Warenkonsums, die Konsumideologie über die realsozialistische kalorienträchtige »Kartoffelsalat«-Party, das Auto, den Fernseher und den Massentourismus hinaus kulturindustriell und »telematisch« zu forcieren.

Das Gegen- und Feindbild, das die Pop- und Konsum-Postmodernisten dabei aufbauen, hat viele Namen, die aber alle irgendwo im Kontext der protestantischen Arbeitsethik verortet werden. Der fanatische Arbeitsspießer, die asketische K-Grüpplerin, die »lustfeindlichen Altlinken«, der Ziegen melkende Alternativ-Waldschrat und andere Fabelgestalten bevölkern offensichtlich die Vorstellungswelt der kulturlinken Ideologen eines virtuell enthemmten Warenkonsums. Natürlich handelt es sich dabei um Popanze. Wie das schon im und mit dem Wilhelminischen Reich untergegangene Bildungsbürgertum als Negativfolie herhalten muß, um dem medienpositivistischen sekundären Analphabetismus der postmodernen Youngsters eine geradezu revolutionäre Weihe zu verleihen, so dient die Figur des bürgerlichen und altlinken Arbeitsasketen, Parteisoldaten und Enthaltsamkeitsideologen nur dazu, auch der bedingungslosen Kapitulation vor der kapitalistischen Marketingdiktatur einen Anschein von Subversion zu verleihen.

Die postmoderne Konsumideologie verfehlt dabei die gesellschaftliche Realität gleich doppelt, nämlich sowohl für ihre eigene Gegenwart als auch historisch. Unter Ignoranz der schrillen Konsumpropaganda im Namen der Systemerhaltung führen ihre Protagonisten einen Gespensterkrieg gegen eine Art arbeitsontologisches 50er-Jahre-Subjekt von Trümmerfrauen und Fließbandmalochern, ganz so, als würden sie ihre eigenen Eltern und Großeltern gar nicht kennen. Denn natürlich gehörte die Ideologie und identitätsstiftende Funktion des Warenkonsums schon zum Repertoire der fordistischen Nachkriegsgeschichte selbst. War auch damals der logische Zusammenhang von Arbeitszwang/Arbeitsethik und Warenkonsum (ähnlich wie im Staatssozialismus) noch präsent und als protestantisches Gewissen verinnerlicht, so hatte sich der Akzent des Lebensgefühls doch längst auf den Gardasee-Urlaub, die allwöchentliche erotische Pflege des automobilen Blechhaufens, den Kulenkampff-Fernsehidiotismus und den landschaftszerstörenden Eigenheim-Dumpfsinn verlagert.

Das ignorante Konsumspießertum der widerlich saturierten Adenauer-Ära war ja gerade das Feindbild der antiautoritären 68er-Bewegung gewesen, und völlig zu Recht. Der Begriff des »Konsumidioten« bezeichnete ziemlich exakt den Menschen, der jede Selbstbestimmung aufgegeben und sich den ökonomischen Imperativen des warenproduzierenden Systems in allen Lebenslagen unterworfen hat. Aber die 68er-Kritik des Konsumidiotismus blieb bei einer bloßen Phänomenologie des Problems stehen, weil sie eben auch ihrerseits nicht bis zur Kritik von abstrakter »Arbeit« und Wertform durchdrang und sich daher in den linksbürgerlichen Illusionen der »Demokratisierung« erschöpfte. Die Konsumkritik wurde so nicht als übergreifende radikale Formkritik der bürgerlichen Modernisierungsgesellschaft formuliert, sondern glitt in jene eher existentialistischen Haltungen und Attitüden ab, die in der Tat bereits Elemente der postmodernen Selbstinszenierung vorwegnahmen, wenn auch mit anderen Inhalten. Der Jungregisseur, der öffentlich im Blaumann herumlief, das Pseudo-Landleben in härenen Gewändern und sonstige Maskeraden diverser Diogenes-Verschnitte wurden Mode.

Zeitweilig gab es bei den Ausläufer- und Nachfolgebewegungen der 68er, vor allem im Kontext der »Ökopaxe« und der Alternativökonomie Anfang der 80er Jahre, auch ganz eindeutig Berührungspunkte zur konservativen Verzichtsideologie – ungefähr nach Rilkes Motto: »Armut ist ein stiller Glanz von innen«. Die Verwechslung von reflektierter Konsumkritik mit bloßer Bedürfnisarmut und mit einer Akzeptanzphilosophie für den gerade massiv einsetzenden Sozialabbau (die Realos zehren immer noch davon, heute allerdings als Ideologie für die zu verwaltende Armut der anderen) hielt natürlich nicht lange vor. Indem die sogenannten neuen sozialen Bewegungen die neoliberale Wende in vieler Hinsicht mit vollzogen, mutierten die alternativen Bedürfniskritiker und virtuellen Bettelmönche sehr schnell zu Öko-Bankern, alternativen Unternehmensberatern mit Aktenköfferchen unter dem Arm und geschäftstüchtigen Kleinunternehmern der ordinärsten Sorte.

Da mußten sich natürlich auch Habitus und Bedürfnisstrukturen ändern: Edelfraß und exotische Geheimtip-Lokale statt frugale Hausmannskost; Designerklamotten, Modeschmuck und High Heels statt Parka und Gesundheitslatschen; Fernreisen nach Thailand und Sri Lanka statt bodenständiger Schafzucht (diesmal freilich nicht mehr als sinnsuchende Youngsters auf Pilgerreise, sondern in der Touristenklasse); und natürlich extravagante Sportarten mit Landschaftsverbrauch statt Krötenrettung am Straßenrand. Die 68er und ihre Ökopax-Ausläufer wurden also allmählich zur Toskana-Fraktion mit Weinkenner-Attitüden und begannen in einer »gehobenen« Version genau das zu zelebrieren, was sie an ihren eigenen Alten so verabscheut hatten. Was sich dann natürlich auch politisch niederschlug in der Realo-Geschichte.

Die postmodernen Youngsters bekriegen den Popanz des Arbeitsspießertums nur, um desto hemmungsloser das Konsumspießertum ihrer 68er-Eltern und Nachkriegs-Großeltern in neue Dimensionen weiterzuentwickeln. Fordistische Arbeitsmoral und alternative

Verzichtsideologie als längst verblaßte Gegenbilder müssen dafür herhalten, den wahren Zusammenhang zu verdecken: Die Pop-Postmodernen kritisieren an ihren Alten nur das, was für diese sowieso nur eine sekundäre oder zeitweilige Bedeutung hatte. Sie fangen gleich dort an, wo die vorhergehenden Generationen aufgehört haben und machen den Warenkonsum zur alleinseligmachenden Religion, womit sie nur innerhalb des bürgerlichen Universums jene Konversion vollziehen, die sowieso schon längst in der Fallinie der Entwicklung lag.

Das Pendeln von der altbürgerlichen Arbeitsreligion zur jungbürgerlichen Warenkonsumreligion verläßt jedoch die säkularisierte Fetisch-Religiosität des warenproduzierenden Systems nicht und kann daher auch den unversöhnlichen Selbstwiderspruch dieser verrückten Art der Vergesellschaftung nicht aufheben. Damit wird auch der Begriff der »Dissidenz« entwertet, der im Diskurs der postmodernen Kulturlinken eine über den altbackenen, bloß »Schilder hochhaltenden« politischen Protest hinausweisende Dimension eröffnen sollte. Die Wurzel dieser Idee findet sich schon im 68er Begriff der »Freiräume«, der eine metropolitane sozio-kulturelle Anverwandlung der Guerilla-Theorie von »befreiten Gebieten« in den nationalrevolutionären Bewegungen der 3. Welt versuchte. Durchaus verwandt damit war der in der Parole »Anders arbeiten, anders leben« zusammengefaßte Impuls der Alternativbewegung in den frühen 80er Jahren. So unterschiedlich und gegensätzlich diese Ideen auch im einzelnen sein mochten, sie beriefen sich doch stets darauf, über die abstrakte Willenskundgebung in der politischen Sphäre hinaus als spezifisches Moment von praktischer Gesellschaftskritik »Räume« (welcher Art auch immer) zu »besetzen« und mit einer anderen Logik als der kapitalistischen aufzuladen.

Dieser Impuls ist in allen seinen Varianten daran gescheitert, daß die Warenform als Kernform kapitalistischer Vergesellschaftung sowohl theoretisch als auch praktisch ausgeblendet blieb oder jedenfalls nicht ins Zentrum der Kritik rückte – wieder nur ein Hinweis darauf, daß sich alle diese Bewegungen noch im Horizont des Arbeiterbewegungs-Marxismus oder überhaupt der bürgerlichen Modernisierungsgeschichte bewegten. Die zu befreienden »Räume« wurden stets nur im Sinne politischer, sozialer oder kultureller Dissidenz begriffen, nicht aber im Hinblick auf eine (wie auch immer partielle) Befreiung von der stummen zentralen Formbestimmung der bürgerlichen Gesellschaft selbst. Weil die Operationalisierungen des jeweiligen »Freiraums« die Formverschränkung mit dem warenproduzierenden System nicht aufbrechen konnten, wurden sie allesamt von dessen Schwerkraft zurückgeholt in die Logik von abstrakter »Arbeit« und Konkurrenz. Die postmoderne Kulturlinke hat sich diesem Problem nicht etwa gestellt, sondern es endgültig eliminiert. Zielten die früheren Ideen von »Freiräumen« wenigstens noch auf soziale und materielle Territorien, so verschwand dieser Begriff unter postmodernen Vorzeichen vollständig in der Virtualität; eben in den Formen des kulturindustriellen Warenkonsums.

In der postmodern abgerüsteten kulturlinken Gesellschaftskritik erschien so seit der zweiten Hälfte der 80er Jahre »der Konsument als Dissident«, wobei Diederichsen schon damals explizit die »Dissidenz in der Warenform« als sogenannte »Massenverfeinerung« propagierte, die sich auf den Nenner bringen läßt: Freiraum kann nur noch das sein, was du im Konsum mit den Waren so alles anstellst. Die emanzipatorischen Inhalte sollten geradezu die »Warenform eben als Aufbewahrungsort oder Gefäß« (Diederichsen 1992, 100) haben mit der naiven Hoffnung, daß dann »ja die Waren miteinander (konkurrieren) und nicht der in ihnen auf welche Weise auch immer geschützte Inhalt« (a.a.O., 101).

Die in verschiedenen Versionen in der Modernisierungsgeschichte gelegentlich aufgetauchte Verwandlung von Kritik in Überaffirmation als angeblich subversive »Strategie« konnte in diesem Zusammenhang besonders üppig aufblühen. Was im ästhetischen Bereich von einschlägigen Stichwortgebern (etwa Bazon Brock) schon vorgedacht war, prägte den Diskurs der postmodernen Kulturlinken von Anfang an und erklärt überhaupt erst die absurde warenästhetische und formreduzierte Identität von Kritik und Kritikverweigerung als vermeintlich besonders »raffiniertes« Vorgehen. Diederichsen forderte in diesem Sinne, man müsse

> »versuchen [...] herauszufinden, inwieweit die Lust, in der Warenform ganz aufzugehen [!], [...] auch als Dissidenz zu qualifizieren wäre [...] Die Kultur, die Mainstream-Kultur oder überhaupt die herrschende Kommunikation [...] könnte ja nicht umgehen mit einem, der sagt, ich bin mit allem einverstanden, ich liebe es, einfach nur zu funktionieren [...] Es gibt natürlich diese Denkfigur, zu sagen, Affirmation ist eine Strategie, die letztendlich irgendetwas enthüllt, das dann doch wieder kritisch ist (!)« (Diederichsen 1992, 103).

Ganz offensichtlich rechnet der erklärte Feind bürgerlicher Moral und Hochkultur hier plötzlich wieder mit einem moralisch-hochkulturellen bürgerlichen Maßstab, denn nur an diesem gemessen würde die Lust, in der Warenform und im stupiden Funktionieren »ganz aufzugehen«, als Affront und als identitäre Unmöglichkeit erscheinen. Es ist aber ja gerade der Fortgang in der reellen Subsumtion aller Lebensbereiche unter das Kapital, der diesen immanenten Maßstab (unter dem Beifall von Diederichsen und Co.) zerstört hat, um jener vollständigen Beliebigkeit Platz zu machen, wie sie schon immer in der Logik von Warenproduktion und Warenkonsum als Funktionssphären des Kapitals angelegt war und in der Postmoderne sowohl zur unmittelbaren Realität als auch zur herrschenden Ideologie geworden ist. Somit kann es auch keine Spannung mehr geben zwischen einer »Überaffirmation« und der falschen Unmittelbarkeit kapitalistischer Realität.

Wirklich dissident wäre es jetzt wieder, eine von der

Postmoderne grundsätzlich verworfene direkte, explizite und aufs Ganze gehende Kritik in Angriff zu nehmen; allerdings im Unterschied zur Vergangenheit modernisierungsimmanenter sozialer Bewegungen dieses »Ganze« als die übergreifende Fetischform des warenproduzierenden Systems in ihrer konkreten Durchdringung aller Sphären und Lebensbereiche begreifend. Der »Konsument als Dissident« dagegen ist in seiner peinlichen Reduktion von Gesellschaftskritik ein ideologisches Auslaufmodell (das letzte in der zu Ende gehenden linksbürgerlichen Politik- und Kulturgeschichte), das der Krise nicht standhalten kann. Für die damit untrennbar verbundene Identität der postmodernen Kulturlinken bleiben nur Rückzugsgefechte.

Katechismus für Konsumidioten

Die kategoriale Fixierung auf den Warenkonsum dementiert natürlich alles, was die postmoderne Kulturlinke sich selber ständig als »kritische Reflexion der Form« zugute hält. Denn die Frage der Wahrnehmung und Analyse von gesellschaftlichen Formen in ihrem Sinne beschränkt sich auf sekundäre Mechanismen der kulturellen Interaktion, der ästhetischen Darstellung und der jeweiligen Selbstinszenierungskonflikte von Subkulturen, niemals aber auf die primäre, allen kulturellen Ausdrucksformen vorgelagerte und subjektlos herrschende gesellschaftliche Grundform (Wertform, Warenform, Geldform, Denkform, Handlungsform) selbst, die so unsichtbar bleibt wie die Luft und daher auch jenseits jeder Analyse: Diederichsen hat in dieser Hinsicht für die postmoderne und popkulturelle Linke insgesamt gesprochen.

Die Warenform ist jedoch nichts weniger als ein neutrales »Gefäß« oder bloßer »Aufbewahrungsort« von Inhalten, die unproblematisch auch »alles andere« sein könnten. Indem die kapitalistische Form alle damit transportierten (oder vermeintlich darin »aufbewahrten«) Inhalte in den Status der allgemeinen Austauschbarkeit und damit der Beliebigkeit setzt, droht sich jeder in dieser Form erscheinende emanzipatorische Inhalt von vornherein selber zu konterkarieren. Selbst die Kommunikation radikalster Kritik verliert schon allein dadurch wesentliche Potenzen, daß sie die Form eines Konsums von Waren annimmt. In demselben Maße, wie die Selbstverständigung radikaler Kapitalismuskritik ihre Teilnehmer wie jedes bürgerliche Inhalts-Ensemble der Form nach in Produzenten und Konsumenten von Waren aufspaltet, trägt sie schon den Keim ihrer Selbstzerstörung und alsbaldigen Selbstauslieferung an das System in sich.

Kritische Theorie kann sich dieser formellen Selbstbedrohung letztlich nur dadurch entziehen, daß sie sich mit sozialen Emanzipationsbewegungen vermittelt, die direkt gegen die Warenform gerichtet sind und mit dieser Zielsetzung auch reale »Freiräume« besetzen, in denen die warenförmige Vermittlung bewußt möglichst weitgehend ausgehebelt wird. Soweit in diesem langwierigen und widersprüchlichen Konfrontationsprozeß gegen die herrschende Form auch die Produkte kritischer Theorie notgedrungen die bürgerliche Zirkulation in Anspruch nehmen müssen, können sie sich diese Sphäre nur durch permanente Selbstreflexion in ihren usurpatorischen Ansprüchen vom Leibe halten, um der reellen Subsumtion unter die Kapitallogik zu entgehen und ihren subversiven Gehalt gegen die bürgerliche Form zu retten. Das erfordert aber eben die konkrete Kritik dieser Form statt ihrer passiven Hinnahme.

Die postmoderne Kulturlinke läßt nicht nur diese Selbstreflexion vermissen, sie ist sogar längst selber schon zum Promoter einer reellen Subsumtion von »Kritik« unter das Kapital geworden, indem sie die arbeiterbewegte Selbstsubsumtion unter die kapitalistische Realkategorie »Arbeit« fortsetzt als Selbstsubsumtion unter die kapitalistische Realkategorie »Warenkonsum« in einem sozial entleerten virtuellen Raum. Trotz gelegentlicher Alibiformulierungen, die aber jede dem

Selbstverständnis gefährliche Kritik sorgfältig abbiegen und stets in eine legitimatorische Selbstaffirmation als Warensubjekte münden, verwandelt sich auf diese Weise die restlinke postmoderne Kulturfolklore ungewollt (und teilweise auch schon gewollt) in ein Investigations-Projekt für das kapitalistische Marketing (»Geschäftsidee«!). Das kann auch gar nicht anders sein, wenn das Terrain von Gesellschaftskritik zusammenschrumpft auf das Terrain der »Freizeit«, also den bloßen Restraum kapitalistischer Reproduktion, der schon dem Namen nach an das Gefängnis und das Irrenhaus erinnert.

Der negative Charakter der allgemeinen Warenform an den Genußdingen und Genußverhältnissen selber wird damit vollständig verfehlt. Wenn der Verweis auf den kapitalistischen Formcharakter kein bloßes Schulterzucken sein soll, um sogleich zur kulturindustriellen Tagesordnung überzugehen, dann bedarf es einer systematischen theoretischen Durchdringung des Warenkonsums, gerade um zu einer kritischen statt affirmativen Analyse der kulturellen Momente darin zu gelangen. In diesem Sinne ist zunächst einmal (als Voraussetzung für die kulturelle Vermittlung radikaler Kritik) aufzurollen, daß und wie sich der kapitalistisch vermittelte Genuß durch seine negative gesellschaftliche Form selber ad absurdum führt und jeder darauf bezogene Hedonismus in sein Gegenteil umschlagen muß. Dieser Zusammenhang läßt sich in mehrfacher Hinsicht zeigen, gewissermaßen als negativer Katechismus der bürgerlichen Konsumreligion:

1. Der totalitäre Anspruch des warenproduzierenden Systems versucht das gesamte menschliche Leben in einen Takt von Warenproduktion (»Arbeit«) und Warenkonsumtion (»Freizeit«) aufzulösen, sodaß kein Raum und nicht einmal ein Gedanke für andere Verhaltens- und Tätigkeits- oder Untätigkeitsweisen mehr bleibt. Bestimmte Momente der Existenz wie Schlaf und Traum, nicht-konsumierende Muße, Kontemplation, Erotik usw. werden ausgeschaltet oder an den Rand gedrängt und nur zugelassen, soweit sie sich kontrafak-

tisch in Waren verwandeln (und damit ihrer eigenen Qualität entkleiden) lassen. Die subjektlose Tendenz des Systems geht dahin, alles auszulöschen, was keinen Geldpreis annehmen kann, also nach dem abgewandelten Galiläischen Motto zu verfahren: Alles, was auspreisbar ist, auspreisen, und alles, was nicht auspreisbar ist, auspreisbar machen. Die Verwandlung der Welt in Waren und damit des Weltbezugs in einen Warenbezug ist immer schon eine Verarmung, so groß der Warenreichtum für sich auch sein mag. Denn jeder Konsum von Waren ist gleichzeitig die Ausschaltung einer nichtwarenförmigen Möglichkeit des Weltbezugs und des Genusses.

2. Warenproduktion und damit auch Warenkonsumtion ist per se strukturelle Verdinglichung und Entfremdung. Nicht umsonst waren diese Marxschen Begriffe der positivistischen Vulgärorthodoxie immer schon ein Dorn im Auge, die den negativen Charakter des Kapitalismus nur im relativen Ausschluß der Massen von der bunten Welt des Warenreichtums (also im bloßen »Nichthaben«) und nie im Charakter dieses Reichtums selber erkennen konnte. Daß der postmoderne Kulturpositivismus gerade in dieser Hinsicht den vermeintlich durch »Kulturalisierung« überwundenen Vulgärökonomismus der traditionellen Arbeiterbewegung beerbt hat, tut wieder einmal Diedrich Diederichsen kund, für den die Klärung von Widersprüchen in der kulturindustriellen Produktion nur »jenseits solch immer schon erzdummer Begriffe wie ›Entfremdung‹...« (Diederichsen 1998, 43) stattfindet.

Eine auch nur andeutungsweise Begründung für dieses Verdikt hat er gar nicht mehr nötig; es genügt offenbar, den common sense der linken Popkultur-Opportunisten mit dieser Formel der Selbstbestätigung anzurufen. Das Grauen angesichts der Entfremdung in einer von kapitalistischen Medien entwirklichten Welt, wie es noch aus Filmen von Federico Fellini (etwa in »La dolce vita«) spricht, gilt als »überwunden«. Die Postmodernen graust es vor gar nichts mehr; sie scheinen für die mediale Entfremdung herangezüchtet zu sein wie jene genmanipulierte Menschensorte in der Science fiction, die gar nicht mehr außerhalb von verseuchten Müllhalden leben kann.

Natürlich wäre es albern, den Gebrauch einer elektrischen Kaffeemaschine unmittelbar als »Verdinglichung« zu denunzieren und den Kaffee lieber mit der Hand zu mahlen oder im Mörser zu zerstoßen. Nicht die Anerkennung und der Gebrauch der Dinge als Dinge bringt Entfremdung und Verdinglichung hervor. Vielmehr geht es darum, daß etwas an sich völlig Nicht-Dingliches, nämlich menschliche und soziale Beziehungen, durch die gesellschaftliche Warenform entfremdet und verdinglicht werden. Denn in einem warenproduzierenden System findet in dieser Hinsicht eine paradoxe Verkehrung statt: Einerseits wächst der Grad der Funktionsteilung, der wechselseitigen Abhängigkeit und damit der Vergesellschaftung sprunghaft an; andererseits aber werden durch denselben Prozeß die Menschen gerade in »abstrakte Individuen«, in »vereinzelte Einzelne« verwandelt, die sozial voneinander getrennt sind als gesellschaftliche Atome oder Monaden.

Die Individuen werden ihrer eigenen gesteigerten Gesellschaftlichkeit entfremdet, indem sie sich nicht als gesellschaftliche Wesen auf ihre gemeinsame Reproduktion und damit aufeinander beziehen, sondern einander vielmehr erst im nachhinein und äußerlich als abstrakte Waren- und Geldbesitzer gegenübertreten, also vom wirklichen materiellen Charakter ihrer gemeinsamen Reproduktion abstrahieren. Diese Entfremdung vom eigenen gesellschaftlichen Wesen der Individuen ist identisch mit einer Verdinglichung, denn die von den menschlichen Geldmonaden nicht gelebte und bewußt organisierte Gesellschaftlichkeit geht absurderweise auf die produzierten toten Dinge über, die auf diese Weise ein gespenstisches Eigenleben gewinnen, wie es Marx in seinem berühmten Fetischkapitel im »Kapital« dargestellt hat: Die getrennte Produktion von abstrakt-gesellschaftlichen Dingen für anonyme Märkte durch ebenso abstrakte Individuen verdinglicht die Personen und verpersönlicht die Dinge. Daher auch die Objektivierung des blinden Systems verdinglichter und also auch subjektloser Beziehungen zu einem »automatischen Subjekt« (Marx), einem quasi-naturgesetzlichen Zusammenhang »hinter dem Rücken« der subjektiv agierenden, voneinander getrennten Gesellschaftsatome.

Dieser Zusammenhang ist aber nicht nur als Warenproduktion, sondern auch als Warenkonsumtion wirksam. An die Stelle des gemeinsamen Genusses gemeinsam produzierter Gebrauchsgüter tritt der isolierte soziale Zellengenuß isoliert (gemäß abstrakter betriebswirtschaftlicher Fetisch-Rationalität) produzierter Waren. Damit aber ist der Warenkonsum per se schon niemals unschuldiges Benutzen von Dingen, sondern immer gleichzeitig auch Substitution und Überformung von menschlichen Beziehungen. Das gespenstische ökonomische Eigenleben der toten Dinge setzt sich im Konsum fort; und der Konsumismus ist nichts als der blinde Vollzug jener subjektlosen Verselbständigung der Produkte.

Dieser strukturelle Sachverhalt hat im fetischisierten, geradezu gottesdienstähnlichen Massenkonsum auch eine sozialpsychologische Komponente: Die mit fortschreitender Entwicklung des Kapitalismus zunehmende Entfremdung, Reduktion und Verarmung der sozialen Beziehungen muß durch ebenso zunehmenden dinglichen Warenkonsum ersetzt werden: Statt sozialer Bindungen und persönlicher Verläßlichkeit die dingliche »Loyalität« von Auto, Edel-Alu-Mountain-Bike und Designer-Möbeln; statt gemeinsamer Projekte gesteigerter Individualverbrauch medialer Scheinwelten. Oder, um wieder die Experten zu Wort kommen zu lassen:

> »Häufig sind es Kleidungsstücke (›die blaue Periode‹ – von 1987 bis 91 trug er nur hellblaue Jeans) oder bestimmte Lebensmittel (›meine Fruchtzwerg-Phase‹) [...] In der Welt der Lebensästheten ist Liebe käuflich: der Computer, das Bett, das Fahrrad – sie alle sind

Lebensabschnittsbegleiter, zuerst als ferne Geliebte, dann als vertraute Hausgenossen« (Goebel/Clermont, a.a.O., 122).

Keine noch so »kulturpessimistische« Kritik kann derart vulgär und peinlich klischeehaft sein wie die gegenwärtige Realität des verdinglichenden Massenkonsums.

3. Aus der negativen Qualität der Entfremdung und Verdinglichung jedweden kapitalistischen Warenkonsums (nicht wegen persönlicher oder moralischer Defizite, sondern strukturell bedingt) erwächst überhaupt notwendigerweise ein weitgehend kompensatorischer Charakter dieses Konsums. Nicht nur die Verarmung der sozialen Beziehungen muß dinglich kompensiert werden, sondern auch die objektive Auswirkung der Konkurrenz auf die vom Markt gehetzten Individuen. Das bedeutet, daß der Gebrauch der Güter einen von ihrer eigenen sinnlichen Qualität (systemimmanent-politökonomisch ausgedrückt: ihrem »Gebrauchswert«) getrennten Charakter annimmt. Diese gesteigerte Absurdität des Warenkonsums zeigt sich wiederum in mehrfacher Weise.

Zum einen sind es die permanenten systemisch erzeugten Frustrationen und Angstpotentiale, die sich keineswegs überraschend in einer Art Kummerfraß niederschlagen: Marktwirtschaftliche Leistungshetze, Mobbing, soziale Depravierung und bürokratische Demütigung, Zukunftsangst und Isolierung können (bei kritikloser Hingabe an das System) nur durch gesteigerten und mit kompensatorischen Zelebritäten überhöhten dinglichen Warenkonsum aufgefangen, betäubt und weggedrückt werden. Die Produkte und ihr Gebrauch stehen nicht mehr für sich selbst, sondern für die angebliche Linderung des vielfältigen kapitalistischen Elends. Bekanntlich hat die Werbung diesen Zusammenhang schon längst geradezu virtuos mobilisiert; eine Sammlung von Werbespots ist heute immer schon eine groteske Aufzählung der unglaublichsten Gebrechen, Zwänge, Ängste und Verzweiflungen des kapitalistischen Alltags.

Das System gibt offen zu, daß es verrückt ist, und bietet zur Bewältigung dieses Zustands jede Menge bunte Pillen, Wässerchen, Schokoriegel und Haushaltsutensilien an.

Aber nicht nur funktionale Gebrauchswerte werden auf diese Weise »anders besetzt«, sondern mit zunehmender Entfremdung sogar massenhaft Produkte eigens erfunden, die überhaupt nur noch diesem Zweck dienen und außerhalb davon gar keinen »Gebrauchswert« mehr erkennen lassen. Wenn es so weit gekommen ist, werden nicht einmal mehr die Dinge ihrem sinnhaften Gebrauch entfremdet, sondern apriori schon als Entfremdungsdinge produziert. Es ist nicht mehr bloß der allgemeine Fetischcharakter des warenproduzierenden Systems, der sich hier niederschlägt, sondern die Individuen beginnen eine persönliche Fetischwelt von besonderen Konsumgegenständen um sich herum aufzubauen, die sie aus dem einschlägigen Angebot »individuell« kombinieren, um ihr soziales Elend »selbst darstellen« zu können. Das System reagiert mit einem immer feiner auf dieses Ersatzbedürfnis zugeschnittenen Marketing, und inzwischen hat sich sogar schon eine Sekundärliteratur »über« das Phänomen der Fetisch- und Kultgegenständlichkeit herausgebildet, die diesen Zusammenhang affirmativ reflektiert und die Paradoxie eines »bewußten Fetischismus« als Selbstgenuß des einsamen Sozialatoms zelebrieren möchte.

Da dieser kompensatorische Konsumfetischismus im Kontext allseitiger Konkurrenz stattfindet, muß er sich zum anderen auch als ein System von Ein- und Ausschließungen darstellen, und sei es nur virtuell. Der Drang nach Abgrenzung und Betonung der Exklusivität wird umso unwiderstehlicher, je mehr alle dem System gegenüber gleichermaßen nichtig geworden sind. Das Desinteresse an der Thematisierung von Armut und Verelendung nährt sich klammheimlich aus der Möglichkeit, durch Abgrenzung von den »outs« und Nicht-Habenden (Nicht-Deutschen, Behinderten, Sozialhilfeempfängern, »Unkultivierten«, Prolls etc.) noch im ordinärsten Fetischkonsum die dringend nötige Selbstbestätigung zu erfahren. Aber auch unter den »ins« oder verzweifelten Möchtegern-»ins« selber steigert sich das Konkurrenzbedürfnis, durch die imaginierte Exklusivität des Warenkonsums (oder wenigstens seiner Kombinationsform und seines Ambiente) von allen anderen sich abzuheben und irgendwie »aufzufallen«. Die popkulturelle Konsumlinke möchte mit diesen unschönen Momenten zwar nichts zu tun haben; indem sie aber die strukturell kompensatorischen Züge des Warenkonsums verschweigt oder sogar ableugnet, macht sie sich doch ungewollt zum Mittäter.

Proportional zum Grad der Vereinsamung und Konkurrenz steigt somit dramatisch die Bedeutung der in der ökonomischen Theorie so genannten »positionellen Güter«. Dabei handelt es sich um Waren, deren (sozialpsychologischer) »Gebrauchswert« nur noch darin besteht, daß »die anderen« sie nicht haben. Der Konkurrenzhetze in Produktion und Verkauf entspricht so spiegelbildlich die Konkurrenzhetze im Warenkonsum, die das Bewußtsein fesselt und zum kapitalistischen Potlatch treibt: Der fetischisierte Warenkonsum kommt als eskalierender Prozeß der Selbstzerstörung zu sich.

4. War die (bis heute weltweit und immer tiefer in die Poren des Alltags vordringende) ursprüngliche Akkumulation des Kapitals – die kapitalistische »Landnahme« – identisch mit der Enteignung der Produzenten von den Produktionsmitteln, so setzte sich dieser Prozeß zwangsläufig auch in den Warenkonsum hinein fort. Indem sich das in der einfachen Warenform bereits angelegte Auseinanderfallen von Produktion und Konsumtion durch das Kapitalverhältnis totalisiert, wird auch die Konsumtionskompetenz der Menschen degradiert. Die ursprüngliche Einheit von Produktion und Konsumtion wird nicht auf höherer, vergesellschafteter Ebene wiederhergestellt, sondern die Konsumenten sind von den Bedingungen der Produktion abgeschnitten, die dem abstrakten Selbstzweck des Kapitals zu folgen hat. Insofern ist nicht nur die Produktion, sondern auch die Konsumtion

enteignet. Für das systemimmanent domestizierte Bewußtsein muß diese Aussage als schlichtweg unsinnig erscheinen, weil es sich gar nichts anderes als Warenkonsum vorstellen kann. Und Warengegenstände verbrauchen, dazu ist schließlich jeder quasi »von Natur aus« im Stande. Ausgeblendet bleibt dabei jedoch zweierlei.

Zum einen wird nicht erkannt, daß Konsumtionskompetenz Produktionskompetenz zur Voraussetzung hat. Das bedeutet keineswegs, daß jeder/jede unmittelbar alles können und machen muß. Vielmehr geht es darum, daß ein polytechnisches allgemeines Produktionswissen in Verbindung mit reflexiv-begrifflichem Beurteilungswissen und ästhetischen gesellschaftlichen Kulturtechniken erst eine zureichende Konsumtionsfähigkeit schafft, die mehr ist als der bloße Verbrauch von Gegenständen. Erst der bis zu einem gewissen Grade universelle Mensch kann auch universell genußfähig sein.

Die kapitalistische Produktionsweise bringt jedoch das genaue Gegenteil hervor. Das Produktionswissen wird immer stärker verengt und gleichzeitig entqualifiziert – an die Stelle einer die tatsächliche Reproduktion übergreifenden praktischen Kenntnis tritt ein abstrakt-allgemeines »Signalwissen« im Sinne der sozialen und technischen Systemimperative (etwa in der Art des bekannten Pawlowschen Hundes); das reflexiv-begriffliche Wissen wird eliminiert zugunsten positivistischer »Datenquanta« und die kulturtechnische umfassende Ästhetik funktionalistisch reduziert: Als Design nämlich partikularisiert sich die Ästhetik auf die abstrakte Einzelheit zusammenhangloser Gegenstände – eine Ästhetik des Zusammenhangs, sei es sozialer, landschaftlicher, städtebaulicher Art usw. ist im zerstückelten Warenuniversum grundsätzlich unmöglich; und dieses Design trägt gleichzeitig den Stempel der Funktionalität für den außerästhetischen Selbstzweck der abstrakten Anhäufung inhaltsloser Arbeitsquanta, die sein Warenkörper »darstellt«.

Die kapitalistischen Konsumenten sind gerade in

dieser ihrer Eigenschaft entqualifiziert, weil sie bereits als Produzenten entqualifiziert wurden. Als Analphabeten der gesellschaftlichen Reproduktion und/oder Fachidioten konsumieren sie in einem entästhetisierten, funktionalistisch zugerichteten gesellschaftlichen Raum. Von der grotesken Unverständlichkeit der oftmals realsatirischen Gebrauchsanweisungen bis zur immerwährenden »Ungemütlichkeit« öffentlicher Räume zeigt sich diese entqualifizierende Enteignung der Konsumtionskompetenz auf allen Ebenen. Die Fachidioten sind immer auch Konsumidioten und umgekehrt. Der Universalismus der Waren kann daher nicht einer Universalität der Individuen entsprechen, sondern auch in dieser Hinsicht ist die gesellschaftliche Qualität auf die toten Dinge übergegangen.

Zum andern aber wird durch die allgemeine kapitalistische Warenform nicht nur die Konsumtionskompetenz enteignet, also die Fähigkeit zum universellen Gebrauch der Dinge in ihrem gesellschaftlichen Zusammenhang und ihren sinnlichen Qualitäten, sondern auch die Bestimmung über den Inhalt dessen, was die Individuen im Einzelnen zu konsumieren haben. Da sie produzieren, was sie nicht konsumieren, und konsumieren, was sie nicht produziert haben (und sei es nur im Sinne einer institutionellen gemeinschaftlichen Bestimmung über den Inhalt der Produktion), werden sie auch im Konsum zu Objekten der betriebswirtschaftlichen Rationalität, der nichts ferner liegt als menschliche Selbstbestimmung. Wie die Produktion, so wird logischerweise auch die nachgeordnete Konsumtion der Waren durch den kapitalistischen Selbstzweck der »Verwertung des Werts« definiert. Es gibt keine Instanz, die à priori diskutiert und festlegt, was produziert werden soll, und an der alle Gesellschaftsmitglieder beteiligt wären. Deshalb kann es auch keine Bestimmung der Konsumenten über das geben, was sie konsumieren wollen.

Die kapitalistische Bibel beginnt immer so: Im Anfang war das Angebot! Niemals bestimmt die Nachfrage das Angebot, sondern immer umgekehrt. Wäre es anders, dann müßten die Gesellschaftsmitglieder sich vorab über die Befriedigung ihrer Bedürfnisse einig werden und danach die Produktion organisieren; mit anderen Worten, es müßte im gesellschaftlich-institutionellen Sinne (nicht unmittelbar von der Tätigkeit der Individuen her) eine Identität von Produzenten und Konsumenten existieren. Dann freilich wäre die Nachfrage auch keine Nachfrage nach Waren mehr, sondern eben die direkt gesellschaftliche Diskussion, Aushandlung und Verwirklichung der Bedürfnisstrukturen.

Die kapitalistische Nachfrage dagegen ist apriori hilflos, weil sie nicht die Produktion übergreift. Sie kann letzten Endes nur das nachfragen, was angeboten wird. Der kapitalistische Markt ist keine Konsumentendemokratie, sondern eine Angebotsdiktatur. Der Kunde ist der Depp, der doppelt lächerlich gemacht wird, weil man ihn als König bezeichnet. Diese seine Deppenhaftigkeit aber stellt er selbst her, indem er die Strukturimperative des Systems befolgt und sich ihnen bereits als Produzent unterwirft. Alle kapitalistischen Moden des Warenkonsums sind immer schon ein Zug der Lemminge, indem sie vom Marketing nach betriebswirtschaftlichen Rationalitätsgesichtspunkten lanciert und organisiert werden.

Lange Zeit hat dabei das Marketing subkulturelle Lebenswelten und oppositionelle Gegenentwürfe angezapft, sie also enteignet und kapitalistisch modelliert. Das war natürlich nur deshalb möglich, weil diese kulturellen Gegenentwürfe selber schon ein Moment der Kompatibilität mit dem Marketing aufwiesen, also entweder Bestandteil eines kulturell beschränkten und isolierten (die bürgerliche Fetischform nicht kratzenden) »hilflosen Antikapitalismus« der Boheme waren oder Ausdruck von sozialen Bewegungen, die ihrerseits nur innerhalb der kapitalistischen Interessenform agieren konnten. Inzwischen gibt es freilich nicht einmal mehr den »hilflosen Antikapitalismus« der Boheme oder einer systemimmanenten Gegenkultur. Die subkulturellen Kreationen werden selber schon von vornherein unter dem Gesichtspunkt ihrer Marktgängigkeit konzipiert; und insofern gibt es eigentlich gar keine wirkliche Subkultur mehr, sondern nur noch Möchtegern-Trendsetter, die als potentielle Zulieferer gierig nach dem Marketing schielen statt sich ihm wenigstens der subjektiven Intention nach entziehen zu wollen. Die popkulturelle Linke, die der »Authentizität« sowieso abgeschworen hat, kann dies nur noch mit einem »find ich gut« kommentieren, weil es ihrem Denken gemäß überhaupt sinnlos wäre, sich gegen die Kommerzialisierung wehren zu wollen.

Die Züchtung von Lemming-Populationen warenkonsumistischer Moden hat jedoch nichts mit einer äußerlichen »Manipulation« eines an sich »guten«, edlen und hilfreichen Massen- oder Klassensubjekts zu tun, wie es noch die 68er-Linke vermuten wollte, sondern viel eher mit der Steuerung jenes den Individuen in ihrer kapitalistischen Verfaßtheit selber schon inhärenten Dranges zum Mitmachen, den die postmoderne Kulturlinke bloß als marxistisch angemalte Karikatur ideologisiert hat. Dieser Drang ist nichts anderes als die Art und Weise, wie sich im Inneren des »dezentrierten Subjekts« die kapitalistische Angebotsdiktatur als sein eigenes Nachfrageinteresse strukturiert, das diese Strukturierung gerade deswegen benötigt, weil es ja nicht von sich aus in der Produktion einen selbstbestimmten Zweck setzen könnte, der nicht von der Rationalität der »Verwertung des Werts« bestimmt wäre. In der kapitalistischen Form befangen, ist das Individuum nur Individuum und das Subjekt nur Subjekt, insofern es den apriorischen abstrakten Selbstzweck des Kapitals exekutiert, der Produktion und Konsumtion als Gesamtprozeß übergreift. Die Individuen, solange sie die kapitalistische Form als natürlich und alternativlos erleben, sind daher geradezu auf die Angebotsdiktatur angewiesen, weil sie gar nicht in der Lage sind, sich eigene Zwecke zu setzen.

5. Die soziale Ignoranz des Warenkonsums zeigt sich nicht nur in seiner atomisierten Form und in der konkurrenten Inflationierung von »positionellen Gütern«,

sondern auch in der sozialen (und ökologischen) Indifferenz gegenüber den Produktionsbedingungen der angebotenen Waren. Die von der kapitalistischen Verpakkungskultur aufgestylten Dinge bieten sich dar, ohne daß ihnen der Billiglohn, die Menschenschinderei und die Naturzerstörung angesehen werden kann, die sie dennoch real beinhalten, auch wenn der Konsument diese Momente nicht schmeckt und nicht fühlt. Gerade in dieser Hinsicht zeigen sich die fatalen Konsequenzen der kapitalistischen Aufspaltung von Produktion (für anonyme Märkte) und Konsumtion (des abstrakten Individuums).

Soweit sich das extreme Produktionsleid und die Verseuchung von natürlichen (nicht oder nur in historischen Zeiträumen produzierten) Genußdingen wie klaren Flüssen und Seen, reiner Luft, angenehmen Landschaften usw. externalisieren läßt, etwa in die Dritte Welt oder nach Osteuropa, impliziert diese Aufspaltung den objektivierten Zynismus des westlichen Konsumenten; soweit soziale Depravierung und ökologische Zerstörung im großen Maßstab auch die Zentren selbst schon erreicht haben, handelt es sich um den Zynismus der sozial schizophrenen Produzenten und Konsumenten gegen sich selbst.

Daran ändern auch die moralischen Kampagnen von Greenpeace, kirchlichen Initiativen und anderen sozialökologischen Non-Profit-Organisationen nichts. Der angeblich garantiert kinderarbeitsfreie indische Teppich, selbst wenn es sich nicht um einen Schwindel handeln sollte (wer kann in der globalisierten Terror-Ökonomie schon eine wirklich lückenlose Kontrolle garantieren?), hat doch bestenfalls nur einen winzigen Wert symbolischer Gewissensberuhigung für zahlungsfähige abstrakte Konsumindividuen, die trotzdem von der Unterhose bis zum fahrbaren Untersatz immer schon ein menschen- und weltzerstörendes Dasein führen.

Denn der destruktive Charakter von Produktion und Konsumtion ist nicht die Ausnahme, sondern die Regel: er folgt aus der betriebswirtschaftlichen Rationalität selbst, die prinzipiell auf der Externalisierung von Kosten beruht. Das Hauptverbrechen von Greenpeace und Co. besteht darin, daß sie apriori mit dem über Leichen gehenden Marktsystem einverstanden sind und niemals als soziale Gegenbewegung agieren, sondern immer nur als zahme systemimmanente Lobby, die selber nach kapitalistischen Managementgesichtspunkten geführt wird und (zusammen mit den Kirchen) nichts anderes als einen modernen Ablaßhandel für eben jenen Mittelstand betreibt, der soeben selber schon vom Kapitalismus ökonomisch zerfleischt wird.

Die Illusion der sozialökologischen Kosten-Internalisierung, ohne den Kapitalismus selber zerstören zu wollen, blamiert sich an der flächendeckenden und allseitig vernetzten betriebswirtschaftlichen Rationalität, die ausnahmslos alle Produkte und Dienste erfaßt und auf ihrem eigenen Boden nicht gebändigt werden kann, auch wenn diese Illusion in ökonomischen Milchmädchenrechnungen immer noch ausgebreitet wird. Die globalen Funktionsteilungen und Wertschöpfungsketten des Kapitals kontaminieren jedes beliebige scheinbar unschuldige Endprodukt, und sei es den garantiert FCKW-freien Ökokühlschrank, an irgendeinem Punkt der tausendfach vernetzten und dem gesellschaftlichen »Diskurs« gar nicht zugänglichen kapitalistischen Reproduktion mit der Logik des Profits und seiner Lebensverachtung. Greenpeace und Co. (wann gehen sie an die Börse?) haben niemals eine reale Sabotage der betriebswirtschaftlichen Destruktionslogik versucht, sondern immer nur mit rein symbolischen Aktionen »Medienpräsenz« angestrebt. Insofern ist gerade Greenpeace ein typisches Produkt des affirmativen postmodernen Ungeistes, der sich kritisch gibt, ohne auch nur im Traum aufs Ganze zu gehen.

Und dieses Verdikt trifft die gesamte pop-postmoderne Ideologie des »kritischen« Warenkonsums. Entweder zieht dieses Denken sich auf eine unverbindliche »lebensästhetische« und immer bloß punktuelle Inszenierungsmoral zurück oder es ist ihm sowieso scheißegal, welches Elend die Glitzer- und Schnullerprodukte voraussetzen. Hier entlarvt sich die Ideologie der Beliebigkeit besonders gründlich, deren ignorante Generalformel (»was soll schlecht daran sein?«) immer nur mit der glatten Oberfläche der Warendinge rechnet. Die Entscheidungsfähigkeit über den Sinngehalt, die gesellschaftlichen und ökologischen Folgekosten ist dabei schon apriori ausgeschaltet.

6. Enteignet wird der Konsum durch seine Warenform grundsätzlich auch in seinem sinnlich-stofflichen Gehalt. Nicht nur die Menschen werden betriebswirtschaftlich entqualifiziert, sondern auch die Dinge selbst, auf die das gesellschaftliche Unwesen des Kapitals übergegangen ist. Von den Nahrungsmitteln bis zur kulturellen Produktion mindert die betriebswirtschaftliche Ratio ganz eindeutig die Qualität der Produkte herab. Die kapitalistische Externalisierung von Kosten läßt den Selbstzweck des Geldes auch auf die Produkte durchschlagen: Kostensenkung bezieht sich nicht nur auf die Arbeitskraft und auf die technischen Prozesse, sondern auch auf die Stoffe und Inhalte der Produktion. Gespart wird nicht zuletzt an der Qualität, sodaß früher selbstverständliche Ingredienzen, Materialien und Ansprüche des Normalkonsums für die meisten in unerschwingliche Luxussegmente aufgerückt sind.

Dabei geht es nicht um bloß subjektive Kriterien der Form, sondern eben um objektive des Inhalts – schon Verweise wie »Echtholz«, »echt Leder«, »naturrein«, »Originalfarbe« usw. deuten extra und teuer zu bezahlende Besonderheiten an, die nichts Gutes ahnen lassen. Wenn die militanten Handwerkerbewegungen des 18. und frühen 19. Jahrhunderts die Minderwertigkeit der »Fabrikware« anprangerten, dann brachten sie damit keineswegs bloß eine irrationale und reaktionäre »Produktivkraftkritik« zum Ausdruck, sondern auch wirkliches Wissen über die Qualität der Dinge. Denn es handelte sich ja nicht um eine Steigerung der Produktivität schlechthin, sondern um die Durchsetzung des Kapitalismus – und dessen abstrakte Kostenlogik ist bekanntlich gleichgültig nicht nur gegen das Leben und das Wohlgefühl der Produzenten, sondern auch gegen den Inhalt der Produkte. Die Steigerung der Produktivität bezieht sich daher nicht darauf, die Lebensqualität zu verbessern, sondern einzig auf die Steigerung der Rendite im Sinne des kapitalistischen Selbstzwecks. Produktivitätsgewinne und Qualitätsverschlechterungen müßten an sich keineswegs Hand in Hand gehen; sie tun dies jedoch unter dem Diktat der Verwertungslogik, weil beides gleichermaßen auf der Kostenseite positiv zu Buche schlägt. Auf dem Boden des Kapitals setzte sich daher die Herabminderung der Gebrauchswertqualitäten in einem historischen Degradationsprozeß fort; exekutiert durch die Diktatur des Angebots, von der die Gewohnheiten und Akzeptanzschwellen des Massenkonsums konditioniert und ausgetestet werden.

Für das relativistische postmoderne Bewußtsein ist dieser gesamte Tatbestand gar nicht mehr feststellbar, weil auch die Qualität der Dinge demselben ideologischen Relativismus unterworfen wird: »Was soll schlecht daran sein«, wieder mal. Jene Maßstabslosigkeit, die Bewußtseinsinhalte und Handlungen völlig in der kulturellen, historischen und sogar persönlichen Beliebigkeit aufgehen läßt, verfährt mit den Genußgegenständen ebenso, ohne den kapitalistischen Bedingungszusammenhang ernsthaft in Rechnung zu stellen. Da die postmoderne Ideologie grundsätzlich keine Natur-Kultur-Dialektik mehr kennen will, sondern »Natur« überhaupt für eine Art faschistische Erfindung hält und »Echtheit« auch auf der dinglichen Ebene nicht zulassen will, sind für sie eben bloß die Geschmäcker verschieden. Wenn selbst die Nahrungsmittel als Genußgegenstände nichts als kulturrelativistische Beliebigkeiten darstellen, dann kann man tatsächlich im Prinzip auch von Nestlé oder Maggi als Designer-Food aufbereitete Abfälle mit wachsender Begeisterung zu sich nehmen. Null Problem für das postmoderne Designer-Bewußtsein, denn sogar »Eßstörungen sind Persönlichkeitsmerkmal und Vehikel der individuellen Distinktion« (Goebel/Clermont, a.a.O., 64).

7. Die strukturelle Degradation des Warenkonsums zeigt sich schließlich auch darin, daß die »Freizeit« in ihr eigenes Gegenteil umschlägt. Da die in der Beliebigkeit sich suhlenden Konsumwünsche nicht durch die emanzipatorische Aneignung ihrer Produktion hindurchgegangen sind, bleibt die zur Schau gestellte Luxus- und Lustideologie bloßer Schein und wird kontaminiert von den kapitalistischen Produktionsbedingungen: Indem der Konsum den soziopsychischen Zwängen der Konkurrenz verfällt, reproduziert er nicht nur ein System sozialer Ein- und Ausgrenzungen, sondern verwandelt sich auch gerechterweise in eine Fortsetzung der »Arbeit« mit anderen Mitteln.

Soweit dieses allerdings unübersehbare Phänomen von den postmodernen Kulturpositivisten wahrgenommen wird, versuchen sie sogar darin noch eine womöglich »anders besetzbare« Dialektik zu erkennen:

> »Während in der Disziplinargesellschaft Arbeit und Erholung strikt getrennt waren, sieht Arbeit heute aus wie Freizeit und Freizeit wie Arbeit. Im Unternehmen schuften die Mitarbeiter, als ginge es um ihr persönliches Vergnügen, und in der Freizeit vergnügen sie sich, als ginge es ums Schuften« (Holert/Terkessidis 1996, 15).

In Wirklichkeit geht es nur noch ums Schuften, weil die fordistische »Disziplinargesellschaft«, in der die Fabrik- und Bürodisziplin durch reglementierende Instanzen vermittelt war, von einem postmodernen Dienstleistungskapitalismus abgelöst wurde, der die kapitalistischen Widersprüche ins Innere der Individuen selber verlagert (oder diese letzte noch denkbare Stufe in der Domestikation des Bewußtseins zumindest anstrebt).

Hatte in der fordistischen Epoche die »Freizeit« durch ihre reelle Subsumtion unter das Kapital bereits Arbeitscharakter angenommen, so wird nun in der Postmoderne der totalisierte Gesamtarbeitscharakter des kapitalistischen Lebens als Gesamtfreizeit simuliert, die auf diese Weise die Leistungszumutungen bis an die physischen und psychischen Grenzen steigert, während die Individuen gleichzeitig zu einer locker-flockigen Freizeitfröhlichkeit gezwungen sind. Der bloß abstrakte, weil von seinen Produktionsbedingungen getrennte bürgerliche Hedonismus nimmt in sich selber auf paradoxe Weise die protestantische Leistungsideologie auf und mutiert zum Hochleistungshedonismus; der Leistungszwang legt sich als Leichentuch auf den Genuß selbst, während umgekehrt die entfremdete »Arbeit« als Leistungsgenuß simuliert wird. Auch in dieser Hinsicht verschluckt die Form den Inhalt: Die totalitäre Einbindung des atomisierten Individuums in den Reproduktionsprozeß des Kapitals verschlingt alle 24 Stunden des Tages bis in die Träume hinein. Immer unter der Voraussetzung natürlich, daß es keine Rebellion dagegen gibt, für die der postmoderne Hedonismus keine Begriffe hat. Diederichsen möchte stattdessen bloß die feinen Unterschiede innerhalb des warenkonsumierenden Leistungshedonismus herauslesen: Während er bei den von »Bürohengsten« betriebenen Extremsportarten »protestantischen Authentizismus« (Diederichsen 1994, 11) wittert, ist er halbwegs geneigt, den bedröhnten Ravern, die vom Notarzt versorgt werden müssen, noch eine Art dissidente Ekstase zuzubilligen.

Diese Totalerfassung, die »Arbeit« und »Freizeit« zu einem einzigen Leistungskontinuum zusammenschließt und über den permanenten Warenkonsum vermittelt wird, dessen Kette niemals abreißen darf, hat zwar schon eine lange Geschichte hinter sich – die monadisierten »Lebensästheten« der Postmoderne scheinen aber auch in dieser Hinsicht als Leistungsästheten einer permanenten Selbstdarstellung den Gipfel erreicht zu haben. Ihr Hedonismus ist nichts anderes als eine ebenso einsame wie erbarmungslose Hetze durch Raum und Zeit:

> »Lebenskunst ist eine Aufgabe, die den ganzen Mann, die ganze Frau erfordert. Denn die permanente Insze-

nierung eines wie immer gearteten ästhetischen Bildes, das sich in jeder Facette des Seins widerzuspiegeln hat und dabei noch ständiger Überprüfung unterworfen ist, bedeutet, einem anstrengenden Vollzeitjob nachzugehen, einer Tätigkeit, die ebensoviel Frustration bereithält wie Befriedigung [...] Die sogenannte Freizeit ist zur eigentlichen Arbeitszeit geworden (!). Nichtstun dagegen fördert den Verdacht, hier werde nicht ›ordentlich‹ an der eigenen Biographie gearbeitet [...] Das Leitbild Manager ist von vielen auch für den vermeintlich privaten Bereich verinnerlicht worden [...] Schon Erstsemester betreten die Universitäten mit aktendicken Filofaxen, freundschaftliche Netzwerke werden wie Kundenstämme einer Firma betreut. Adressenlisten und Vordrucke, Anrufbeantworter und Rundschreiben gehören zum selbstverständlichen Rüstzeug [...] Der prall gefüllte Terminkalender [...] gilt als Ausweis des ›guten Lebens‹, ›keine Zeit zu haben‹ als Sekundärtugend des Postmaterialismus« (Goebel/Clermont, a.a.O., 31 ff.).

Und wieder einmal ist ganz positiv gemeint und beschreibt schlichte Realität, was wie Satire klingt. Die Beteiligten merken nicht einmal mehr, daß ihr »lebensästhetischer« Selbstgenuß eigentlich nur eines ist: nämlich zutiefst erbarmenswürdig.

An den Fronten des Konsumkampfes

Was sich schon im kulturindustriellen Massenopportunismus angedeutet hat, verdichtet sich in der generellen Affirmation des Warenkonsums zur vollständigen Kompatibilität der postmodernen Lifestyle-Linken mit den Imperativen des Kapitalismus. Der Zwang, um jeden Preis im jeweiligen gesellschaftlichen Mainstream mitschwimmen zu müssen, verlangt eine im Vergleich zum alten Arbeiterbewegungs-Marxismus bloß seitenverkehrte Strukturidentität mit der vordergründig kritisierten Gesellschaftsform. Und da der Warenkonsum ontologisch an die Stelle der »Arbeit« gerückt ist, setzt sich die postmoderne Farce auch in den Formen und Begriffen des »Kampfes« fort – eines Kampfes, den es realiter schon gar nicht mehr gibt. Abgesehen von den Fakes und kulturindustriellen Simulationen eines längst erloschenen kritischen Bewußtseins bleiben nur noch einige konsumistisch gewendete Metaphern des historischen marxistischen Klassenkampfes zurück, die entsprechend aufgeladen werden.

Was für eine Idee, in der herrschenden Welt des kapitalistischen »Erlebniseinkaufs« und des durchkommerzialisierten postindustriellen »Freizeitparks« mit revolutionär geballtem Fäustchen die hedonistische Dauerparty als Leitbild gegen ein längst versunkenes präfordistisches Arbeitsethos »durchsetzen« zu wollen. Klamotten einkaufen, fernsehen, Platten hören, Parties feiern usw., all dies wird also uminterpretiert in ebensoviele Formen von »spontanen Kämpfen« wie früher nur Streiks, Massendemonstrationen und Aufstände (die Love Parade als Karikatur einer Demo bringt beides unmittelbar auf einen Nenner).

Auf die Kritik dieses absurden Quidproquo antwortet die postmoderne Kulturlinke gewöhnlich mit dem Vorwurf, irgendwelche »dogmatischen Altlinken« wollten den fröhlichen Positivisten des Warenkonsums vorschreiben, welchen Geschmack sie haben, was sie konsumieren und wie sie sich emanzipieren müßten. »Ihr inszeniert euch doch auch, bloß anders.« Diese Antwort zeigt, wie die postmoderne Maßstabslosigkeit dieses Denken bereits immunisiert und damit diskussionsunfähig gemacht hat. Wenn alles nur eine Frage des persönlichen Konsum- und Inszenierungsgeschmacks ist, gibt es tatsächlich nichts mehr zu diskutieren.

Daß wir alle Kinder des Kapitalismus sind und unsere Marotten und Vorlieben entwickelt haben in der Welt des unvermeidlichen Warenkonsums, diese Tatsache verhindert doch nicht die Kritik der Formen und Inhalte, in denen der Kapitalismus zwangsweise unser Leben reproduziert. Die linken Kulturopportunisten tun so, als würde die radikale Kritik des Warenkonsums per se schon darauf hinauslaufen, daß die »konsumfeindlichen« Kritiker sich erstens auf den Standpunkt einer arbeitsethischen Genügsamkeit stellen, zweitens sich selbst über den Warenkonsum erhaben fühlen (also das eigene Verhaftetsein in den kapitalistisch konstituierten Begierden elitär und kontrafaktisch ableugnen) und drittens einen positiven Kanon von »richtigen« (vorzugsweise: »altmodischen«) Gegenständen des Konsums in petto hätten, den sie dem Rest der Welt aufnötigen wollten.

Diese antikritische Vorstellung kann nicht verleugnen, daß sie einem bereits völlig verdinglichten Bewußtsein entspringt, das die modernen Fetischformen verinnerlicht und zur blinden Voraussetzung gemacht hat. Deshalb vermag dieses Bewußtsein nicht mehr zu erkennen, daß die radikale Formkritik des kapitalistischen Konsums auf einer ganz anderen Ebene argumentiert. Kritik des Konsumismus heißt gerade nicht, bloße Frugalität und Bedürfnisarmut zu predigen, sondern im Gegenteil die dürre Anspruchslosigkeit eines auf die Warenform reduzierten Begehrens anzugreifen und lächerlich zu machen.

Ebensowenig können die radikalen Kritiker des Warenkonsumismus sich selbst als davon unberührte Wesen unterstellen; deshalb müssen sie auch die Kritik in einer bewußten Selbstdistanz formulieren, die eine Voraussetzung aller Kritik ist. Erst die Distanz zu sich selbst rechtfertigt es, die Form der Gesellschaft und die darin positiv befangenen Individuen zu kritisieren. Wie sich diese Kritik auf die gemeinsame Erfahrung des Leidens auch im entfremdeten Konsum bezieht und dadurch überhaupt erst als Selbstdistanz möglich wird, so behält sie darüber im negativen Bezug auf die Kritisierten ein entscheidendes Moment der Vermittlungsfähigkeit, statt bloß eine äußerliche Zumutung heranzutragen. Das postmoderne Bewußtsein will diesen Aspekt erst recht nicht sehen, weil es völlig distanzlos zu sich selbst wie zu seinen eigenen gesellschaftlichen Bedingungen ist und diese Distanzlosigkeit auch bei allen anderen voraussetzt. Um sich distanzlos identifizieren zu können statt das Problem der kritischen Vermittlung zu bewältigen, muß also die blinde »Akzeptanz real vorhandener Bedürfnisse« verlangt werden, wie sie die kapitalistische Konstitution erzeugt. Das nennt sich dann eine Verteidigung der Massensubjekte gegen angeblich elitär-linke Ansprüche der Gängelung à la Adorno, während es sich in Wahrheit bloß um ein Anwamsen an vorgefundene kapitalistische Bewußtseinsformen, Bedürfnisstrukturen und Kompensationskapriolen handelt.

Vollends absurd ist der Vorwurf, die radikale Warenkonsumkritik würde einen katholischen Kanon erlaubter oder erwünschter Dinge implizieren. Hier wird das verdinglichende Denken besonders deutlich, das nicht verstehen will, daß es gar nicht um die krude Gegenständlichkeit der Warendinge geht, sondern um die fetischistische Struktur der bürgerlichen Form, die auch den Konsum übergreift. So blöd, wie von den postmodernen Kulturlinken unterstellt, war selbst der arbeitsethische Altmarxismus nur selten; etwa wenn der Sattlermeister August Bebel (in seinem bekannten Werk »Die Frau und der Sozialismus«) für den zukünftigen proletarischen Sonnenstaat schon mal im voraus gewisse »Modetorheiten« der ihm nicht genehmen Kleidung wegdekretierte.

In Wirklichkeit ist es die postmoderne Kulturideologie selbst, die in ihrer Farce auf die alte Arbeiterbewegung dieselbe verdinglichte Vorstellung in einer seitenverkehrten Weise hervorbringt. Denn sie ignoriert nicht nur den kapitalistischen Formcharakter des Warenkonsums, sondern stilisiert ihn ja sogar noch zum Schauplatz der »Subversion«. Man muß nicht irgendeinen »Geschmack« vorschreiben wollen, um ein derartiges Interpretationskonstrukt für lächerlich zu halten. Während es der Kritik an diesem Unsinn überhaupt nicht darum gehen kann, ob die Modekids nun extra-enge oder extra-breite Hosen tragen, macht die medialisierte

Subversionssimulation ja umgekehrt ihrerseits genau diese »Geschmacksfragen« des (massenkulturellen) Warenkonsums mit logischer Notwendigkeit zu entscheidenden Kriterien: Sie selber ist es, die in gewisser Weise »vorschreiben« will, was gerade die Parteilinie des korrekten Warengeschmacks ist – denn wenn sich die »Subversionspotentiale« in die kommerzielle Massenkultur verflüchtigt haben, dann wird es eben (wie bei den Ravern) zur inszenierungspolitischen Lebensfrage, die »richtigen« Klamotten zu tragen und die »richtigen« Platten zu hören.

Ausgeschlossen wird damit, was ein unverzichtbares Moment radikaler Kritik ist: nämlich der Wille zur Verweigerung. Wenn der Widerstand gegen die kapitalistische Produktionsweise auch den Widerstand gegen die kapitalistische Konsumtionsweise einschließt, dann ist dies nur möglich im Kontext einer umfassenden Kultur der Verweigerung, die sich sowohl auf soziale Alternativen bezieht und Elemente einer nicht- und antikommerziellen Alltagskultur hervorbringt als auch den herrschenden kapitalistischen Warenkonsum durch Sabotage, Zerstörung, Hohn und Spott unterminiert. Dabei sind die Erfahrungen zu berücksichtigen, die zum ideologischen Elend der popkulturellen Linken geführt haben. Die Wurzel dieses Elends war offensichtlich die Preisgabe einer eindeutigen Strategie von radikaler Kritik, Angriff und Verweigerung, um zur zweideutigen Strategie einer Pseudo-Kritik durch jene von Diederichsen und Co. propagierte kulturindustrielle Überaffirmation überzugehen, die heute auf der ganzen Linie gescheitert und zur bloßen Trendsetterideologie verkommen ist.

Die postmoderne Linke bleibt mit ihrer Umpolung von der »Arbeits«- auf die Warenkonsumideologie den arbeiterbewegten Altvorderen auch darin gleich, daß sie die Gesellschaftskritik wesentlich auf eine bloße Verteilungsfrage reduziert. Das war schon das Kennzeichen des sozialdemokratischen Reformismus und auch des orthodoxen Kommunismus, insofern letzterer das vermeintliche Hinausgehen über den innerkapitalistischen Verteilungskampf statt als Kritik und Aufhebung der Warenform nur als »arbeiterstaatliche« Verteilung von Waren formulierte; die Veränderung im Verteilungmodus durch ein anderes politisch-staatliches institutionelles Subjekt änderte aber natürlich nichts daran, daß es sich der wesentlichen Qualität nach weiterhin um die bloße Verteilungsfrage in einem warenproduzierenden System handelte.

Da diese Option bekanntermaßen nicht nur eine scheußliche bürokratische Menschenverwaltung hervorgebracht, sondern auch historischen Bankrott gemacht hat, kann die postmoderne Linke im Vergleich zur alten Arbeiterbewegung überhaupt keinen Anspruch auf die Transzendierung der kapitalistischen Produktion mehr erheben, sondern ihre implizite völlige Reduktion auf den Verteilungsmodus dementiert sogar den Verteilungskampf selbst. Denn ein soziales Subjekt, das keinerlei Option (und sei sie noch so reformistisch abgeschwächt) auf die Kontrolle und Umwandlung der Produktion mehr zu formulieren vermag, ist auch als Subjekt der systemimmanenten Verteilung erledigt und kann nur noch vor den Systemimperativen in die Knie gehen. Müssen diese Erfahrung zunehmend die ideell und programmatisch abgerüsteten Gewerkschaften machen, so gilt dasselbe Verdikt umso mehr für die postmoderne Kulturlinke, die es in ihrer Distanzlosigkeit zur abstrakten Individualität der »vereinzelten Einzelnen« nicht einmal zu Institutionen einer systemimmanenten Interessenvertretung gebracht hat.

Zwar geistert durch die kulturindustrielle Konsumideologie das Phantasma einer auf Waren verkürzten Aneignung, die aber kaum über das alte »Klau mich«-Programm von Fritz Teufel und naiven Anarchos hinausgeht. Selbst spontane Plünderungen (das Ausräumen von Karstadt wäre immerhin mal eine Tat) setzen eine aggressive Kritik der Armut und einen sozialen Impuls voraus, der den postmodernen »lebensästhetischen« Selbstinszenierungen völlig fremd ist. Abgesehen davon aber speist sich diese gar nicht ernst zu nehmende und irreale Vorstellung aus einer bloß scheinradikalen Verkürzung des Interessen- und Begehrens-Horizonts: Weil die entfremdete kapitalistische Formqualität des Konsums weggeblendet wird und sich die Kritik auf den Positivismus des bloßen »Nichthabens« reduziert, beschränkt sich auch die Wahrnehmung des kapitalistischen Selbstwiderspruchs auf die Formel, der Kapitalismus könne die Bedürfnisse nicht erfüllen, die er selbst hervorgebracht hat.

Dieser Bedürfnis-Positivismus, der dem postmodernen Bewußtseins- und Kulturpositivismus entspricht, kann sich nicht einmal auf den Schimmer einer sozialen Bewegung beziehen, sondern immer nur auf das individualisierte Begehren von unselbständigen Subjekten, die eine kindische Angst haben, sie könnten etwas verpassen. Hier wird nicht der Krieg gegen das kapitalistische Massenelend mit dem Willen zu einem anderen Luxus verbunden, den sich das bürgerliche Bewußtsein gar nicht vorstellen kann. Statt dessen haben wir es mit einer Variante jener von der »neuen Mitte« als »urbane« Hedonisten-Zivilität beweihräucherten Geisteshaltung zu tun, die nach den Genüssen der Karstadt-Theke giert und eben bloß »dabei sein« möchte.

Soweit es überhaupt so etwas wie eine programmatische Formulierung gibt, die der links gewendeten postmodernen Lifestyle-Konsumideologie nahekommt, so ist es die ursprünglich neoliberale Forderung nach einem (selbstverständlich geldförmigen) »Grundeinkommen«. Real läuft dieses Programm auf nichts anderes als ein Elendssalär für die Herausgefallenen hinaus. Aber im postmodernen Reich der sozialen Halluzinationen kann diese sich abzeichnende Realität der kapitalistischen Krisenverwaltung ohne große Kosten imaginär überhöht werden. Wenn es weder mit der »telematischen« Kapitalakkumulation noch mit dem kasinokapitalistischen »Erbe« hinhaut, dann bleibt als letzte verzweifelte Option nur noch der Appell an den bürgerlichen Leviathan übrig, er möge doch seine Geldschöpfungsmaschine anwerfen. Der arme Gedanke, ein irrationales Selbstzwecksystem, das nur blind seinen Selbstwiderspruch exekutieren kann, möge doch plötzlich die systemimmanente Notwendigkeit des kulturindustriellen Massenkonsums »anerkennen«, ist die letzte Hoffnung des enterbten jungen Mittelstands. Die Spielkinder des kollabierenden Kapitalismus quäken nach Vater Staat, der ihnen das Taschengeld für den Leistungskonsum garantieren soll.

Vorwärts in die Vergangenheit!

Die hereinbrechende Krise und die zunehmenden sozialen Probleme auch in den versnobten warenästhetischen Milieus treffen auf einen Sozialcharakter, der seinem Wesen nach unfähig ist, damit umzugehen; hat er doch seine eigene soziale Existenz kompensatorisch verdrängt. Nach dem Scheitern der Neuen Linken und im Zuge des Niedergangs der »neuen sozialen Bewegungen« in der zweiten Hälfte der 80er Jahre war ja an die Stelle sozialer Interessen und bürgerlicher Moral jener Zynismus der Individualisierung getreten, der seine zur Tugend verklärte Orientierungslosigkeit mit dem Gestus überlegener Coolness darzustellen begann. Eine gespenstische Simulation der bürgerlichen Lebensstile von der »guten Gesellschaft« bis zur Decadence, die »Fragen des guten Geschmacks« (Erdmann 1997) zelebriert, löste die zerbröselte Gegenkultur ab – passend zum Slogan »Zahlen Sie mit ihrem guten Namen«, wie er Kreditkarten bewirbt.

Statt »Leben, Wahrheit, Kreativität« wurden »Mode, Benehmen, Geschmack« (Erdmann 1997) im kulturellen Endlos-Recycling der kapitalistischen Medien zu Projektionsflächen der Individualisierung (und die »Kreativität« auf dieses Niveau heruntergebracht). Es entspricht voll und ganz dem kapitalistischen Zeitgeist, wenn das zum saisonalen Wechsel der Moden verdünnte Leben sich als »geschmäcklerischer Dilettantismus« (a.a.O.)

aufbläst. Und nichts könnte die »postmoderne Ethik« krasser kennzeichnen, als daß Wahrheit durch Benehmen ersetzt wird. Auch Cora Stephan möchte ja den Kapitalismus inzwischen durch eine Ethik der gehobenen Tischsitten zivilisieren, die es sogar der neuen Massenarmut erlaubt, sich der Etikette gemäß zu benehmen. Wer sonst nichts mehr hat, vor allem nichts mehr im Kopf, die tut wenigstens so, als wenn sie »Stil« hätte, auch wenn es bloß albern ist. Die Lifestyle-Linke hat dabei in bezug auf ihre snobistische »Massenbasis« der Form nach ganz ähnliche Attitüden entwickelt, wie sie einst der linksradikale Proletkult in der ästhetisierenden Nachäffung proletarischer Unsitten und Verhaltensweisen durchgespielt hatte. Auch in dieser Hinsicht ist die Farce auf das Original perfekt und läßt nichts aus (im Hiphop-Kult wiederholen sich sogar direkt proletkulthafte Momente).

Der Habitus ersetzt den Inhalt, wie es sich für die Ästhetisierung der Krise eben so gehört. So bringt die »Sorge um sich« der ignoranten sozialen Absteiger und Selbstillusionisten ein absurdes Theater um Kleidung und Ernährung ebenso hervor wie einen bizarren »edlen« Sammeltrieb und ein absonderliches Kennertum. In der permanenten Ästhetisierung wird nicht bloß die Welt zum Design des eigenen abstrakten Ich, sondern auf dieser Gesamtbühne wollen die postmodernen Individualitätsgespenster auch mindestens in Oscar-Wilde-Pose oder als Wiedergänger von Walter Serner lustwandeln, und zwar umso heftiger, je frugaler ihre reale kapitalistische Existenz sich entwickelt.

Aber auch für diesen Geisteszustand gibt es eine Schmerzgrenze, die in der zweiten Hälfte der 90er Jahre vom Krisenprozeß offensichtlich überschritten wird. Für die postmoderne Linke, die das diffuse Soziotop mit seinen dezentrierten »Lebensästheten« zu einer Art Ersatzsubjekt für die ehemalige »revolutionäre Klasse« gemacht hat, ist das besonders peinlich. Denn jetzt brechen die Widersprüche des postmodernen »Kulturalismus« und seiner Eindimensionalität auf, die lange Zeit hinter dem Begriff der »Ambivalenz« versteckt werden konnten. Dieser Terminus speist sich aus dem Hang zur Doppel- und Vieldeutigkeit, der mit der realen Relativität aller Dinge und Verhältnisse bloß spielt, um innerhalb eines bestimmten Bezugssystems, in einer bestimmten Fragestellung, einem bestimmten Verhältnis usw. niemals auf den Punkt kommen zu müssen, sondern alles in der Schwebe lassen zu können – also die Entscheidung zu verweigern (»Tugend der Orientierungslosigkeit«). Was über den »Third-Wave-Feminismus« in den USA gesagt wird, gilt für die postmoderne Kulturlinke insgesamt: »Ambivalenzen werden willkommen geheißen, mit Widersprüchen wird gespielt, Spaß und Vielfalt zum politischen Konzept erklärt« (Wichterich 1998, 214).

So wird auch die Frage der Ambivalenz nie dort gestellt, wo sie angemessen wäre, etwa im Hinblick auf das altbekannte (heute neu sich stellende) Problem spontaner Bewegungen und sozialer Abwehrkämpfe, die einerseits dem Leiden an der kapitalistischen Gesellschaft einen Ausdruck der Kritik und des realen Kampfes geben, andererseits aber gleichzeitig noch mit einem Bein auf dem Boden der Systemlogik stehen und sich zunächst weiterhin in deren Formen artikulieren. In diesem Sinne waren etwa die diversen französischen Massenstreikbewegungen der letzten Jahre gegen die einsetzenden neoliberalen Zumutungen (vor allem im Winter 1995) wenigstens ansatzweise »ambivalent«, obwohl sie inhaltlich nicht über keynesianische Reminiszenzen hinauskamen und also in ihrer Ambivalenz steckengeblieben sind.

Genau diese oder ähnliche Bedeutungen von Ambivalenz sind aber im Schwadronieren des postmodernen »Kulturalismus« nicht gemeint. Vielmehr geht es darum, jeder möglichen Kritik am eigenen Kultur-, Bedürfnis- und Bewußtseins-Positivismus den Wind aus den Segeln zu nehmen, indem einereits zugegeben wird, daß die diversen »Lebensästheten« mitsamt ihrer Konsumideologie durchaus systemkonform sind (was ja auch kaum zu übersehen ist), andererseits aber trotzdem in den distanzlosen kapitalistischen Handlungsvollzügen vor aller Äußerung von bewußter Kritik irgendein transzendentes Moment enthalten sein soll; und sei es die postmoderne Beliebigkeit oder fremdbestimmte Flexibilisierung selbst, die zu einer befreienden Entbindung von Zwängen umgelogen wird. Der ideologische Imperativ lautet, stets »sowohl als auch zu sagen« (Wichterich, ebda.).

Wie die alte Arbeiterklasse immer schon »an sich« qua »Arbeit« ein im Kapitalismus nicht aufgehendes Moment enthalten sollte, so auch die Milieus des »dezentrierten Subjekts« qua inhaltlicher Beliebigkeit und Anspruch auf grenzenlosen Warenkonsum. Im einen wie im anderen Fall wird die kapitalistische Verfaßtheit selber absurderweise in ein objektiviertes Moment der Überwindung des Kapitalismus gefälscht und ein metaphysisches Subjekt-Objekt konstruiert, während der wirkliche Bruch niemals »objektiv« (»an sich«) angelegt sein kann, sondern nur durch die bewußte Entscheidung als Schlußfolgerung aus Leiden und Krise zu vollziehen ist. Dieses bewußte, nicht zu objektivierende Moment, die entscheidende Schnittstelle, verschwindet im spielerischen Konstrukt der angeblichen massenkulturellen »Ambivalenz« ebenso wie im alten Arbeitsmarxismus, ohne daß daraus in der Scheinwelt medialer Simulationen ein Konflikt entstehen müßte.

In dem Maße jedoch, wie die »lebensästhetischen« Konstrukte von der sozialen Krise eingeholt werden und die postmoderne Kulturlinke schmerzhaft auf die Aporien ihrer eindimensionalen Ideologie gestoßen wird, kann sie die daraus resultierende Identitätskrise nur noch unglaubwürdig verarbeiten. Es ist aufschlußreich, wie sich dabei die Versuche einer Selbstrettung mit der halben und inkonsequenten Einsicht in das eigene Obsoletwerden mischen. Einerseits wird mit einem gewissen Trotz die alte Weltsicht und Uminterpretation der Nachkriegsgeschichte aufrechterhalten:

»Während [...] Adorno und Horkheimer in der Kulturindustrie ausschließlich den vereinheitlichenden Apparat sahen, der die vollständige Totalität der bürgerlichen Gesellschaft verwirklichte, entwickelten sich Teile dieser Kulturindustrie nach dem Krieg in Verbindung mit der Jugend zu einem manifesten Medium von gesellschaftlicher Veränderung« (Holert/Terkessidis 1996, 12).

Das klingt immer noch nach einer glorreichen Geschichte der Subversion, um die Selbstlegitimation aufrechtzuerhalten. Andererseits dringt aber jetzt der ideologische Katzenjammer unaufhaltsam ins Bewußtsein, weil die fortschreitende Krise den kurzen Sommer der Simulation zu beenden droht:

»Die Räume für Kritik werden [...] aus dem Grund enger, weil mit dem Sieg über die Disziplinargesellschaft das Kategoriensystem gesellschaftlicher Selbstbeschreibung kulturalisiert wurde. Was zuvor noch wirtschaftlich oder politisch interpretiert werden konnte, läßt sich jetzt nur noch durch die Brille der Kultur betrachten. Auch das ein Ergebnis von jugend- und popkulturellen Kämpfen: Soziale Unterschiede gelten heute als konsumistische Stilprobleme, und soziale Auseinandersetzungen können nur noch als symbolische Kämpfe wahrgenommen werden« (Holert/Terkessidis 1996, 17).

Was heißt das anderes, als daß der Rückzug in den »Kulturalismus« und jene bloß noch symbolischen »popkulturellen Kämpfe« im Medium des Warenkonsums alles andere als subversiv waren, sondern der angebliche »Sieg über die Disziplinargesellschaft« nur der postmodernen Verlagerung des Systemwiderspruchs in das Innere der Individuen Beihilfe geleistet hat? Indirekt wird damit zugegeben, daß die postmoderne Ideologie emanzipatorisch in eine ausweglose Sackgasse geführt hat. Ein schlimmeres Selbstdementi läßt sich nicht denken. Statt jedoch daraus die Konsequenzen zu ziehen und die falsche Objektivierung einer eindimensionalen, kulturindustriell reduzierten und simulativen »Selbstbeschreibung« zu durchbrechen, bleibt das identitäre Paradigma der Kulturlinken unangetastet, wenn auch seine Erfolglosigkeit zugegeben werden muß:

> »Es hat jedoch wenig Sinn, all das zum Anlaß zu nehmen, mit den (sub-)kulturellen Praktiken pseudoradikal abzuschließen. Damit wäre jegliche Möglichkeit dahin, auf die Verhältnisse anders als kulturpessimistisch zu reagieren. Denn im neu organisierten Mainstream existieren am Rand, aber auch in der Mitte, interessante Fransen und Wucherungen (!)« (Holert/-Terkessidis 1996, 10).

Wirklich eine interessante metaphorische Verirrung. Dann doch lieber pseudoradikal.

Gleichzeitig läßt sich aber trotz aller Krisenignoranz die bis an die Schmerzgrenze getriebene »soziale Frage« nicht mehr abweisen, für die es in der postmodernen Kulturideologie eigentlich keinen Platz gibt. Die Quadratur des Kreises kann nur versucht werden, indem die Kulturlinke sich teilweise zurückbequemt zu den bislang eher verachteten »altlinken« Paradigmen einer systemimmanenten sozialökonomischen Politik, während umgekehrt die Reste der längst obsoleten Polit- und Bewegungslinken sich popkulturell zu schminken beginnen, um nicht mehr ganz so alt auszuschauen; und schon glauben beide, ihre Modernisierungshochzeit feiern zu können.

Im ersten Anlauf ist dieser Versuch zwar daneben gegangen, als sich Anfang der 90er Jahre unter dem Eindruck der vereinigungsdeutschen rassistischen Pogrome popkulturelle Linke in den »Wohlfahrtsausschüssen« mit eher traditionellen Linksradikalen zusammentun und eine »Repolitisierung« anstreben wollten. Diese Einheitsfront ist unter gegenseitigen Beschimpfungen schnell wieder auseinandergelaufen, weil zwischen engen Verwandten nun einmal eine Verständigung nicht möglich ist. Inzwischen freilich hat die eigene soziale Krise einen neuen Stellenwert bekommen, der die Liaison in einer deutlich veränderten Zusammensetzung neu auf die Tagesordnung bringt. An die Stelle eines seinem Selbstverständnis nach wie auch immer definierten »staatsfeindlichen« Linksradikalismus tritt allmählich ein vermeintlich »lebenspraktischer Reformismus« als gemeinsamer Nenner. Die popkulturelle Linke keynesianisiert und sozialdemokratisiert sich, die keynesianisch-linkssozialdemokratische Arbeitsplatzlinke popkulturalisiert sich.

Quasi als optimistische Rückschau auf den Zusammenbruch der trotzdem zu rettenden kulturindustriellen Fortschrittsideologie hört sich das dann so an:

> »Offenbar war [...] der einebnende Begriff der Kultur als Erklärungsparadigma gesellschaftlicher Auseinandersetzungen selbst das Problem. Um diese Perspektive zu unterlaufen, wurde es notwendig, auf ›traditionellere‹ linke Interpretationen zurückzukommen [!] [...] Es handelte sich also darum, Vorgänge, die sich problemlos als ›Kulturkämpfe‹ zu präsentieren schienen, wieder mit sozialen, politischen und ökonomischen Gegebenheiten in Beziehung zu setzen...« (Terkessidis 1995, 15).

Mit anderen Worten: Von der Not getrieben, kommt hinter dem popkulturellen Flexi-Kostüm der niemals überwundene »klassisch moderne« Arbeits- und Reformsozialismus samt seinen öden demokratischen Phrasen hervor. Es bleibt sich dabei ziemlich gleich, ob diese halbherzige Re-Orientierung wie bei Diedrichsen schon mit »Realpolitik« liebäugelt, ob sie die letzten akademischen Übungen der neokeynesianischen »Regulationsschule« als volkswirtschaftliches Expertenwissen heranzieht oder ob sie eine vollends ungenießbare Melange aus alledem mit den Resten des abgestandenen »bewegungslinken« Diskurses samt seinem hilflosen Begriff eines »radikalen Reformismus« (Joachim Hirsch) zusammenrührt. In jedem Fall unterbleibt die kategoriale Kritik des warenproduzierenden Systems, um in dessen unaufgehobenen Formen irgendwie weitermachen und sich an der historischen Tagesordnung vorbeimogeln zu können. Es ist abzusehen, daß diese Option einer eklektischen Verbindung sämtlicher Restbestände einer systemimmanenten Modernisierungs-Linken spätestens von den nächsten Schüben der Krise zertrümmert wird, falls sich die hoffnungsvollen Bündnisschmiede nicht schon zuvor wieder in die Haare geraten sollten. Die soziale Notwehr gegen den objektiven Fundamentalismus von markt- und betriebswirtschaftlicher Rationalität muß jedenfalls anders aussehen.

Willkommen zuhause

Die eilfertige und fast schon panische Re-Orientierung an längst verblaßten Mustern sozialer Bewegung wird allerdings nicht allein dadurch blamiert, daß die Dynamik des kapitalistischen Selbstwiderspruchs die soziale Reproduktion in der Warenform irreversibel obsolet macht. Es ist ja auch der Charakter des von der postmodernen Ideologie identitär als soziales Bezugsfeld erkorenen »dezentrierten Subjekts« selbst, der sich einer Verheiratung mit altlinken Konzepten des innerkapitalistischen Klassenkampfs oder auch nur einer sozialen Reformpolitik sperrt. Unter dieser Nummer gibt es keinen »Anschluß«. Das postmoderne Massensubjekt weiß jedenfalls so viel, daß auf dem Boden des warenproduzierenden Systems außer individueller Krisenkonkurrenz gar nichts mehr geht, jedenfalls nichts Sozialreformerisches im alten Sinne. Die soziale Pathologie des Kapitalismus äußert sich systemimmanent nur noch in einem breit gestreuten rassistischen und »ethnizistischen« Diskurs. Aber faschistische Schlägerbanden sind nun mal keine bloß irregeleiteten potentiellen Emanzipationskämpfer, wie immerhin gerade die postmoderne

Linke sehr gut zu wissen behauptet. Da klafft ein Abgrund zwischen wie auch immer kulturindustriell gestylten Bewegungsansprüchen altlinker Provenienz und der sozialen Realität, der jetzt eben nicht mehr durch Virtualisierung überbrückt werden kann.

Das liegt natürlich daran, daß es keinen kapitalistischen Entwicklungshorizont und daher auch kein systemimmanentes Ziel mehr gibt. Hatte die klassische moderne Ideologie für das Aufklärungs- und Arbeiterbewegungssubjekt noch gesellschaftliche Ziele vorgesehen, so weiß sich das postmoderne Sowohl-als-auch-Subjekt bereits jenseits aller »Leidenschaft und Konsequenz« (Erdmann 1997), die nur noch als Unterhaltungswert in den Traumfabriken vorkommt. Worin aber besteht das ziellose, orientierungslose, traumlose, leidenschaftslose, dezentrierte neue Subjekt? Wenn Che Guevara auf derselben Ebene wie Mutter Teresa zur »Pop-Ikone« auf »Posterformat« (a.a.O.) heruntergekommen ist, dann zeigt sich darin nur die gewöhnliche Ikonisierung abgestorbener Bestandteile der bürgerlichen Modernisierungsgeschichte einschließlich ihrer nachholenden Varianten. Die postmoderne »Lebensästhetik« freilich war als Subjektform schon abgerüstet, als sie das Licht der Welt erblickte, und deshalb kann sie nicht einmal mehr zur Pop-Ikone werden, obwohl ihre Träger nach Prominenz gieren wie der Affe nach Zuckerwürfeln.

Daß es die »ihrer Ziele sicheren Subjekte nicht mehr gibt« (Erdmann, a.a.O.), nimmt das blasierte Abschiedvon-der-Kritik-Räsonnement zum Anlaß, die Existenz solcher Subjekte, die »angeblich die Welt beeinflußten« (a.a.O.), auch für die Vergangenheit anzuzweifeln. Oh doch, es gab sie selbstverständlich, die Durchsetzungs-Subjekte des warenproduzierenden Systems, von denen die Welt verändert wurde wie niemals zuvor in der Geschichte, auch wenn es keine Subjekte der Selbstbestimmung waren. An prominenter Stelle ist dabei nicht zuletzt die Arbeiterbewegung selber zu nennen, die dem Kapitalismus gegen seine jeweiligen bornierten Repräsentanten zur Entwicklung verhalf. Heute aber ist der

Kapitalismus restlos ausentwickelt, global flächendeckend und damit am Ende. Es gibt nichts mehr durchzusetzen in der Form des ökonomischen Werts. Das bürgerliche Subjekt ist bei sich zu Hause angekommen, und deshalb kann es kein Ziel und keine Leidenschaft der Emanzipation mehr entdecken, solange es sich nicht die Emanzipation von seiner eigenen Fetischform zum Ziel setzt.

Statt jedoch dieses neue historische Ziel ins Auge zu fassen, klammert sich die postmoderne Linke ja gerade an die hoffnungslose Verfallsform bürgerlicher Subjektivität und deren grenzenlose Langeweile. Mandelt sie sich einerseits noch manchmal dagegen auf, daß die letzten Subjekte als »angeblich entleerte und entqualifizierte Monaden« gekennzeichnet werden (also als das, was sie real sind), so ist sie andererseits auch geständig und behauptet naßforsch: »Die neue Qualität der aktuellen Form von Subjektivität liegt geradezu in ihrer Entleerung« (Erdmann, a.a.O.). Daß das postmoderne Subjekt alles darstellen und nichts mehr sein kann, alles über nichts weiß und zum permanenten Schauspieler seiner selbst wird, gerät ihr zur positiven Errungenschaft, »die den Dogmatismus der Lebensformen aufzulösen beginnt« und der »wesenhaften Borniertheit des 20er-Jahre-Arbeiters« (a.a.O.) haushoch überlegen sei. Gegen Rassismus ist das allerdings mitnichten eine Garantie, denn dieser funktioniert im Unterschied zur sozialen Emanzipation auch in der Beliebigkeitsform.

Aber wenn das so ist, wie sollte aus dieser mit der allgemeinen Warenform deckungsgleich gewordenen Post-Subjektivität noch irgendein sozialer Inhalt oder gar eine sozialpolitische Bewegung herauszukitzeln sein? Wenn das bürgerliche Subjekt in seinem Endstadium zur leeren Fläche geworden ist, die alle Gegenstände des Waren-Universums bloß noch spiegeln kann, dann hat es zwar den Dogmatismus jeder bestimmten habituellen (ursprünglich ständischen) Erscheinungsform aufgelöst, damit aber auch jeden systemimmanenten Ziel- und Bewegungshorizont. Was es nicht aufgelöst hat, ist der Dogmatismus seines Wesens als Ware-Geld-Subjekt selbst, der umso unwiderstehlicher und unerbittlicher hervortritt. Das nackte Geldsubjekt kann jetzt »an sich« in seiner gesellschaftlichen Form nichts anderes mehr sein, also auch kein Bewegungssubjekt; denn damit müßte es auf der heutigen Entwicklungsstufe seine Geldsubjektivität selbst dementieren.

Das bedeutet, daß von ihm nur noch sein harter Kern übriggeblieben ist, und nur in dieser Hinsicht ist es nicht entleert. Alles, was dieses nackte Restsubjekt noch will, was es sein oder wofür es sich interessieren könnte, schwindet immer schon dahin in seiner Nichtigkeit vor den Imperativen der Selbstverwurstung auf den Angebotsmärkten. Was dabei in der postmodernen Ideologie als »prinzipielle Reflexivität und In-Frage-Stellung« (Erdmann, a.a.O.) hochgejubelt wurde, war nichts anderes als eine Reduktion auf die tautologische Selbst-Reflexivität des »automatischen Subjekts«, die Wert in neuen Wert verwandelt, und ihr Widerschein in den widerstandslosen Individuen. Die in den Feuilletons breitgetretene »reflexive Modernisierung« des Modesoziologen Ulrich Beck läßt grüßen, der aber wenigstens ehrlich zugibt, daß er den Kapitalismus zur unaufhebbaren Voraussetzung aller »Chancen« gemacht hat.

Postmoderne Kulturlinke und sozialpolitische Altlinke geben bei ihren Reanimationsversuchen systemimmanenter sozialer Bewegung ein Paar von ziemlich trauriger Gestalt ab. Der jeweilige Subjektbezug wäre praktisch unvereinbar, wenn er nicht in beiden Fällen sowieso schon sozial gegenstandslos wäre: Das Dauergrinsen des postmodernen Flexi-Subjekts signalisiert seine Dauerbereitschaft, sich überall und in jeder Gestalt zu verkaufen; und insofern ist es zur Auto-Ikone seiner eigenen sozialen Degradation geworden, die von den 20er-Jahre-Arbeitern in der Tat noch nicht erreicht worden war. Gerade weil diese von der Beliebigkeit gehetzte Flexi-Subjektivität auch im Konsum keine fünf Minuten mehr bei einem Gegenstand bleiben kann und in der scheinbaren Grenzenlosigkeit der Warenwelt nur immer wieder auf das eigene leere Ich stößt, verfällt sie der gähnenden Langeweile. Durch die unendliche Vielfalt der Erscheinungen jagend, die doch nur das Immergleiche bedeuten, brechen die pausenlos Kreativität und Erfolg mimenden Subjekte endlich in sich zusammen und werden von grenzenloser Müdigkeit befallen. Keine guten Karten für das Ansinnen, die virtuelle Scheinwelt »wieder mit sozialen, politischen und ökonomischen Gegebenheiten in Beziehung zu setzen«, ohne die Subjektform dieser ominösen »Gegebenheiten« in Frage stellen zu wollen.

War nicht die »dezentrierte« Kritikverweigerung schon zur neuartigen Massenverfeinerung und Medienkompetenz umdefiniert worden? Was für ein großartiges Emanzipationspotential: »Sie weigern sich zu lesen, sind lieber stumpfsinnig als zwanghaft kreativ« (Erdmann, a.a.O.). Diese letzte Wahl zwischen seichter Zwangskreativität der Märkte und willenlosem, »lebensästhetisch« aufbereitetem Stumpfsinn ist offenbar auch das letzte Wort der bürgerlichen Welt. Für eine tatsächliche Aufhebungs- und Aneignungsbewegung bestünde das positive Moment selbstverständlich darin, daß vom alten bürgerlichen Subjekt die in seiner Durchsetzungsgeschichte herausgebildete, aber auf das warenförmige Universum begrenzte Fähigkeit zu kritischer Reflexion, langfristigem Denken und weitreichender Planung historisch mitgenommen (»aufgehoben«) wird. Als aufgehobenes könnte dieses Subjekt nicht mehr die Illusion bürgerlicher Autonomie repräsentieren, sondern wäre die Form einer bewußten Gesellschaftlichkeit der Individuen. Stattdessen ausgerechnet den gehobenen Stumpfsinn des verfallenden bürgerlichen Subjekts zu affirmieren, heißt nichts anderes, als von der bürgerlichen Subjektform nicht mehr loszukommen – die dann freilich auch nicht mehr als soziale Bewegung abgerufen werden kann.

Es ist keineswegs ausgeschlossen, daß die von der Krise zermürbten Alltagsästheten ihrer Schauspielerei müde werden. Gerade dann hätte ihnen nur radikale

Kritik von Warenform und abstrakter »Arbeit« etwas zu sagen und nicht die ideologisierende Reproduktion ihrer »Aufkündigung der Ernsthaftigkeit«. Aber die fortgesetzte Kritikverweigerung kann eben auch in das Gegenteil von Emanzipation umschlagen. Die in ihren Ambitiönchen und in ihrer Star-Mimikry millionenfach frustrierten Kinder der Erfolglosigkeit sind vielleicht schon bis zum Anschlag ressentiment-gesättigt. Insofern könnte es fast wieder als tröstlich erscheinen, wenn die dezentrierten Post-Subjekte sich auch in ihrem sozialen Untergang nur zu ihrer Unentschlossenheit und Orientierungslosigkeit zu bekennen vermögen.

Literatur:

Adorno, Theodor (1983, zuerst 1944): Minima Moralia. Reflexionen aus dem beschädigten Leben; Frankfurt/Main.

Baudrillard, Jean (1991, zuerst 1976): Der symbolische Tausch und der Tod; München.

Bolz, Norbert (1997): Die Sinngesellschaft; Düsseldorf.

Bolz, Norbert/Bosshart, David (1995): Kult Marketing. Die neuen Götter des Marktes; Düsseldorf.

Bosshart, David: s. Bolz, Norbert.

Clermont, Christoph: s. Goebel, Johannes.

Critical Art Ensemble (1994): Die elektronische Störung; in: *Die Beute* 3/1994; Berlin.

Dettling, Warnfried (1997): Und die Deutschen bewegen sich doch; in: *Die Zeit* 41/1997.

Diederichsen, Diedrich (1993): Freiheit macht arm; Köln.

Diederichsen, Diedrich (1996): Politische Korrekturen; Köln.

Diederichsen, Diedrich (1998): Der Boden der Freundlichkeit; in: *Die Beute*/Neue Folge 1/1998; Berlin.

Diederichsen, Diedrich (1992): Hey hey, we are not the monkeys, Interview mit D.D. von Michael Dreyer, in: Beermann u.a., 5 Interviews, Stuttgart.

Diederichsen, Diedrich (1994): Die Elenden und die Erlebenden; in: *Die Beute* 4/1994, Berlin.

Dreyer, Michael (1998): Das muß genäht werden; Frakturen aus dem Lazarett einer ungeschriebenen Geschichte (der Linken); in: *Die Beute*/Neue Folge 1/1998; Berlin.

Erdmann, Jürgen (1997): Für Theresa; in: *Karoshi* 1/1997; Hamburg.

Früchtl, Josef (1994): Was heißt es, aus seinem Leben ein Kunstwerk zu machen? Eine Antwort mit Foucault; in: Kuhlmann, Andreas (Hg.): Philosophische Ansichten der Kultur der Moderne; Frankfurt/Main.
Goebel, Johannes/Clermont, Christoph (1997): Die Tugend der Orientierungslosigkeit; Berlin.
Habermas, Jürgen (1968): Technik und Wissenschaft als »Ideologie«; Frankfurt/Main.
Herzinger, Richard/Stein, Hannes (1995): Endzeit-Propheten oder die Offensive der Antiwestler; Reinbek.
Hirsch, Joachim/Roth, Roland (1986): Das neue Gesicht des Kapitalismus; Hamburg.
Holert, Tom/Terkessidis, Mark (1996): Einführung in den Mainstream der Minderheiten; in: dies. (Hrsg.): Mainstream der Minderheiten; Berlin.
Horx, Matthias (1993): Das Trendbuch; Düsseldorf.
Kallscheuer, Otto (1986): Grüne Zeiten - verpaßte Chancen; in: ders. (Hrsg.): Die Grünen - Letzte Wahl?; Berlin.
Kunisch, Hans-Peter (1997): Sie sagten, dachten, glaubten; in: *Süddeutsche Zeitung* vom 10. Dezember 1997.
Lasch, Christopher (1986, zuerst 1979): Das Zeitalter des Narzißmus; München.
Mallet, Serge (1972, zuerst 1963): Die neue Arbeiterklasse; Neuwied und Berlin.
Mao-Tse-tung (1967): Das rote Buch; Peking.
Mulhern, Francis (1996): Zur Politik der Kulturwissenschaften; in: Beilage zur *Sozialistischen Zeitung – SoZ* 13/1996; Köln.
Roth, Roland: s. Hirsch, Joachim.
Sennet, Richard (1986, zuerst 1974): Verfall und Ende des öffentlichen Lebens. Die Tyrannei der Intimität; Frankfurt/Main.
Simon, Michaela (1998): Hoffnung von morgen; in: *Zeit-Magazin* 13/1998; Hamburg.
Stein, Hannes: s. Herzinger, Richard.
Terkessidis, Mark (1995): Kulturkampf; Volk, Nation, der Westen und die Neue Rechte; Köln.
Terkessidis, Mark (1996): s. Holert, Tom.

Wackwitz, Stephan (1996): Akten, Akten, Akten. Über die Underground-Anthologie »speak«; in: *Der Spiegel* 8/1996.
Wichterich, Christa (1998): Die globalisierte Frau; Berichte aus der Zukunft der Ungleichheit; Reinbek bei Hamburg.
Zielcke, Andreas (1995): Die Entwaffnung des Volkes; in: *Der Spiegel* 48/1995.

Bitte beachten Sie die weiteren Titel von Robert Kurz in unserem Programm:

480 Seiten, 18.- Euro, ISBN: 978-3-89320-085-6

Robert Kurz zeigt, daß das transnationale Weltkapital ein Krisenprodukt der dritten industriellen Revolution ist, in der sich das Selbstzerstörungsprogramm der bürgerlichen Welt manifestiert.

»Robert Kurz war in seiner Kritik unerbittlich und unbestechlich. Er hat viele, die mit dem Linkssein nichts anfangen konnten, wieder die Kritik am Kapitalismus gelehrt.«

Freitag

Bitte beachten Sie die weiteren Titel von Robert Kurz in unserem Programm:

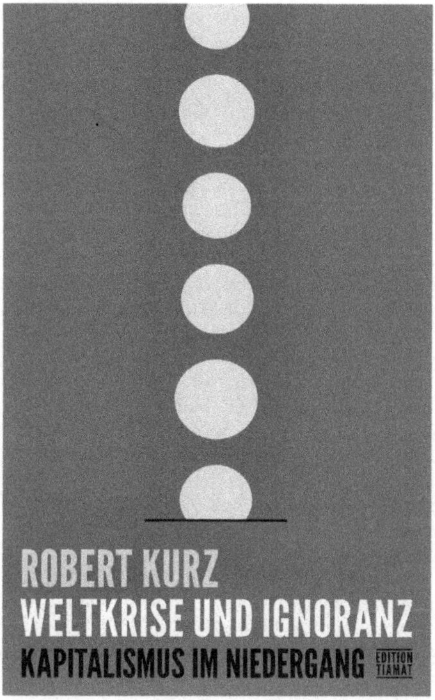

240 Seiten, 16.- Euro, ISBN: 978-3-89320-173-0

Der Kapitalismus steuert auf eine Weltwirtschaftskrise zu. Damit werden die krisentheoretischen Thesen und Analysen von Robert Kurz wieder aktuell. Nun geht es um etwas anderes als um eine bloß zyklische Abwärtsbewegung. Die auf Ignoranz basierende Zuversichtlichkeit eines irre gewordenen positiven Denkens steuert auf ein Desaster zu, denn auch der akademische Diskurs sieht die systemischen Grundlagen in Gefahr.